그리고 아무 말도 하지 않았다

그리고 아무 말도 하지 않았다

Und sagte kein einziges Wort

하인리히 뵐 장편소설 홍성광 옮김

UND SAGTE KEIN EINZIGES WORT
by HEINRICH BÖLL (1953)

이 책은 실로 꿰매어 제본하는 정통적인 사철 방식으로 만들어졌습니다.
사철 방식으로 제본된 책은 오랫동안 보관해도 손상되지 않습니다.

그리고 아무 말도 하지 않았다

1

　일이 끝난 후 급료로 받은 수표를 현금으로 바꾸기 위해 은행에 갔다. 돈을 내주는 창구 앞에는 정말 많은 사람들이 서 있었다. 반 시간이나 기다렸다가 창구 안으로 수표를 들이밀자 출납 직원은 노란 블라우스를 입은 아가씨에게 수표를 건네주었다. 아가씨는 계좌 카드가 쌓여 있는 곳으로 가서 내 카드를 찾아내 확인을 한 다음 출납 직원에게 다시 수표를 돌려주며 〈맞아요〉라고 말했다. 출납 직원은 깨끗한 손으로 지폐를 세어 대리석 판 위에 올려놓았다. 나는 받은 돈을 다시 한 번 세어 본 후 사람들을 밀치고 바깥 문 옆에 있는 조그만 탁자로 갔다. 돈을 봉투에 넣고 아내에게 쪽지를 쓰기 위해서였다. 탁자 위에는 불그스름한 입금 전표가 어지러이 널려 있었고, 나는 그중 하나를 집어 뒷면에다 연필로 이렇게 썼다. 〈내일 당신을 만나야겠어. 2시까지 전화할게.〉 나는 쪽지를 봉투에 넣고 뒤이어 지폐를 밀어 넣은 다음 겉봉의 접착 풀을 핥아 봉투를 붙였다. 그러고는 잠시 망설이다가 다시 돈을 꺼내고는 돈뭉치에서 10마르크짜리 지폐 한 장을 집어 외투 주머니에 찔러 넣었다. 종이쪽지도 다시 꺼내서는 이렇게 덧붙였다. 〈10마르크를 꺼냈어. 내일 다시 돌려줄게. 아이들에게 입 맞춰 줘. 프레드.〉 그러나 봉투가 잘 붙지 않았고, 나는 〈입금〉이라고 적힌 텅 빈 창구로 갔다. 창유리 뒤에 있던 아가씨가 몸을 일으키더니 창을 밀어올렸다. 검은 피부에 몸이 마른 그녀는 분홍색 스웨터를 입고 있었고, 스웨터의 목 부분에는 인조 장미가 꽂혀 있었다. 나는 그녀에게 말했다. 「테이프가 좀 필요해서요.」 그녀는 잠시 망설이며 나를 쳐다보더니 갈색 롤 테이프를 조금 떼어 한마디 말도 없이[1] 내게 내밀었다. 그러고는 창유리를 다시 내려 버렸다. 나는 창유리 쪽으로 〈고마워요〉라고 말하고 탁자로 되돌아와 봉투를 붙인 다음 모자를 쓰고 은행을 나왔다. 밖으로 나서자 비가 내리고 있었고, 가로수 길의 아스팔트 위로 나뭇잎이 하나둘 떨어지고 있었다. 나는 12번 전차가 모퉁이를 돌아올 때까지 은행 입구에 서서 기다리다가 재빨리 전차에 올라타 투크호프 광장으로 향했다. 전차 안에는 아주 많은 사람들이 타 있었는데, 그들의 옷에서는 축축한 냄새가 났다. 돈도 내지 않고 투크호프 광장에 내렸을 때 비는 더욱 세차게 내리고 있었다. 나는 재빨리 어느 소시지 가게의 천막 지붕 아래로 달려갔고, 판매대 쪽으로 몸을 뻗어 구운 소시지 하나와 고기 수프 한 접시를 주문했고, 담

---

1 이 작품에서 〈말 없음〉은 주요 모티프로 여러 곳에 등장한다. 예수는 죽음을 맞이한 자리에서 〈할 말이 없느냐〉는 질문에 아무 말도 하지 않고 침묵을 지켰다.

배 열 개비를 달라고 한 다음 10마르크짜리 지폐를 내고 잔돈을 거슬러 받았다. 나는 소시지를 먹으면서 가게의 뒷면 전체를 차지하고 있는 거울을 들여다보았다. 처음에 나는 나 자신을 알아보지 못했다. 색이 바랜 챙 없는 모자 밑으로 보이는 비쩍 마른 생기 없는 얼굴. 나는 불현듯 나 자신이 우리 어머니한테 물건을 팔러 와서 한 번도 거절당한 적 없는 행상인들 중 하나처럼 보인다고 생각했다. 어렸을 때 가끔 그들에게 문을 열어 주면 어슴푸레한 현관 불빛 아래 말할 수 없이 절망적인 그들의 얼굴이 나타나곤 했다. 겁먹은 내가 현관의 옷 거는 자리를 지켜보며 어머니를 부르면 어머니가 앞치마에 손을 닦으며 곧장 부엌에서 나오셨는데, 그럴 때면 가루비누, 마루 닦는 왁스, 면도날이나 구두끈을 팔러 다니는 그 행상의 얼굴에 야릇한 안도의 기색이 감돌았다. 어머니를 보기만 해도 행복감을 느끼는 그 생기 없는 얼굴들이 섬뜩해 보였다. 어머니는 선량한 분이셨다. 누가 찾아오든 문전 박대하는 일이 없었고, 구걸하러 온 이들에게 빵이 있으면 빵을, 돈이 있으면 돈을 주었고, 최소한 커피 한 잔이라도 대접했다. 우리 집에 아무것도 줄 것이 없을 때는 깨끗한 유리잔에 시원한 냉수라도 따라 내놓으며 그들에게 위로의 눈길을 보냈다. 우리 집 초인종 주위에는 거지들의 비밀 부호와 부랑자들의 표식들이 모여 있었고, 우리 집에 구두끈 값을 치를 몇 푼의 동전이라도 있으면 행상인은 물건을 팔 수 있었다. 어머니는 외판원도 경계하지 않았는데, 몹시 지친 그네들의 얼굴을 보면 차마 거절하지 못하고 구매 계약서, 보험 증서, 주문 청구서에 서명을 하곤 했다. 아직도 기억 나는데, 어릴 적 밤중에 침대에 누워 있으면 아버지가 집에 들어오시는 소리가 들렸고, 아버지가 식당에 들어서자마자 말다툼, 심한 말다툼이 벌어졌다. 그럴 때 어머니는 거의 한 마디도 하지 않으셨다. 어머니는 조용한 분이셨다. 그 시절 우리 집에 오던 남자들 중 한 사람이 지금 내가 쓴 것 같은 색이 바랜 챙 없는 모자를 쓰고 있었다. 디슈[2]라고 불린 그 남자는, 나중에 알게 된 사실에 의하면 배교한 사제였는데, 가루비누를 팔러 다녔다.

상처 난 잇몸에 심한 통증이 느껴질 만큼 뜨끈한 소시지를 먹는 동안, 나는 건너편의 반들반들한 거울에 비친 내가 그 디슈를 닮아 가고 있다는 걸 알아차렸다. 모자, 마르고 생기 없는 얼굴, 절망적인 눈빛. 그런데 거울 속의 내 얼굴 옆에는 내 옆에 있는 남자들의 얼굴과 소시지를 먹기 위해 크게 벌린 입들이 보였다. 누런 이빨들 뒤로는 장밋빛 소시지가 조금씩 넘어가는 크게 벌어진 컴컴한 목구멍들, 테 있는 좋은 모자와 좋지 않은 모자, 모자를 안 쓴 사람들의 젖은 머리칼, 그 사이로 이리저리 움직이는 소시지 가게 아가씨의 장밋빛 얼굴이 보였다. 그녀는 명랑하게 미소 지으며 나무 포크로 기름에서 뜨거운 소시지를 건져 겨자와 함께 종이 접시에 담아 냈다. 그러고는 소시지를 먹고 있는 사람들 사이를 부지런히 오가며 겨자가 묻은 지저분한 종이 접시를 모으고, 담

2 Disch. 독일 쾰른의 잘 알려진 가문 이름.

배와 레모네이드를 내주며 아주 짤막한 장밋빛 손가락으로 돈을 받았다. 그러는 동안 천막 지붕 위에서는 빗방울이 떨어지는 소리가 요란하게 들려왔다.

나는, 소시지를 먹느라 입을 크게 벌려 누르스름한 이빨 뒤의 컴컴한 목구멍이 보이는 나의 얼굴에서도 나를 놀라게 했던 다른 사람들의 탐욕스러운 표정을 보았다. 우리의 머리들은 프라이팬에서 피어오르는 따뜻한 김에 휩싸여 마치 인형극 무대에 올라서 있는 것 같았다. 깜짝 놀란 나는 다시 사람들을 헤집고 바깥으로 나와 비를 맞으며 모차르트 가로 달렸다. 가게의 달아낸 천막 지붕들 아래마다 사람들이 기다리며 서 있었는데, 바그너의 구둣방에 도착했을 때에도 나는 사람들 틈을 비집고 문까지 가야만 했고, 힘들여 간신히 문을 열 수 있었다. 마침내 계단 아래로 내려가 가죽 냄새를 맡았을 때에야 비로소 나는 안도의 한숨을 내쉬었다. 땀에 찌든 낡은 구두 냄새, 새 가죽 냄새, 나뭇진 냄새가 났고, 구식 재봉틀이 윙윙거리는 소리가 들렸다.

의자에서 기다리는 두 여자를 지나 유리문을 열자 바그너 씨가 미소를 띠고 나왔는데, 그 모습이 반가웠다. 바그너 씨를 알게 된 지도 어느덧 35년이 되었다. 우리 가족은 그의 가게의 시멘트 지붕 저 위쪽 어딘가에서 살았었다. 나는 벌써 다섯 살 때부터 어머니의 슬리퍼를 그의 가게로 가져갔다. 이제는 등받이가 사라진 그의 의자 뒤 벽에는 다시 십자고상이 걸려 있고, 그 옆에는 잿빛 수염을 기른 인자한 노인인 성(聖) 크리스피누스[3]의 초상화가 걸려 있으며, 구두 수

선공 치고는 너무 매끄럽게 손질된 그의 손에는 철제 삼발이가 들려 있다.

내가 악수를 청하자, 바그너 씨는 입에 못을 물고 있는 까닭에 말없이 고갯짓으로 옆의 의자를 가리켰다. 나는 의자에 앉아 주머니에서 봉투를 꺼냈고, 바그너 씨는 탁자 위로 담배쌈지와 담배 마는 종이를 내밀었다. 하지만 내 담배에는 아직 불이 타고 있어서 나는 〈고맙습니다〉라고 말하고 그에게 봉투를 내밀며 〈혹시〉 하고 말을 꺼냈다. 바그너 씨는 입에 물고 있던 못을 빼내고, 작은 못이 붙어 있는지 확인하려고 손가락으로 꺼칠한 입술을 문지른 다음 내게 말했다. 「또 부인 걱정이군, 자, 자.」

그가 내게서 봉투를 받아 들고 머리를 흔들며 말했다. 「잘 해결될 거야. 손자 녀석이 고해 성사 보고 돌아오면 그리로 보낼게.」그는 시계를 들여다보았다. 「30분 안에 보내지.」

「그 사람은 오늘 돈이 필요해요. 그 안에 돈이 들어 있어요.」내 말에 그는 말했다. 「알고 있네.」나는 그와 악수를 하고 헤어졌다. 다시 계단을 올라왔을 때 문득 그에게 돈을 꿔 달라고 할걸, 하는 생각이 들었다. 나는 잠시 망설이다가 마지막 계단 위로 올라서서 사람들을 헤치고 밖으로 나갔다.

3 Crispinus. 로마의 귀족으로 형제인 크리스피아누스Crispianus와 프랑스 지방으로 복음 선교 여행을 갔다가 수아송Soissons에 정착해 낮에는 선교 활동에 전념하고 밤에는 구두 수선공으로 일했다. 기독교 박해자인 릭티오바루스Rictiovarus가 이 형제들을 고문해 죽이려 하였으나 거듭 실패하자 막시미아누스Maximianus(?~310) 황제가 이들 형제를 참수하였다. 성인 명부에 오른 후 제화공, 무두장이, 피혁공, 재단사의 수호성인이 되었다.

5분 후 베네캄 가에서 버스를 내렸을 때도 여전히 비가 내리고 있었다. 나는 기념물로 보존하기 위해 버팀목으로 받쳐 둔 고딕식 건물의 높다란 합각지붕들 사이를 달렸다. 불타 버린 창문 구멍들 사이로 진회색 하늘이 보였다. 이 집들 중에는 사람이 사는 곳이 한 군데밖에 없었다. 나는 그 집의 처마 아래로 뛰어가 초인종을 누르고 잠시 기다렸다.

하녀의 부드러운 갈색 눈빛에서 이제 나 자신이 분명 닮아 가고 있는 부류의 사람들에게 예전의 내가 보냈던 것과 똑같은 동정의 눈빛을 읽을 수 있었다. 하녀는 내 외투와 모자를 받아 들고 문 앞에서 물기를 털어 냈다. 그리고 말했다.

「어머나, 흠뻑 젖으셨겠네요.」

나는 고개를 끄덕이고 거울 옆으로 가서 손가락으로 머리를 쓸어 올렸다.

「바이쳄 부인 계시나?」 내가 물었다.

「안 계신데요.」

「혹시 내일이 1일[4]이라는 걸 잊지 않고 계시던가?」

「아뇨, 모르시던데요.」 하녀가 말했다.

하녀는 나를 거실로 안내하고 탁자를 난로 쪽으로 밀어낸 다음 의자를 하나 가져왔다. 하지만 나는 등을 난로에 기댄 채 그대로 서 있었다. 그리고 바이쳄 가문 사람들에게 150년

4 제2차 세계 대전이 끝난 지 7년이 되던 해를 배경으로 하는 이 소설은 1952년 9월 30일 토요일 오전에 시작되어 월요일 오전에 끝나는 48시간 동안의 이야기이다. 그러나 달력에 의하면 9월 30일은 화요일이므로 작가의 달력은 실제의 달력과 맞지 않다. 그러나 1950년 9월 30일부터 10월 2일까지의 일이라면 실제 달력과 요일이 일치한다.

동안이나 시간을 알려 준 시계를 쳐다보았다. 방은 낡은 가구들로 가득 차 있었고, 창에는 진짜 고딕식 유리가 끼워져 있었다.

하녀는 내게 커피 한 잔을 가져다주고 바이젬 씨의 아들인 알폰스를, 바지 멜빵을 잡아 끌며 데려왔다. 그 아이에게 분수 계산법[5]을 가르쳐 주는 것이 내 일이다. 뺨이 발그레한 그 건강한 아이는 넓은 정원에서 밤을 가지고 노는 것을 좋아한다. 밤을 열심히 모으고 아직 사람이 살지 않는 이웃집 정원에서도 밤을 주워 온다. 지난 몇 주 동안 바깥의 나무들 사이로 밤송이가 주렁주렁 매달려 있는 모습을 볼 수 있었다.

나는 두 손으로 커피 잔을 움켜쥐고 따뜻한 커피를 홀짝거리며 이 건강한 소년에게 분수 계산법을 가르쳐 주었다. 하지만 그래 봐야 아무 소용이 없다는 걸 깨달았다. 이 아이는 사랑스럽기는 하지만 그의 부모나 형제자매들처럼 멍청하기는 마찬가지였다. 이 집에 머리가 좋은 사람이라곤 하녀 하나밖에 없었다.

바이젬 씨는 모피와 고철을 취급하는 친절한 사람이다. 그를 만나 몇 분 동안 대화를 나눌 때면 나는 가끔 그가 내 직업을 부러워한다는 허무맹랑한 느낌을 받곤 한다. 그는 많은 사람들이 그에게 기대했지만 정작 그 자신이 이룩하지 못한 것에 평생 동안 시달려 온 모양이었다. 그러니까 지적인 능력뿐만 아니라 강인함을 필요로 하는 대기업 경영 말이다.

5 학창 시절 하인리히 뷜이 좋아한 과목이 라틴어와 수학이었다고 한다.

그에게는 두 가지 다 부족하다. 그는 만날 때마다 내 직업의 시시콜콜한 부분까지 꼬치꼬치 물어본다. 그래서 나는 그가 나처럼 평생을 작은 전화 교환국에 틀어박혀 있는 것이 차라리 좋을지도 모르겠다고 생각하기 시작했다. 그는 내가 수동 전화 교환기를 어떻게 작동시키는지, 장거리 통화를 어떻게 연결하는지 알고 싶어 하고, 우리가 일할 때 사용하는 용어에 대해서도 물어본다. 그리고 내가 모든 대화를 도청할 수 있다고 상상하고 어린애처럼 흡족해한다. 「재미있겠어. 참 재미있겠어.」 그는 번번이 그렇게 말하곤 한다.

시간은 천천히 흘러갔다. 나는 여러 번 분수 계산법을 가르쳐 주고 과제를 받아쓰게 하고는 그것을 끝마칠 때까지 담배를 피우며 기다렸다. 바깥은 조용했다. 가축 떼가 떠나 버린 후 늙고 병든 아낙네 몇 사람만 남은 초원의 조그만 마을처럼, 조용함은 이곳, 도시의 중심가를 지배하고 있다.

「분수는 곱하면 오히려 반대로 나누어지는 거야.」 그러자 아이는 갑자기 뚫어져라 내 얼굴을 쳐다보곤 말하는 것이었다. 「클레멘스는 라틴어에서 2점[6] 받았어요.」

내가 깜짝 놀란 사실을 아이가 알아차렸는지 모르겠다. 아이의 말에 갑자기 열세 살 난 내 아들의 얼굴이 떠올랐다. 아들은 알폰스와 짝이었던 것이다.

「다행이구나.」 나는 힘들여 말했다. 「그럼 너는?」

「4점요.」 아이가 말했다. 그러면서 무언가를 찾는 듯 미심

6 독일 학교에서는 성적을 1, 2, 3, 4, 5, 6 순으로 매긴다. 성적이 좋을수록 숫자가 낮다.

쩍은 눈길로 내 얼굴을 훑어보았다. 나는 얼굴이 화끈 달아오르면서도 그런 것은 아무래도 상관없다고 느꼈다. 왜냐하면 이제 내 아내와 아이들의 얼굴이 마치 내 얼굴 속으로 투사되듯 크게 확대되어 떠올랐기 때문이다. 나는 할 수 없이 이렇게 중얼거리며 눈을 감았다. 「계속해라. 분수 곱셈은 어떻게 하지?」 아이는 곱셈법을 작은 소리로 중얼거리며 나를 쳐다보았지만, 나에게는 아이의 말이 들리지 않았다. 책가방을 여는 데서 시작하여 어딘가의 사무실 의자 위에서 끝나는 죽음의 순환 속에 매여 있는 내 아이들 모습이 눈앞에 어른거렸던 것이다. 어머니는 내가 아침마다 책가방을 등에 메고 나가는 모습을 지켜보았고, 아내 캐테[7]는 우리 아이들이 아침마다 책가방을 등에 메고 나가는 모습을 지켜본다.

나는 아이들의 얼굴을 떠올리며 분수 계산법을 설명해 주었고, 그 계산법의 일부는 아이들 얼굴에서 빠져나와 다시 내 얼굴에 부딪혔다. 비록 더디기는 해도 어느덧 시간이 지나갔다. 2마르크 50페니히를 번 것이다. 나는 아이에게 다음 시간에 해올 숙제를 받아쓰게 하고, 마지막 남은 한 모금의 커피를 마저 마신 후 현관으로 나왔다. 하녀는 젖은 내 외투와 모자를 부엌에서 말려 두었고, 내가 외투 입는 것을 도와주며 내게 미소를 지어 보였다. 거리에 나왔을 때 하녀의 거칠고도 선한 얼굴이 떠올랐고, 그녀에게 돈을 빌려 달라고 해볼걸, 하는 생각이 들었다. 나는 잠시 망설이다가, 여전히

7 Käte. 〈순수함〉을 뜻하는 이름 〈카타리나Katharina〉의 단축형. 뵐의 소설에는 〈캐테〉나 〈카타리나〉라는 이름의 인물이 여럿 등장한다.

비가 내리고 있던 까닭에 외투 옷깃을 올리고, 지벤 슈메르첸 마리애[8] 성당 옆의 버스 정류장으로 달려갔다.

10분 후, 나는 도시의 남쪽 구역에 있는 어느 집, 식초 냄새가 풍기는 부엌에 앉아 있었다. 거의 노랗다고 할 수 있는 큰 눈을 지닌 창백한 소녀가 라틴어 단어를 암송하고 있었다. 때마침 옆방으로 통하는 문이 열렸고, 거의 노랗다고 할 수 있는 큰 눈을 가진 야윈 얼굴의 여자가 나타나더니 이렇게 말했다. 「애야, 열심히 해라. 너를 학교에 보내기가 얼마나 힘든지 너도 알지. 과외 공부하는 데 돈이 많이 드니까.」

아이는 열심히 노력했고, 나는 열심히 가르쳤다. 우리는 한 시간 내내 라틴어 단어며 문장이며 문법을 서로에게 속삭였지만, 그래 봐야 아무 소용이 없다는 것을 나는 알고 있었다. 정확히 3시 10분이 되자 야윈 부인이 몸에서 지독한 식초 냄새를 풍기며 옆방에서 나왔다. 부인은 아이의 머리를 쓰다듬으며, 나를 쳐다보고 이렇게 물었다. 「애가 해낼 것 같아요? 지난번 시험에서는 3점을 받았어요. 내일도 시험이 하나 있어요.」

나는 외투의 단추를 채우고 주머니에서 젖은 모자를 꺼내며 나지막이 말했다. 「아마 해낼 겁니다.」 내가 아이의 꺼칠한 금발에 손을 올리자 부인이 말했다. 「얘는 해내야 해요. 나한텐 애 하나밖에 없어요. 남편은 비니차[9]에서 전사했거든요.」

8 Sieben Schmerzen Mariä. 〈마리아의 칠고(七苦)〉라는 뜻으로, 예수의 어머니 마리아에게 고통을 주는 인생의 일곱 가지 국면을 가리킨다.

9 Winiza. 뵐이 군대 시절에 알게 된 우크라이나의 도시로, 1941년 7월 독일군에 점령당해 히틀러의 본영 중 하나로 쓰였다.

나는 녹슨 트랙터로 가득 찬 비닐차의 지저분한 역을 잠시 눈앞에 그려보고는 부인을 쳐다보았다. 부인은 갑자기 용기를 낸 듯 이미 오래전부터 하려고 작정한 말을 꺼냈다. 「돈은 좀 있다가 줘도 될……」 나는 그녀가 채 말을 끝내기도 전에 〈그러세요〉라고 말했다.

어린 소녀가 나를 향해 빙그레 미소 지었다.

밖으로 나와 보니 비는 그치고 햇살이 비치고 있었다. 크고 노란 낙엽들이 하나둘, 나무에서 젖은 아스팔트 위로 천천히 떨어지고 있었다. 블록 씨가 한 달 전부터 살고 있는 집으로 가는 편이 내게는 가장 좋았을 것이다. 하지만 아무런 성과도 얻지 못할 일을, 그러한 노력을 자꾸만 하지 않을 수 없었다. 나는 바그너 씨와 바이겜 씨의 하녀, 식초 냄새가 나는 부인에게 돈을 빌려 볼 수 있었을지 모른다. 그들이 분명 얼만가를 내게 주었을지도 모르지만 나는 그대로 전차 역으로 가서, 11번 전차를 타고, 비에 젖은 사람들 틈에서 나켄하임까지 흔들리며 갔다. 낮에 먹은 뜨거운 소시지 때문에 토하기 직전이었다. 나켄하임에 도착한 나는 공원의 마구 자란 덤불들 사이를 지나 뷔클러 씨의 별장이 있는 곳까지 갔고, 초인종을 누르자 그의 여자 친구가 나와 나를 거실로 안내해 주었다. 내가 방에 들어서자 뷔클러 씨가 신문의 가장자리를 찢어 읽고 있던 책에 끼워 표시를 해두고, 책을 덮고는 어색한 미소를 띠며 내 쪽으로 고개를 돌렸다. 그도 이제 나이가 들었고, 이미 몇 년 전부터 이 도라란 여자와 함께 살고 있는데, 그들의 우정은 결혼 생활보다 더 지루해지고 말았다. 그들은 서로를 가차 없이 감시해 상대의 성격이 가혹해 지게 만들었고, 서로를 〈자기〉니 〈예쁜이〉니 부르면서, 돈 때문에 싸우면서도 서로 결속되어 있다.

다시 방으로 들어온 도라도 신문의 가장자리를 찢어 책갈피에 끼웠고, 그러고는 내게 차를 따라 주었다. 그들은 서로의 사이에 초콜릿, 담배 한 갑과 찻주전자를 놓아두고 있다.

「다시 만나 반갑네. 담배 피우겠나?」 뷔클러 씨가 말했다.

「네, 감사합니다.」 내가 말했다.

우리는 담배를 피우며 침묵을 지켰다. 도라는 내게서 얼굴을 돌린 채 앉아 있었고, 내가 몸을 돌려 바라볼 때마다 표정이 굳어 있었지만 서로 시선이 마주치면 금방 미소 띤 얼굴로 바뀌었다. 그들은 둘 다 침묵하고 있었고, 나 역시 아무 말도 하지 않았다. 나는 담배를 비벼 끄고는 침묵을 깨트리며 불쑥 말문을 열었다.

「돈이 필요해서요. 혹시…….」

하지만 뷔클러 씨는 껄껄 웃으며 내 말을 끊었다.

「그럼 자넨 벌써 오랫동안 우리에게 필요했던 것과 똑같은 걸 원하는군. 내 기꺼이 자넬 도와주고 싶네만, 자네도 알잖나, 근데 돈이…….」

나는 도라의 얼굴을 쳐다보았다. 그녀의 굳었던 얼굴은 금세 다시 미소 띤 얼굴로 바뀌어 있었다. 그녀는 담배 연기를 평소보다 더욱 깊이 빨아들이려는 듯 입 주위에 선명한 주름을 만들었다.

「죄송합니다만, 아시다시피…….」

「미안해할 것 없네. 누구나 곤경에 처할 수 있으니.」

「그렇다면 폐를 끼치지 않겠습니다.」

나는 그렇게 말하고 자리에서 일어섰다.

「폐를 끼치다니, 절대 그렇지 않네.」 그는 그렇게 말했고, 나는 갑자기 생기 있게 변한 그의 목소리를 듣고 그 말이 진심에서 나온 것임을 알게 되었다. 도라도 자리에서 일어나 내 어깨를 토닥여 줬는데, 그녀의 눈에서 그녀가 내가 가버릴까 봐 불안해하고 있다는 것을 감지할 수 있었다. 나는 그들이 나를 만나 정말 반가워한다는 사실을 문득 깨달았다. 도라는 내게 담뱃갑을 내밀고 다시 차를 한 잔 따라 주었다. 나는 도로 자리에 앉고는 모자를 의자 위에 던져 놓았다. 하지만 우리는 계속 침묵을 지켰고 가끔씩만 말을 할 뿐이었다. 내가 도라를 쳐다볼 때마다 그녀의 굳은 표정이 미소 띤 얼굴로 변했는데, 나는 그것이 거짓이 아니라는 것을 인정하지 않을 수 없었다. 왜냐하면 마침내 내가 자리에서 일어나 의자 위의 모자를 집어 들었을 때 그들이 단둘이 있는 것과 책이며 담배며 차를 두려워한다는 것을 깨달았기 때문이다. 그들은 결혼 생활의 지루함을 두려워했기 때문에 저녁이 오는 것과 끝없는 지루함에 사로잡히는 것에 불안을 느끼고 있었다.

30분 후, 나는 도시의 다른 구역에 있는 옛 동창생의 집 앞에 서서 초인종을 누르고 있었다. 나는 1년이 넘도록 그의 집에 찾아가 본 적이 없었다. 그의 집 현관의 조그만 유리창 뒤에서 커튼이 올라갔고, 친구의 허옇고 살진 얼굴에 당혹스러위하는 표정이 스쳤다. 문을 여는 사이에 얼굴은 다른 표정으로 바뀌어 있었다. 우리가 복도를 걸어갈 때 어느 욕실 문에서 김이 새어 나왔고, 아이들이 낄낄거리는 소리가 들려왔다. 욕실에서 그의 아내가 날카로운 목소리로 외쳤다.

「누구예요?」

나는 장뇌 냄새가 나고 초록색 가구가 놓여 있는 친구의 방에 30분 동안 앉아 있었다. 우리는 담배를 피우며 이런저런 이야기를 나누었다. 친구는 학창 시절 이야기를 꺼내면서 얼굴이 한층 밝아졌지만 나는 지루함을 느꼈다. 나는 친구의 얼굴에 담배 연기를 내뿜으며 그의 얼굴을 향해 이런 질문을 던졌다.

「돈 좀 빌려 줄 수 있어?」

그는 전혀 놀라지 않았고, 내게 라디오, 찬장, 소파, 부인의 겨울 외투에 들어가는 할부금 이야기를 들려준 다음 화제를 바꾸어 다시 학창 시절 이야기를 늘어놓기 시작했다. 친구의 말에 귀 기울이면서 나는 으스스한 감정에 사로잡혔다. 친구는 2천 년 전 이야기를 하고 있는 것 같았다. 나는 우리가 까마득한 선사 시대를 배경으로 건물 관리인과 다투고, 지우개를 칠판에 던지고, 화장실에서 담배를 피우는 모습을 보았다. 마치 원시 시대의 선실에 있는 것 같았다. 모든 것이 낯설고 소원하게 느껴져 나는 깜짝 놀랐다. 나는 일어서며 〈자 그럼, 이만 실례……〉라고 말했고 우리는 헤어졌다.

우리가 복도를 지나 돌아 나올 때 친구는 다시 뚱한 표정을 지었다. 그의 부인이 욕실에서 다시 뭐라고 새된 소리를 질렀지만 나는 무슨 말인지 알아들을 수 없었다. 그는 〈그만 좀 해〉처럼 들리는 말로 되받아쳤다. 내 뒤의 문이 닫혔다. 지저분한 계단에 서서 고개를 돌리자 친구가 조그만 유리창의 커튼을 젖히고 나를 바라보는 것이 보였다.

나는 천천히 걸어서 시내로 되돌아왔다. 다시 조용히 비가 내리기 시작했고, 퀴퀴하고 축축한 냄새가 났다. 가스등에는 이미 불이 들어와 있었다. 나는 길가의 어느 주점에 들어가 화주를 한 잔 마시며, 자동 전축 옆에 서서 유행가를 들으려고 동전을 자꾸 집어넣는 한 남자를 바라보았다. 담배 연기를 탁자 위로 내뿜었고, 유죄 판결을 받은 것처럼 보이는 여주인의 심각한 얼굴을 보았으며, 계산을 치르고 다시 발걸음을 옮겼다.

파괴된 집들의 쓰레기 더미에서 새어 나온 누런 갈색의 빗물이 흙탕물이 되어 보도로 흘러내렸다. 내가 피해 들어간 건물의 비계에서 석회질의 빗방울이 외투로 떨어졌다.

나는 도미니코 성당에 들어가 기도하려고 했다. 그곳은 어두컴컴했다. 고해실 옆에는 남자와 여자 몇 명과 아이들이 서 있었다. 앞쪽의 제단에는 두 개의 촛불과 붉은 성체등(聖體燈)[10]이 불타고 있고, 고해실에는 조그만 등이 켜져 있었다. 몸이 얼어붙는 것 같았지만 나는 거의 한 시간 동안 성당에 머물렀다. 고해실에서는 나지막이 중얼거리는 소리가 들렸고, 나는 한 사람이 고해실 밖으로 나와 중랑(中廊)으로 가

10 독일어로 〈Ewiges Licht〉. 〈영원의 빛〉이라는 뜻으로, 언제나 변함없이 존재하는 신을 상징한다.

서 두 손으로 얼굴을 치면 다른 사람들이 뒤따라 움직이는 모습을 지켜보았다. 한번은 신부가 고해실의 문을 열고 밖에서 기다리는 사람이 얼마나 되는지 둘러보았는데, 그때 둥근 전기난로의 빨갛게 달아오른 철사가 보였다. 거의 열두 명이나 되는 많은 사람들이 아직 기다리고 있었기 때문에 그는 실망한 표정을 지으며 다시 고해실로 들어갔다. 신부가 전기 난로의 스위치를 끄자 다시 나지막하게 중얼거리는 소리가 들려오기 시작했다.

나는 오늘 오후에 만났던 사람들의 얼굴[11]을 또 한 번 떠올려 보았다. 나에게 롤 테이프를 조금 떼어 준 은행 여직원에서부터 시작해서 소시지 가게의 장밋빛 얼굴의 여자, 소시지를 먹으면서 입을 크게 벌린 내 자신의 얼굴, 내 얼굴 위의 색 바랜 챙 없는 모자를 떠올려 보았다. 또 바그너 씨의 얼굴, 바이젬 씨 집 하녀의 온화하지만 거친 얼굴, 내가 분수 계산법을 조용히 설명해 준 어린 알폰스 바이젬의 얼굴, 식초 냄새를 풍기는 부엌의 소녀를 생각해 보았다. 그리고 녹슨 트랙터로 가득 찬 지저분한 비니차 역, 그 소녀의 아버지가 죽은 그 역, 크고 거의 누렇다 할 수 있는 눈에 야윈 얼굴을 한 소녀의 어머니, 뷔클러 씨와 동창생, 주점의 자동 전축 옆에 서 있던 남자의 붉은 얼굴을 떠올려 보았다. 나는 추위를 느꼈고, 자리에서 일어나 입구의 성수반(聖水盤)에서 성수를 찍어 성호를 그은 다음 뵈넨 가로 발걸음을 옮겼다. 그리고

11 이 소설에서 얼굴은 등장인물의 감정을 드러내는 라이트모티프Leitmotiv로 기능한다.

베츠너의 주점에 들어가 오락기 근처의 조그만 탁자에 앉아 봉투에서 10마르크 지폐를 꺼낸 그 순간, 나는 오후 내내 이 술집만 생각해 왔음을 깨달았다. 나는 모자를 옷걸이에 걸고 카운터를 향해 소리쳤다. 「화주 큰 잔으로 하나!」 나는 외투의 단추를 풀고 상의 주머니에서 동전 몇 개를 찾았다. 오락기의 투입구 속으로 동전을 하나 집어넣고 단추를 눌러 은빛 구슬을 통로로 굴린 다음 오른손으로 베츠너 씨가 내민 화주를 받아 들었다. 구슬 하나를 놀이판으로 구르게 한 다음 구슬판이 접촉점을 건드릴 때의 멜로디에 귀 기울였다. 그리고 주머니를 샅샅이 뒤져 거의 잊고 있었던 5마르크짜리 동전을 발견했다. 나와 자리를 교대한 동료가 빌려 준 돈이었다.

나는 오락기 위로 몸을 깊이 구부리고 은빛 구슬의 놀이를 지켜보며 그 멜로디에 귀를 기울였다. 베츠너 씨가 카운터 옆에 있던 한 남자에게 나지막이 말하는 소리가 들려왔다. 「저 친구는 주머니에 있는 돈이 다 떨어질 때까지 저러고 있을 거야.」

2

프레드가 보낸 돈을 자꾸만 세어 본다. 진녹색, 연녹색, 푸른색의 지폐를. 그 지폐에는 상업이나 포도 재배를 상징하는, 이삭을 나르는 농부 아낙네들의 머리와 가슴이 풍만한 여인들이 인쇄되어 있는가 하면, 역사적으로 유명한 영웅의 외투 자락 밑에는 바퀴와 망치를 든, 필경 수공업을 상징하는 것으로 보이는 한 남자가 숨겨져 있다. 그의 옆에는 은행 건물의 모형을 가슴에 품은 지루해하는 처녀가 앉아 있고, 그녀의 발치에는 두루마리 문서와 건축가의 공구가 놓여 있다. 녹색 지폐의 한복판에는 저울을 오른손에 들고 생기 없는 눈으로 나를 흘깃 쳐다보는 꼴사나운 건달이 버티고 있다. 이 귀중한 지폐의 테두리는 보기 흉하게 장식되어 있고, 구석에는 값을 나타내는 숫자가 인쇄되어 있다. 동전에는 떡갈나무 잎과 이삭, 포도나무 잎과 십자형 망치가 새겨져 있고, 그 뒷면에는 무언가를 잡아먹기 위해 날개를 펴고 막 날아오르려는 끔찍한 독수리 심벌이 자리하고 있다. 내 손이 지폐를 헤아리고, 분류하고, 동전을 쌓아 올리는 동안 아이들은 나를 지켜보고 있다. 어느 성당의 관청에서 전화 교환수로 일하는 내 남편의 월급은 320마르크 83페니히. 지폐는 방세로, 한 장은 전기료와 가스비로, 한 장은 의료 보험비로 떼어 놓고, 빵집에 갚을 돈을 제하고 나니, 내가 쓸 돈 240마르크가 남는다. 프레드는 내일 돌려준다는 쪽지를 보내 놓고 10마르크를 가져갔다. 그는 그 돈을 술 마시는 데 쓸 것이다.

아이들은 나를 지켜보고 있다. 애들의 얼굴은 진지하고 조용하지만, 나는 아이들이 깜짝 놀랄 선물을 마련해 두었다. 오늘은 복도에서 놀아도 되는 것이다. 프랑케 씨 가족은 가톨릭 여성 연맹[12] 회의에 참석하느라 주말여행을 떠나 집에 없고, 우리 아래층에 사는 젤프슈타인 씨 가족은 아직 2주 더 있어야 휴가에서 돌아온다. 그리고 우리와 그저 속돌 벽으로만 분리되어 있는 우리 옆방의 세입자 호프 씨 가족, 그들에게는 굳이 물어볼 필요가 없다. 그러니 아이들은 복도에서 놀아도 된다. 결코 과소평가할 수 없는 특전인 것이다.

「아빠가 보내 준 돈이야?」

「그래.」내가 말한다.

「아빠는 아직도 아프대?」

「그래. 오늘은 복도에서 놀아도 된다. 하지만 아무것도 망가뜨리지 말고, 벽지를 조심해야 해.」나는 아이들이 기뻐하는 모습을 보는 행복을, 아울러 토요일 일을 시작하며 그들

---

12 Der Katholische Deutsche Frauenbund. 약칭 KDFB. 가정 내에서 여성의 이상을 전파하기 위해 1903년 11월 16일 쾰른에서 설립된 단체이다.

로부터 해방되는 행복을 맛본다.

프랑케 부인이 유리병 3백 개를 완전히 봉했을 텐데도 복도에는 아직 절인 음식 냄새가 배어 있다. 프레드의 속을 뒤집어 놓기에 충분한 식초 끓인 냄새, 흐물흐물하게 푹 삶은 과일과 채소 냄새다. 문들은 꼭꼭 잠겨 있고, 옷걸이에는 프랑케 씨가 지하실에 갈 때 쓰는 낡은 모자만이 걸려 있다. 새벽지가 우리 문까지 발라져 있고, 우리 방의 출입구로 쓰이는 문짝 한가운데까지 새 페인트가 칠해져 있다. 한 개뿐인 우리 방은 합판으로 벽을 둘렀고, 잡동사니가 쌓여 있는 한쪽에서는 우리 막내 아기가 잔다. 하지만 프랑케 씨 가족은 부엌, 거실, 침실, 그리고 프랑케 부인이 자기 집을 찾아오는 수많은 손님을 맞을 때 쓰는 응접실, 이렇게 공간을 네 개나 쓰고 있다. 나는 위원회나 협의회 들의 수는 알지 못한다. 내가 아는 것이라곤 가톨릭교회에서 이 방이 절실히 필요하다는 것을 서류로 증명해 주었다는 사실뿐이다. 우리를 행복하게 해주지는 않지만, 결혼 생활을 영위할 수 있도록 보증해 줄 이 공간의 필요성을 말이다.

프랑케 부인은 환갑을 맞이한 나이인데도 아직 아름다움을 간직하고 있다. 하지만 모두를 매혹시키는 그녀의 눈동자가 뿜어내는 기묘한 광채는 내게 공포감을 불러일으킨다. 그렇게 어둡고 가차 없어 보이는 눈, 대단한 솜씨로 염색한 단정한 머리, 나와 대화할 때만 갑자기 새된 소리로 변할 수 있는 나지막하게 떨리는 저음의 목소리, 딱 떨어지는 옷맵시, 그녀가 아침마다 영성체를 하고, 주교가 관구의 지도층 여성을 영접할 때 매달 그의 반지에 키스한다는 사실, 이러한 일들은 그녀와 맞서 싸워 봤자 아무 소용이 없다는 것을 말해 준다. 6년 동안이나 그녀와 맞서 싸웠지만 이제 그러기를 포기한 우리는 그런 사실을 잘 알고 있다.

아이들은 복도에서 놀고 있다. 그 애들은 조용히 있는 것에 익숙해져서 떠들고 놀도록 해줘도 더 이상 시끄럽게 놀지 못한다. 아이들이 노는 소리가 거의 들리지 않는다. 그 애들은 이제 마분지 상자를 끈으로 연결하고는 복도의 끝까지 닿는 기차를 만들어 조심스럽게 이리저리 끌고 다니고 있다. 역을 만들고, 양철통과 나무토막을 싣고 다니고, 저녁 먹을 때까지 그렇게 놀 모양인 게 분명하다. 아기는 아직 자고 있다.

나는 한 번 더 소중하고 지저분한 지폐를 세어 본다. 은은하게 풍기는 감미로운 냄새에 깜짝 놀라면서. 그러고는 프레드가 나에게 주기로 한 10마르크를 더해 본다. 그는 술을 마시는 데 그 돈을 써버릴 것이다. 집이 너무 좁고 프랑케 부인의 존재와 끔찍한 이웃인 호프 씨 가족을 더 이상 견딜 수 없었던 까닭에 두 달 전에 집을 나간 남편은 친지의 집이나 이런저런 수용소에서 잠을 잔다. 프레드가 술주정뱅이인 데다 신부가 나에게 불리한 증언을 하는 바람에 당시 도시 변두리에 주택 단지를 짓고 있던 주택 위원회는 우리의 신청을 거부했다. 신부는 내가 성당의 단체 행사에 참가하지 않는 걸 못마땅해한다. 그 주택 위원회의 회장이었던 프랑케 부인은 우리의 주택 신청을 거부함으로써 흠잡을 데 없고 사심 없는 여자라는 세간의 평을 더욱 확고히 했다. 우리에게 새 집을 허락해 주었다면 자기네 식당으로 썼으면 하는 우리 방이 비게 될 것인데도 말이다. 그러니까 프랑케 부인은 자신이 손해를 보면서까지 우리에게 불리한 결정을 내렸던 것이다.

하지만 그때부터 나는 이루 말할 수 없는 공포에 사로잡혔다. 그런 증오의 대상이 된다는 사실에 나는 두려움을 느낀다. 성체를 먹는 것이 불안하고, 프랑케 부인이 매일 그것을 즐긴다는 사실에 갈수록 끔찍한 생각이 든다. 그녀의 눈빛이 점점 더 냉혹해지기 때문이다. 내게 남아 있는 얼마 안 되는 기쁨 중의 하나가 잔잔한 전례 의식인데 미사에 가는 것이 불안하다. 제단 옆에 선 신부를 보는 것이 불안하다. 그는 내가 옆방 응접실에서 종종 듣는 목소리의 주인공과 같은 인물이다. 고급 시가를 피우며 자기 위원회나 협의회의 여자들과 시시껄렁한 농담을 주고받는 탕아 같은 자의 목소리. 그들의 회의에 방해가 될까 봐 아이들을 조용히 시키며 숨죽이고 있는 동안 그들은 옆방에서 가끔 큰 소리로 웃곤 한다. 나는 이미 오래전부터 더는 그런 것에 개의치 않고 아이들을 놀게 하지만, 아이들이 더 이상 떠들 능력이 없게 된 것을 바라보며 두려움에 사로잡힌다. 아침에 가끔씩, 아기는 자고 있고 큰 애들은 학교에 가고 없을 때, 나는 물건을 사러 나간 길에 미사가 없는 시간을 틈타 성당에 몰래 가보기도 한다. 그럴 때면 신의 존재에서 뿜어져 나오는 무한한 평화를 느낀다.

가끔씩 프랑케 부인은 그 증오보다 나를 더 경악케 하는 감정의 동요를 보이곤 한다. 크리스마스 때 그녀는 우리를 찾아와 거실에서 열리는 조그만 파티에 참석해 달라고 부탁했다. 내 눈에는 복도를 지나 걸어가는 우리의 모습이 마치 거울 속으로 깊숙이 걸어 들어가는 것처럼 보였다. 클레멘스와 카를라가 앞장을 서고, 그다음엔 프레드, 그리고 아기를 팔에 안은 내가 그 뒤를 따랐다. 우리는 거울 속으로 깊숙이 걸어 들어갔고, 나는 그 모습을 바라보았다. 우리 모습이 가련해 보였다.

30년 전과 다를 바 없는 거실에서 나는 마치 다른 세계에 있는 것처럼 낯설고 어색한 기분이 들었다. 우리는 그런 가구에 어울리지 않고 그런 그림들 사이에 있을 형편이 못 되며, 다마스쿠스산 식탁보가 덮인 식탁에 앉을 처지가 못 된다. 프랑케 부인이 전쟁 통에도 무사히 간직한 크리스마스 트리 장식은 내 가슴을 불안으로 오그라들게 한다. 번쩍거리는 푸른색과 황금색 전구 — 유리로 된 천사의 머리카락과 인형 얼굴, 장미나무 구유 속에 누운 비누로 된 아기 예수, 〈인류에게 평화를〉이라는 문구가 쓰인 석고 글 띠 아래서 짐짓 꾸민 듯 히죽 웃고 있는, 요란하게 번쩍이는 마리아와 요셉 — 와 어머니회 회원인 청소부 아줌마가 매주 여덟 시간씩 땀 흘려 닦는 대가로 시간당 50페니히를 받는 이 가구들, 도저히 당해 낼 수 없는 이런 청결성이 나를 불안하게 한다. 프랑케 씨는 구석에 앉아 파이프 담배를 피우고 있었다. 뼈대가 굵은 그의 체형에는 살이 붙기 시작해서, 나는 계단을 오르는, 그의 쿵쿵대는 발소리를 가끔 듣곤 한다. 헐떡이는 그의 숨소리는 내 방을 지나 복도 깊숙이까지 들린다.

아이들은 좀처럼 볼 수 없는 그런 가구들을 두려워한다. 애들이 가죽 쿠션이 놓인 의자에 너무나 수줍게, 조용히, 엉거주춤 앉아 있어서 나는 그만 울음이 터져 나올 것만 같았다.

아이들 앞에는 음식 접시가 차려져 있고, 선물도 놓여 있었다. 양말, 그리고 프랑케 씨 집에서 35년 동안 줄곧 크리스마스 선물로 주어 온 점토 돼지 저금통이 그것이다.

프레드의 표정은 밝지 않았다. 초대에 응한 것을 후회하는 표정이었다. 그는 창가에 놓인 의자에 몸을 기대고 우두커니 서서, 주머니에서 질 나쁜 담배를 한 대 꺼내 천천히 매만지고는 불을 붙였다.

프랑케 부인은 유리잔에 포도주를 가득 채워 대접했고, 아이들에게는 사기잔에 레모네이드를 가득 채워 내밀었다. 잔에는 〈늑대와 일곱 마리 아기 염소〉[13]라는 동화의 내용이 그려져 있었다.

우리는 잔을 들었다. 프레드는 단숨에 잔을 비웠고, 잔을 손에 쥐고 살펴보면서 포도주 맛을 음미하는 것 같았다. 그런 순간에 나는 남편에게 경탄을 금치 못한다. 누구나 그의 얼굴에서 다음과 같은 내용을 뚜렷이 읽을 수 있었을 것이다. 두 개의 돼지 저금통, 한 잔의 포도주, 5분간의 감상적인 말로는 나를 속여 우리 집이 너무 좁다는 사실을 잊게 만들수는 없지, 하는.

이 끔찍한 초대는 차가운 이별로 끝났고, 나는 프랑케 부

13 그림 형제의 동화. 엄마 염소가 집을 비운 사이 못된 늑대가 아기 염소들을 잡아먹는다. 그러나 늑대가 잠이 들자 엄마 염소는 늑대의 배를 가르고 아기 염소들을 모두 구해 낸 다음, 배 속에 돌을 가득 집어넣고 감쪽같이 꿰매 버린다.

인의 눈에서 그녀가 이야기할 법한 모든 것을 읽었다. 이제 우리가 무수히 받아 온 저주에다 공공연한 배은망덕과 무례함이라는 저주가 덧붙여지리라. 그리고 그녀는 여러 층으로 된 순교의 왕관을 쓰고 아직 두 계단을 더 올라가야 하리라.

프랑케 씨는 말수가 적은 사람이지만, 아내가 집에 없다는 것을 알 때면 가끔 우리 방에 머리를 내밀곤 말없이 문가에 놓인 탁자 위에 초콜릿 한 조각을 올려놓곤 한다. 나는 이따금씩 포장지에 지폐가 감추어져 있는 것을 발견하기도 하고, 때때로 복도에서 아이들과 이야기를 나누는 그의 목소리를 듣기도 한다. 그는 아이들을 붙잡고 몇 마디 중얼거리기도 하는데, 아이들이 들려준 얘기에 의하면 그는 그 애들의 머리를 쓰다듬으며 〈착하기도 하지〉라고 하는 모양이다.

하지만 프랑케 부인은 그와 달리 말이 많고 활달하며 상냥하지 않은 여자다. 그녀는 도시의 오래된 상인 가문 출신이다. 그 가문은 대대로 거래 품목을 더욱 값비싼 것으로 끊임없이 바꿔 왔는데, 기름, 소금, 밀가루, 그리고 생선과 옷감에서 포도주로 넘어갔고, 그다음은 정치에 뛰어들었다가 부동산 중개업자로 전락했다. 요즈음 나는 가끔 그들이 가장 값비싼 하느님 장사를 하고 있다는 생각을 하곤 한다.

프랑케 부인은 아주 드물게 부드러워진다. 우선 돈 이야기를 할 때다. 그녀는 많은 사람들이 삶, 사랑, 죽음이나 신에 관해 이야기할 때처럼 부드럽게 돈 이야기를 해서 나를 놀라게 한다. 조용한 경외심을 갖고 무척 상냥하고 부드러운 목소리로 돈 이야기를 하는 것이다. 금이나 절인 음식에 관해 말할 때는 눈빛이 보다 흐릿해지고, 얼굴 표정은 젊어진다. 프랑케 부인은 두 가지 보물이 손상되는 것을 용납하지 않는다. 나는 석탄이나 감자를 가져오기 위해 아래쪽 지하실에 내려갔을 때 가끔 공포에 사로잡힌다. 옆방에서 그녀가 부드러운 목소리로 중얼거리며, 비밀 의식에서 문장 끝을 낮춰 읊듯 숫자를 홍얼거리며 유리병을 세는 소리가 들리기 때문이다. 그녀의 목소리는 기도하는 수녀의 목소리를 떠올리게 한다. 그럴 때면 나는 양동이를 그대로 놓아두고, 위로 도망쳐 와서 아이들을 꼭 껴안곤 하는 것이다. 아이들을 무언가로부터 보호해야 한다는 마음으로. 그럴 때 아이들은 나를 쳐다본다. 어른이 되기 시작한 아들의 눈동자와 딸의 부드럽고 검은 눈동자가 아는 듯 모르는 듯 나를 쳐다본다. 아이들은 머뭇거리며 내가 읊기 시작한 기도문을 따라 한다. 취할 듯한 연도(煙禱)의 단조로움이나 주기도문이 우리 입에서 퉁명스럽게 흘러나온다.

그러다 어느덧 3시가 되었다. 갑자기 밖에서 들려온 소리에 일요일에 대한 불안감이 엄습한다. 뜰에서 시끄러운 소음이 터져 나오고, 즐거운 토요일 오후를 알리는 목소리가 들려온다. 내 심장은 몸속에서 얼어붙기 시작한다. 나는 또 한 번 돈을 세어 보고, 돈에 그려진 지독히도 지루한 그림들을 바라보다가 마침내 처음으로 돈에 손을 대기로 끝내 결심한다. 복도에서 아이들은 깔깔대며 웃고 있고, 아기는 잠에서 깨어났다. 이제 일할 결심을 해야만 한다. 턱을 괴고 생각에 잠기기 시작했던 탁자에서 눈을 떼자 싸구려 복제 그림이 걸려 있는 방의 벽이 눈에 들어온다. 르누아르[14]의 감미로운 여인 얼굴이다. 그 그림은 낯설게 느껴지는데, 너무나 낯설게 느껴져서 30분 전에 어떻게 그 그림을 견뎌 낼 수 있었는지 도저히 이해가 안 될 정도다. 나는 그 그림을 떼어 내 두 손으로 차분하게 찢어서는, 즉시 저 아래로 들고 가야 하는 쓰레기통에 조각조각 던져 버린다. 내 시선은 우리 방 벽을 따라간다. 문 위에 걸린 십자고상과 알 수 없는 화가가 그린 데생만이 은총을 느끼게 한다. 이제까지는 그림의 어지러운 선과 빈약한 색이 생소하게만 느껴졌는데, 지금은 이해하지는 못하면서도 그것들을 불현듯 알 것만 같다.

14 Pierre Auguste Renoir(1841~1919). 프랑스의 인상주의 화가. 재봉사의 아들로 태어난 그는 열세 살 때부터 도자기 공장에 나가 도자기에 그림을 그렸다. 주로 밝은 색조와 부드러운 필치로 여자의 초상화와 목욕하는 여인을 많이 그렸다. 대표작으로 「목욕하는 여인들」, 「해변에 누운 여인」, 「어린 무희」, 「나부」 등이 있다.

3

역을 떠날 때는 막 땅거미가 지기 시작했고, 거리는 아직
텅 비어 있었다. 거리들은 어느 주거 지역 옆으로 비스듬히
나 있었고, 건물들의 전면은 보기 흉한 회칠 자국으로 더럽
게 얼룩져 있었다. 날은 추웠고, 역 앞 광장에는 택시 기사 몇
이 오들오들 떨며 서 있었다. 그들은 외투 주머니 깊숙이 손
을 집어넣고 있었다. 푸른 챙 모자를 눌러쓴 네댓 명이 잠시
눈을 돌려 나를 쳐다보았다. 그들은 같은 줄에 묶인 인형처
럼 똑같이 움직였다. 잠시 동안 나를 쳐다보던 그들의 시선
은 원래 자리로 되돌아가 역의 입구 쪽을 향했다. 이 시간,
이 거리에는 창녀 하나 얼씬대지 않았다. 서서히 몸을 돌리
자 역 앞 시계의 큰 바늘이 9를 향해 천천히 움직이는 것이
보였다. 6시 15분 전이었다. 나는 오른쪽에 커다란 건물이
있는 거리로 접어들어 진열장들을 유심히 들여다보았다. 이
근처 어딘가에 문을 연 카페나 술집이 있을 것이다, 아니면
이 가게들 중 하나라도 분명히 열려 있을 것이다. 나는 그런
유의 가게를 별로 좋아하지 않지만 그래도 이 시간에 미지근

한 커피나 군대 적 맛이 나는 밋밋하게 데운 수프를 파는 대기실에 가느니 거기 가는 편이 더 낫다. 나는 외투 깃을 세우고, 꼼꼼하게 양 끝을 여미고는 바지와 외투에 거무스름하게 묻은 먼지를 털어 냈다.

어제저녁 나는 평소보다 술을 많이 마셨고, 밤 1시쯤 역으로 가서 가끔 내게 잠자리를 제공해 주는 막스를 찾아갔다. ― 나는 그를 전쟁 덕에 알게 되었다. ― 막스는 수화물 보관소에서 일했는데 거기 가면 한가운데에 난방용 라디에이터가 있고, 그 주위에는 의자 하나가 떠받치고 있는 나무판자가 있다. 짐꾼, 보관소 일꾼, 엘리베이터 보이 등 역의 맨 아래층에서 일하는 사람들 모두가 거기서 휴식을 취했다. 나무판자는 사이가 충분히 넓게 벌어져 있어서 내가 그 안으로 기어 들어갈 수 있다. 아래쪽의 넓은 자리는 컴컴하지만 따뜻하다. 그곳에 몸을 누이면 안심이 되고 마음의 평화를 느낀다. 핏속에 알코올이 돌아다니고 기차가 들고 나며 내는 둔탁한 굉음, 위쪽에서 쿵쿵거리는 짐수레 소리, 엘리베이터에서 나는 윙윙대는 소리가 들리고, 어둠 속에서 더욱 막연하게 들리는 이런 소음들 때문에 나는 금세 잠이 든다. 캐테와 아이들 생각이 나면 나는 가끔 그 아래서 울기도 한다. 술꾼의 눈물은 아무런 가치도 의미도 없다는 걸 알면서도 말이다. 나는 양심의 가책이 아니라 그저 고통이라 부르고 싶은 무언가를 느낀다. 나는 전쟁이 일어나기 전에 이미 술을 마셨지만, 사람들은 그 사실을 잊어버린 모양이다. 사람들은 날 보고 〈저 사람은 전쟁에 나갔다 왔다〉고 말하면서 내 심각한 도덕적 상태를 관대하게 보아준다.

나는 어느 카페의 쇼윈도 앞에서 할 수 있는 한 꼼꼼하게 몸단장을 했다. 거울이, 생크림 케이크와 초콜릿을 바른 플로렌스 케이크가 내 옆으로 굴러 떨어지는 상상의 볼링 레인을 비추듯 나의 섬세하고 조그만 모습을 뒤편에 수없이 비춰주었다. 그렇게 나는 나 자신의 모습을 그곳에서 보았는데, 그 조그만 남자는 혼란스러운 몸짓으로 머리를 쓰다듬고 바지를 추어올리고는 절망적인 심정으로 과자들 사이로 굴러가는 것 같았다.

나는 담배 가게와 꽃 가게, 직물 가게를 지나 어슬렁거리며 계속 천천히 걸어갔다. 직물 가게의 창가에는 인형들이 위선적인 낙관론자처럼 나를 쳐다보았다. 그런데 거의 나무로 된 가게만 있을 것 같은 거리가 오른쪽으로 가지를 치고 있었다. 거리 모퉁이에는 〈드로기스트[15]를 환영합니다!〉라는 글귀가 적힌 희고 큰 현수막이 걸려 있었다.

가게들은 폐허 속에 지어져 있었고, 전면이 몽땅 타버리고 무너져 내린 건물들 사이에서 납작 웅크리고 있었다. 하지만 그 가게들도 담배 가게와 직물 가게, 신문 가판대였다. 마침내 어느 간이식당을 찾아가 보니 문이 닫혀 있었다. 손잡이를 덜커덩거리며 흔들고 나서 몸을 돌리는데 마침내 불빛이 보였다. 거리를 지나 불빛을 따라가 보니, 성당에서 불빛이 새어 나오는 게 보였다. 높다란 고딕식 창문은 임시변통으로

---

15 독일어 〈Drogist〉는 특별한 양성 교육을 받고 처방이 필요 없는 약, 화학제품, 치약, 화장품, 세제 등을 파는 상점의 주인이나 점원을 가리킨다.

거친 돌로 메워져 있었고, 보기 흉한 담벼락 한가운데에는 욕실에서 떼어 온 듯한 누릿하게 칠해진 조그만 창문짝이 끼워져 있었다. 네 개의 조그만 유리창에는 희미하고 누르스름한 불빛이 비치고 있었다. 나는 발걸음을 멈추고 잠시 생각에 잠겼다. 〈그럴 것 같지는 않지만, 저 안은 어쩌면 따뜻할지도 몰라.〉 나는 군데군데 허물어진 계단을 밟고 올라갔다. 문은 온전한 것 같았고, 손잡이는 가죽으로 싸여 있었다. 성당 안이지만 따뜻하지는 않았다. 모자를 벗어 들고 의자들 사이를 지나 앞을 향해 천천히 살금살금 걸어가다 보니 마침내 잘 보수된 성당의 측면에서 촛불이 타오르는 것이 보였다. 안쪽이 바깥쪽보다 더 춥다는 것을 확인했지만 나는 계속 걸어 들어갔다. 외풍 때문이었다. 구석마다 외풍이 있었다. 한쪽 벽은 돌멩이로 메우지 않고 플라스틱 판을 대충 이어 세워 놓았다. 플라스틱 판에서 접착제가 새어 나와 있었고, 판들은 하나하나 갈라져 떨어져 나가고 있었다. 접착제가 흘러 지저분한 자리가 축축해져 있었다. 나는 머뭇거리며 어느 기둥 옆에 멈춰 섰다.

석조 제단 옆 두 창문 사이, 두 촛불 사이에 흰옷을 입은 신부가 서 있었다. 그는 양손을 들어 올리고 기도하고 있었는데, 그의 등밖에 보이지 않았지만 그가 추위에 떨고 있다는 것을 알 수 있었다. 신부는 잠시 동안 혼자 미사 경본을 펼치고 파리한 두 손을 든 채 등을 떨고 있는 것 같았다. 하지만 나는 곧 흔들리는 촛불 아래, 어두침침한 곳에 어느 소녀의 금발 머리가 있는 것을 알아차렸다. 허리를 앞쪽으로 아주 깊숙이 숙이고 있어 긴 머리카락이 두 가닥으로 똑같이 갈라져 등 위로 흘러 내려와 있었다. 소녀의 옆에서 한 소년이 무릎을 꿇고 있었는데, 몸을 이리저리 계속 움직이고 있었다. 불빛이 어스름하게 비쳤지만 옆모습에서 부어오른 눈꺼풀과 멍하니 벌어진 입을 알아볼 수 있었다. 눈꺼풀은 불그레하게 염증이 있고 뺨은 두툼하며 입술은 이상하게 위로 젖혀져 있었다. 그리고 이 바보 소년은 눈을 감고 있는 짧은 순간에도 놀랄 정도로 자극적인 경멸의 표정을 짓고 있었다.

이제 몸을 움직인 신부를 보니 무뚝뚝하고 창백한 농부의 얼굴을 하고 있었다. 그는 내가 서 있는 기둥 쪽을 바라본 후 들어 올린 두 손을 모았다가 다시 떼고는 뭐라고 중얼거렸다. 그런 다음 몸을 돌려 석조 제단 위로 구부렸다가, 갑자기 획 하고 몸을 돌려 거의 우스꽝스러울 정도로 엄숙하게 소녀와 바보 소년을 축복해 주었다. 나는 성당 안에 있었지만 이상하게도 나 자신이 그곳에 속해 있다는 느낌이 들지 않았다. 신부는 다시 제단 쪽으로 몸을 돌리고 모자를 쓴 다음 이제 성배를 들고는 오른쪽 양초를 불어서 껐다. 그는 천천히 주 제단 쪽으로 내려가 그곳에서 무릎을 굽히고 성당의 깊은 어둠 속으로 사라졌다. 그의 모습은 더 이상 보이지 않았고 문의 경첩이 삐걱거리는 소리만 들릴 뿐이었다. 그 후 나는 불빛 속에서 잠시 소녀를 바라보았다. 소녀가 자리에서 일어나 무릎을 굽히고 왼쪽의 촛불을 끄기 위해 계단을 올라갈 때, 몹시 부드러운 옆얼굴과 진실한 소박성이 엿보였다. 그렇게 부드럽고 노란 불빛을 받으며 서 있는 소녀의 모습이란 정말 아름다웠다. 얼굴이 해맑은 소녀는 날씬하고 키가 컸다. 입을 뾰족하게 하고 불을 끄는 모습은 더할 나위 없이 매력적이었다. 불이 꺼지자 소녀와 소년도 이제 어둠 속에 잠겼다. 그러다 벽으로 둘러싸인 조그만 창문 위에서 회색빛이 비쳐 들자 다시 소녀의 모습이 나타났다. 소녀는 내 곁을 지나며 나를 살피듯 흘깃 바라보고 이내 찬찬히 쳐다보며 밖으로 나갔는데, 그녀의 머리 동작과 목덜미의 움직임이 다시금 내 마음을 사로잡았다. 아름다운 소녀였다. 나는 소녀의 뒤를 따라갔다. 소녀는 문 옆에서 다시 무릎을 굽히고 소리 내어 문을 열고는 뒤에 있는 바보 아이를 끌어당겼다.

나는 소녀의 뒤를 따라갔다. 소녀는 가게와 부서진 잔해밖에 없는 역 반대편의 황량한 길로 접어들었고, 나는 소녀가 몇 번이나 주위를 둘러보는 것을 바라보았다. 몸매가 날씬했지만 거의 야윈 편이라 할 수 있고, 나이는 많아 봤자 열여덟이나 열아홉밖에 안 되어 보이는 소녀는 힘들지만 참을성 있게 바보 아이를 데리고 갔다.

이제 더 많은 집이 나타났고, 가게는 가끔씩 보일 뿐이었으며, 전차 선로가 몇 개 놓여 있었다. 나는 이곳에 자주 오진 않지만 이쪽 구역을 알고 있었다. 전차의 차고가 있는 모양이었다. 잘못 보수한 불그스름한 담벼락 뒤로 삐걱거리는 전차 소리가 들렸고, 어스름 속에서 용접기가 눈부시게 번쩍이는 것이 보였으며, 강철로 된 산소통에서 쉭쉭거리는 소리가 들려왔다.

나는 너무 오랫동안 벽을 바라보느라 소녀가 멈춰 선 것을 알아차리지 못했다. 이제 소녀와 무척 가까운 곳에 와 있었다. 소녀는 어떤 가게 앞에 서서 이리저리 뒤적이며 열쇠 꾸러미를 찾았다. 멍청한 아이는 온통 희끄무레한 잿빛 하늘을 쳐다보았다. 소녀는 다시 내 쪽을 바라보았고, 나는 소녀가 문을 열기 시작한 가게가 간이식당이란 것을 알게 될 때까지 소녀의 곁을 지나가며 잠시 머뭇거렸다.

어느새 소녀가 문을 열었다. 안쪽에는 흐릿한 어둠 속에서 의자, 카운터, 우중충한 은색을 띤 커피 머신이 보였다. 주발 모양의 차가운 케이크에서는 곰팡내가 풍겼다. 때가 낀 유리창 뒤의 어스름 속에는 두 개의 접시 위에 비프스테이크가 쌓여 있었고, 차가운 커틀릿, 녹색을 띤 커다란 유리병이 보였는데, 병에 담긴 식초 속에 오이가 둥둥 떠 있었다.

내가 발길을 멈추자 소녀가 나를 쳐다보았다. 소녀가 함석으로 된 덧문을 떼어 냈고, 나는 소녀와 얼굴을 마주하게 되었다.

「실례지만, 지금 문을 여는 건가요?」 내가 물었다.

「네.」 소녀는 그렇게 말하고 내 옆을 지나 마지막 덧문을 안으로 들여놓았다. 그녀가 그 덧문을 내려놓는 소리가 들렸다. 덧문을 떼어 냈는데도 소녀는 다시 되돌아와 나를 쳐다보았다.

「들어가도 될까요?」 내가 물었다.

「물론이에요. 근데 아주 추워요.」 소녀가 말했다.

「아, 그건 상관없습니다.」 나는 그렇게 말하고 안으로 들어갔다.

안에서는 코를 찌르는 역한 냄새가 났다. 나는 주머니에서 담배를 꺼내 불을 붙였다. 소녀가 불을 켰고, 실내가 밝아지자 놀랍게도 모든 것이 깨끗해 보였다.

「이상한 날씨예요.」 소녀가 말했다. 「9월인데. 낮에는 다시 더워지겠지만 지금은 으슬으슬 춥네요.」

「그래요, 이상한 날씨네요. 아침이라 추워요.」

「지금 불을 좀 피울게요.」 소녀가 말했다.

소녀의 목소리는 밝고 약간 꺼칠했지만, 나는 소녀가 당황해하고 있다는 걸 눈치챘다.

나는 그냥 고개만 끄덕였고, 카운터 옆의 벽 가로 가서 주위를 둘러보았다. 벽은 색색의 담배 광고지로 도배된 나무판자로 되어 있었다. 광고지에는 가슴이 깊이 파인 옷을 입은 숙녀들에게 담뱃갑을 내밀며 유혹하듯 히죽거리는, 머리가 희끗희끗하고 세련돼 보이는 남자들이 그려져 있었다. 한편 숙녀들은 한 손으로 샴페인 병의 목을 움켜쥐고 있었다. 한 손에는 올가미, 다른 손에는 담배를 쥔 카우보이들은 말을 타고 만면에 웃음을 띠고 있었다. 그들은 말도 안 되게 크고 푸른 담배 연기의 구름을 끌어당기고 있었는데, 그 연기 구름은 비단 깃발처럼 대평원의 지평선 끝까지 닿아 있었다.

바보 아이는 난롯가에 웅크리고 앉아 추위에 가볍게 몸을 떨고 있었다. 아이가 막대 사탕을 입에 물고 새빨간 사탕을 계속 쪽쪽 빨고 있는 동안, 거의 눈에 보이지 않는 사탕 물이 입 양 끝에서 조금씩 가늘게 흘러내렸다.

소녀는 난로 뚜껑을 들어 올리고 신문을 구겨 던져 넣었다. 그런 다음 나무와 조개탄 덩어리를 재어 넣고 성냥개비에 불을 붙여 난로의 녹슨 주둥이에 갖다 댔다.

「자리에 좀 앉으세요.」소녀가 내게 말했다.

「아, 고맙습니다.」나는 이렇게 말했지만 자리에 앉지는 않았다.

나는 추워서 난롯가에 서 있고 싶었다. 바보 녀석을 보니 속이 조금 메슥거렸고, 식어 버린 싸구려 음식 냄새도 났지만 커피며 버터 바른 빵을 먹을 수 있다는 생각에 기분이 좋아졌다. 나는 눈처럼 흰 소녀의 목덜미를 바라보았고, 불이 잘 타는지 보려고 허리를 깊숙이 굽히는 그녀의 부드러운 머리 동작을 눈여겨보았다.

처음에는 짙은 연기만 나오다가 마침내 바작바작 불이 붙기 시작하는 소리가 들렸다. 나지막이 불꽃이 타오르는 소리가 났고, 연기는 줄어들었다. 그러는 내내 소녀는 내 발치에 쪼그리고 앉아 지저분한 손가락으로 난로의 주둥이를 흔들었고, 입김을 불어넣기 위해 가끔 더 깊숙이 허리를 구부렸다. 그럴 때면 그 목덜미가 훤히 드러났고, 어린애 같은 하얀 등이 보였다.

갑자기 소녀가 자리에서 일어나더니 내게 빙그레 미소 짓고 카운터 뒤로 갔다. 소녀는 수도꼭지를 틀어 손을 씻고는 커피 머신의 플러그를 꽂았다. 나는 난로가 있는 곳으로 가서 고리가 달린 뚜껑을 들어 올렸다. 나무에 불이 붙었고, 어느새 조개탄에도 불이 붙어 활활 타오르기 시작했다. 이제 정말 따뜻해지기 시작한 것이다. 커피 머신이 작동하는 걸

보니 식욕이 느껴졌다. 나는 술 마신 다음 날에는 언제나 커피가 당기고 식욕이 왕성해진다. 하지만 껍질이 쭈글쭈글한 차가운 소시지와 샐러드가 담긴 접시를 보니 속이 좀 메슥거렸다. 소녀는 빈 병이 가득 든 함석 상자를 들고 밖으로 나갔다. 바보 녀석과 단둘이 있으려니 왠지 화가 났다. 그 아이는 나를 본 척도 하지 않았는데, 웅크리고 앉아 스스로에게 도취된 채 막대 사탕을 쪽쪽 빠는 그 역겨운 모습이 내 화를 돋웠다.

나는 피우던 담배를 내던져 버렸다. 문이 열렸고, 소녀 대신 조금 전에 미사를 집전한 신부가 나타나 깜짝 놀랐다. 농부 같은 얼굴의 둥글고 창백한 그는 이제 아주 깨끗한 검은색 모자를 쓰고 있었다. 「좋은 아침!」 그가 말했다. 카운터 뒤의 자리가 빈 것을 보자 그의 얼굴에 실망의 그림자가 드리워졌다. 「좋은 아침!」 나는 그의 인사에 답하면서 불쌍한 인간이라고 생각했다. 이제야 내가 들렀던 성당이 지벤 슈메르첸 마리애 성당이라는 것이 떠올랐다. 나는 이 신부의 신상을 잘 알고 있었다. 성적은 보통이었고, 설교는 그다지 열정적이지 않아 마음에 들지 않았다. 목은 너무 쉬어 있었다. 전쟁 중에 영웅적 행위라곤 전혀 보이지 못했다. 영웅이나 저항 운동가도 못 되었고, 가슴에 훈장 하나 달아 보지 못했으며, 보이지 않는 순교의 왕관도 써보지 못했다. 심지어 소등 시간 위반이라는 극히 평범한 군기 위반이 그의 서류를 꼴사납게 만들었다. 하지만 이 모든 것도 기묘한 여성 편력에 비하면 아무것도 아니었다. 그것은 물론 플라토닉한 종류에

속했고, 정신적인 애정 관계의 단계에 도달한 것으로 밝혀지긴 했지만, 교구 당국의 심기를 불편하게 했다. 지벤 슈메르첸 마리애 성당의 이 신부는 교구장이 〈4+〉의 가능성이 있는 〈3-〉 신부의 전형적인 예라고 지칭한 사람들 중 하나였다. 이 신부가 당황해하며 너무나 노골적으로 실망감을 드러내는 바람에 나로서는 난처한 기분이었다. 나는 두 번째 담배에 불을 붙이고 또 한 번 아침 인사를 하면서, 이 평범한 얼굴을 지나쳐 버리려고 했다. 그들의 검은 제복과 함께 그들의 얼굴에 떠오른 순진한 자신감과 순진한 불안감을 볼 때마다 나는 내 아이들에 대해서도 느끼는 분노와 동정이 섞인 이상한 감정을 느낀다.

신부는 카운터 위 유리판에다 2마르크 동전을 이리저리 신경질적으로 굴리며 쩔렁쩔렁 소리를 냈다. 문이 열리고 소녀가 들어오자 환한 홍조가 그의 목에서 얼굴로 번져 갔다.

「아, 그냥 담배나 사려고.」 그가 조급하게 말했다.

나는 그가 짧고 흰 손으로 커틀릿이 있는 곳을 지나 조심스럽게 담배를 집어 올리는 것을, 빨간 포장을 벗기고 나서 동전을 카운터 위에 던진 후 거의 알아들을 수 없는 조그만 소리로 아침 인사를 하고는 다시 급히 가게를 빠져나가는 것을 자세히 관찰할 수 있었다.

소녀는 말없이 그를 떠나보내면서 팔에 안고 있던 바구니를 내려놓았다. 갓 구운 노르스름한 빵을 보자 군침이 돌았다. 입안에 고인 미지근한 침을 억지로 삼키고, 담배를 비벼 끄고는 앉을 자리를 찾아보았다. 이제 함석 난로는 얼마간의 조개탄 연기로 둘러싸인 채 맹렬한 열기를 내뿜고 있었다. 나는 위에서 신물이 넘어오는 듯한 가벼운 메스꺼움을 느꼈다.

밖에서는 차고를 떠나는 전차들이 삐걱거리는 소리를 내며 커브를 돌았고, 먼지가 하얗게 뒤덮인 기차들이 거리를 지나갔다. 구불구불한 열차의 행렬이 멈출 듯 멀어져 갔고, 열차의 비명 소리는 실 뭉치가 풀리듯 한 중심에서 사방으로 퍼져 나가며 점차 잦아들었다.

커피 머신에서 보글거리며 물 끓는 소리가 났고, 바보 아이는 불그스름한 사탕의 얇고 투명한 층이 아직 조금 남아 있는 막대를 이리저리 빨고 있었다.

「커피요?」 소녀가 카운터에서 내게 물어 왔다. 「커피 드시겠어요?」

「네, 주세요.」 나는 재빨리 말했다. 내 목소리의 톤이 그녀의 마음을 움직였는지 소녀는 차분하고 아름다운 얼굴을 나에게 돌리고, 빙그레 미소 지으며 고개를 끄덕였다. 그러면서 받침 접시에 찻잔을 받치고 커피 머신의 꼭지 아래로 밀어 넣었다. 소녀는 커피 가루가 들어 있는 함석 깡통을 조심스럽게 열었고, 소녀가 숟가락을 집어 들자 근사한 커피 향이 내 자리까지 밀려왔다. 소녀는 잠시 망설이더니 내게 물었다.

「얼마나, 몇 잔이나 드릴까요?」

나는 주머니에서 급히 돈을 꺼내 지폐를 가지런히 정리하고 동전을 재빨리 포개 세웠다. 그리고 한 번 더 주머니를 뒤져 보고 빠짐없이 돈을 헤아린 다음 그녀에게 말했다.

「세 잔, 세 잔은 되어야겠습니다. 세 잔.」

「세 잔.」 그녀는 내 말을 따라 하고는 다시 빙그레 미소 지으며 이렇게 덧붙였다.

「그럼 작은 주전자로 드릴게요. 그게 더 싸거든요.」

나는 그녀가 네 번 숟가락 가득 커피 가루를 담아 니켈 뚜껑을 열고 집어넣는 것을, 뚜껑을 밀어서 닫은 다음 찻잔을 빼내고 찻주전자를 밑에 받치는 것을 지켜보았다. 소녀가 커피 머신의 꼭지를 가만히 돌리자 〈치익〉 하며 물이 끓어올랐다. 김이 쉭 소리를 내며 그녀의 얼굴을 스쳐 지나갔고, 짙은 갈색의 액체가 주전자 속으로 떨어지기 시작하는 게 보였다. 내 가슴은 조용히 두근거리기 시작했다.

가끔 나는 죽음을, 이승의 삶에서 저승의 삶으로 변화하는 순간을 생각해 본다. 그리고 그 순간 내게 남아 있게 될 것을 상상해 본다. 아내의 창백한 얼굴, 고해실에서 본 신부의 빛나는 귀, 듣기 좋은 전례의 선율로 가득 찬 어스름한 성당에서 갖는 몇 차례의 차분한 미사, 아이들의 따스한 장밋빛 피부, 내 핏속을 돌아다니는 알코올, 아침 식사, 몇 번의 아침 식사…… 그리고 커피 머신의 꼭지를 돌리는 소녀를 바라보는 그 순간, 나는 그녀도 남아 있게 될 것임을 알았다. 나는 외투 단추를 풀고 모자를 빈 의자 위로 던졌다.

「빵도 좀 주시겠어요?」 나는 물었다. 「갓 구운 건가요?」

「물론이죠.」 소녀가 대답했다. 「몇 개나 드릴까요? 지금 막 구운 거예요.」

「네 개요.」 내가 말했다. 「버터도요!」

「네, 몇 개나요?」

「아, 50그램.」

소녀는 바구니에서 빵을 꺼내 접시 위에 올려놓고 5백 그램짜리 버터를 칼로 자르기 시작했다.

「저울이 없어서 그런데, 좀 더 많아도 되죠? 8분의 1쯤? 그럼 칼로 나눌 수 있어요.」

「네, 그렇게 해요.」 내가 말했다. 소녀가 빵 옆에 놓은 버터는 분명 8분의 1보다 많아 보였다. 그녀가 포장에서 잘라 낸 4분의 1짜리 버터 네 개 가운데서 가장 컸으니 말이다.

소녀는 버터에서 조심스럽게 종이를 떼어 내고 쟁반을 들고 나에게로 왔다.

한 손으로 냅킨을 펴려고 했기 때문에 그녀는 바로 내 얼굴 앞에서 쟁반을 움직였다. 나는 냅킨을 펴면서 그녀를 도와주었다. 그녀의 손에서 문득 향긋한 냄새가 났다.

「자, 드세요.」 소녀가 말했다.

「감사합니다.」 내가 말했다.

나는 커피를 따르고 설탕을 넣어 저은 다음 마셨다. 커피는 뜨거웠고 무척 맛이 좋았다. 내 아내만이 그런 커피를 끓일 수 있지만, 집에서는 커피를 마시는 일이 아주 드물기 때문에 그런 맛 좋은 커피를 마시지 않은 지 얼마나 됐는지 한참 생각해 보아야 했다. 잇따라 몇 모금을 꿀꺽 마시자 금방 몸 상태가 좋아지는 것 같았다.

「최고예요!」 나는 소녀에게 큰 소리로 말했다. 「정말 좋네요, 커피 맛이요.」 그녀는 내게 미소를 지으며 고개를 끄덕였다. 나는 불현듯 내가 그녀를 쳐다보는 걸 무척 좋아한다는 것을 깨달았다. 그녀와 함께 있다는 사실에 기분이 유쾌하고 차분해졌다.

「내 커피가 그렇게 맛있다고 한 사람 아무도 없었는데.」

「아뇨, 맛있어요.」

얼마 후 함석 통 안에서 빈 병이 덜거덕거리는 소리가 들리더니 우유가 가득 든 병들을 가지고 우유 장수가 들어왔다. 소녀는 하얀 손가락으로 차분히 우유, 코코아, 요구르트, 생크림의 수를 세었다. 가게 안은 따뜻해져 있었다. 바보 아이는 여전히 그 자리에 앉아 다 빨아 먹은 나무 막대를 입에 물고 모두 〈Z〉로 시작하는, 〈추 추-차 차-초추〉[16] 같은, 어떤 멜로디를 담고 있는 듯한 토막토막 끊어진 음을 간간이 내뱉고 있었다. 거칠고 은밀한 리듬이 웅얼거리는 잇소리를 채우고 있었다. 소녀가 고개를 돌려 바라보면 바보 아이는 히죽히죽 웃는 표정을 지었다.

전차 수리공이 들어와 눈에 쓴 보안용 안경을 벗고 자리에 앉아 빨대로 병에 든 우유를 마셨다. 나는 그들의 작업복에 도시의 문장(紋章)이 붙어 있는 것을 보았다. 바깥은 더욱 활기를 띠기 시작했다. 길게 줄지어 늘어섰던 전차는 다니지 않았고, 하얀 먼지를 뒤집어 쓴 열차들이 삐걱거리는 소리를 내며 규칙적으로 지나갔다.

16 zu zu-za za-zozu. 독일어 알파벳 〈Z〉는 〈ts〉 발음이 난다.

나는 아내 캐테를 생각하며 그녀와 함께 저녁을 보낼 날을
생각해 보았다. 하지만 그 전에 돈을 마련해 방을 빌려야 했
다. 돈을 마련하기란 쉬운 일이 아니어서, 내게 돈을 줄 누군
가가 나타나기를 바랄 수밖에 없었다. 하지만 우리가 사는
도시, 인구 30만이 사는 이 도시에서 부탁하는 즉시 돈을 내
줄 사람을 찾는다는 것은 쉽지 않은 일이다. 나는 부탁을 하
기가 비교적 쉬운 사람을 몇 명 알고 있었다. 방을 얻을 수 있
는지 알아보기 위해 어쩌면 호텔에 들를 수도 있을 것이다.

　커피를 다 마셨을 때는 7시쯤 되었을 것이다. 가게에는 담
배 연기가 자욱했다. 수염이 덥수룩한 지쳐 보이는 상이군인
이 미소를 띠고 다리를 절뚝거리며 가게로 들어와, 난로 앞
에 앉아 커피를 마셨다. 그는 신문지에 쌌던 치즈 빵을 꺼내
바보 아이에게 먹으라고 주었다.

　소녀는 손에 걸레를 들고 차분히 돈을 받고 내주면서, 미
소를 띠고 인사하며 앞에 서 있었다. 커피 머신의 레버를 조
작하고 병을 뜨거운 물에서 꺼내 수건으로 닦기도 했다. 몇
분 동안 성미 급한 사람들이 카운터 주위로 몰려들었지만 소
녀는 그리 힘들지 않은 듯 그 모든 일을 수월하게 처리했다.
뜨거운 우유, 차가운 카카오, 따뜻한 카카오를 내주었고, 커
피 머신에서 나오는 김이 얼굴을 스쳐 지나가게 하면서, 흐릿
해 보이는 유리병에서 나무집게로 오이를 건져 냈다. 갑자기
가게 안이 텅 비었다. 얼굴색이 누르스름한 뚱뚱한 젊은이만
이 한 손에는 오이를, 다른 손에는 차가운 커틀릿을 들고 아
직 카운터 앞에 서 있었다. 그는 두 가지를 금방 먹어 치워 버

리고, 담뱃불을 붙인 후, 주머니에 아무렇게나 넣어 다니는
돈을 주섬주섬 찾았다. 약간 구겨진 그의 새 양복과 넥타이
를 보고 나는 오늘이 공휴일이며 일요일이 시작되었다는 것
을 문득 깨달았다. 이어서 일요일에는 돈을 마련하기가 무척
어렵다는 생각이 떠올랐다.

젊은 친구도 자리를 떠서 바보 아이의 입에 끈기 있게 계
속 치즈 빵을 넣어 주는 수염이 덥수룩한 상이군인만 남아
있었다. 그는 그러면서 〈추 추-차 차-초추〉 소리를 나지막
이 따라 했지만, 그의 목소리에는 거칠고도 매혹적인 리듬이
충만하질 않았다. 나는 천천히 빵 조각을 씹어 삼키는 바보
아이를 바라보며 골똘히 생각에 잠겼다. 소녀는 가게 벽에
몸을 기대고 두 사람을 지켜보았다. 그녀는 커다란 통에 든
뜨거운 우유를 마셨고, 천천히 마른 빵을 뜯어 먹었다. 이제
가게 안은 조용하고 평온해졌다. 그때 나는 속에서 울컥 화
가 치미는 것을 느꼈다.

「계산해 주세요!」 나는 급히 소리치고 자리에서 일어났다.

상이군인이 차가운 눈초리로 나를 유심히 살펴보자 수치
심 같은 것이 느껴졌다. 바보 아이도 내게로 눈길을 돌렸지
만, 희미해지는 연한 푸른색 눈동자는 초점을 잃고 나를 스
쳐 지나갔다. 소녀가 침묵을 깨트리고 나지막이 말했다.

「아빠, 그만 주세요. 베른하르트는 충분히 먹은 것 같아요.」

소녀는 내가 준 지폐를 받아 쥐고, 그것을 탁자 밑의 시가
상자에 던져 넣고는 천천히 동전을 세어 유리판 위에 올려놓
았다. 내가 유리판 위로 팁을 밀어 주자 그녀는 그것을 받아

들고는 나지막이 고맙다고 인사했다. 그러면서 우유를 마시려고 통을 입에 갖다 댔다. 환한 햇빛 속에서도 그녀는 아름다워 보였다. 나는 밖으로 나오기 전에 잠시 망설였다. 몇 시간이고 그곳에 앉아 기다리고 싶었다. 나는 세 사람에게 등을 돌리고 그대로 서 있다가, 마음을 다잡고, 나지막한 소리로 인사를 하고는 서둘러 밖으로 나왔다.

문 앞에서는 흰 셔츠를 입은 두 젊은이가 현수막을 말아 올려 두 개의 나무 막대에 고정시키고 있었다. 길가에는 사방에 꽃이 피어 있었다. 나는 현수막이 완전히 펴질 때까지 잠시 기다렸다가 흰 바탕에 쓰인 붉은 글씨를 읽었다. 〈우리 신부님 만수무강하시기를!〉

나는 담배에 불을 붙이고 돈을 마련해 밤을 보낼 방을 구하기 위해 천천히 시내 쪽으로 발걸음을 옮겼다.

4

물통에 물을 가득 받기 위해 수도꼭지로 가면 원하든 원하지 않든 거울에 비친 내 모습을 보게 된다. 인생의 쓴맛을 두루 겪은 마른 여자. 머리숱은 아직 많고, 관자놀이 부분만 약간 희끗희끗해서 금발에 은빛을 보태 준다. 그것은 두 아이 때문에 겪은 고생의 흔적을 말해 주는 아주 미미한 표시일 뿐이다. 내 고해 신부는 내가 그 아이들을 위해 기도해야 한다고 말씀하신다. 그 애들은 막내 프란츠[17] 나이였을 때 침대에서 막 일어나 내게 말을 걸려고 했었다. 그 애들은 꽃이 핀 풀밭에서 놀아 본 적이 없지만 가끔 내 눈에는 애들이 꽃이 핀 풀밭에서 노는 모습이 보인다. 내가 느끼는 고통은 어떤 안도감, 두 아이가 삶으로부터 보호받았다는 안도감과 뒤섞여 있다. 그렇지만 나는 상상 속의 다른 두 아이가 해마다, 거의 달마다 자라며 변하는 것을 본다. 그 애들의 모습은 내 아이들이 자랄 때의 모습과 똑같아 보인다. 내 얼굴 뒤의

17 Franz. 라틴명 〈프란치스쿠스Franziskus〉에 해당하는 이름.

거울 속에 서서 내게 손짓하는 이 또 다른 두 아이의 눈동자
에는 내가 이용하지 않지만 알고 있는 지혜가 깃들어 있다.
희미한 은빛을 받으며 거울의 가장 깊은 곳에 서서 고통스럽
게 미소 짓고 있는 이 두 아이의 눈동자에서 나는 인내, 무한
한 인내를 발견하기 때문이다. 하지만 나는, 나는 참을성이
없고, 아이들이 만류하기 시작하는 싸움을 포기하지 않는다.
아주 천천히 내 물통이 채워진다. 꾸르륵하며 떨어지는 물소
리가 맑아지고, 점점 더 맑아지고, 위협적일 만큼 가늘어지
자마자, 매일 씨름해야 하는 양철통이 가득 채워지는 소리를
듣자마자, 내 눈은 거울의 뒤쪽에서 원래 방향으로 되돌아와
1초가량 내 얼굴에 머문다. 몸이 마르기 시작하면서 광대뼈
가 약간 튀어나오고, 창백하던 얼굴이 누르스름해진다. 나는
오늘 밤에 립스틱의 색을 바꾸어야 할지 곰곰 생각해 본다.
아마도 더 연한 붉은색을 써야겠지.

이 물통 손잡이를 벌써 수천 번은 잡지 않았나 싶다. 이제
다시 손잡이를 잡아야 한다. 나는 보지 않고 소리만 듣고도
물통이 가득 찬 것을 알고 수도꼭지를 잠근다. 갑자기 손을
뻗쳐 손잡이를 움켜쥐려는데 팔 근육이 뻣뻣해진다. 나는 불
끈 힘을 써서 양동이를 바닥에 내려놓는다.

나는 프란츠가 자는지 확인하려고 합판으로 막아 놓은 조
그만 옆방 문 쪽으로 귀를 기울인다.

그러고 나서 투쟁, 더러움과의 투쟁을 시작한다. 언젠가
내가 더러움을 제압할 수 있을 거라는 희망이 어디서 나오는
지 모르겠다. 나는 일을 시작하는 것을 약간 미룬다. 거울을

보지 않고 머리를 빗고 아침 먹은 그릇을 치운 다음, 옷장 안, 기도서와 커피 통 사이에 놓아둔 반쯤 남은 담배꽁초를 집어 들고 불을 붙인다.

옆방 사람들이 일어난 모양이다. 얇은 벽을 통해 가스 불 꽃이 타오르는 소리, 아침부터 킥킥거리는 소리가 들린다. 그 듣기 싫은 목소리들이 대화를 시작한다. 남자는 아직 침 대에 누워 있는지, 그가 계속 중얼거리는 소리는 알아들을 수 없다. 여자가 하는 말은 이 방을 향해 이야기할 때만 알아 들을 수 있다.

……지난 일요일에 여덟 개의 진짜…… 새 고무를…… 가 져오는데…… 언제 돈이 생길지……

갑자기 여자가 〈우리도 거기 가요〉라고 하는 게 들리는 것 으로 봐서 남자가 여자에게 영화 프로그램을 읽어 준 모양 이다.

그러니까 그들은 외출하여 영화관에, 술집에 갈 것이다. 프레드와 약속한 것이 살짝 후회되기 시작한다. 오늘 저녁에 적어도 우리 옆방은 조용할 것이니 말이다. 하지만 프레드는 이미 밖에 나가 있고, 아마 방이나 돈을 구하러 다닐 것이다. 우리가 만나기로 한 약속은 취소할 수 없다. 그리고 내 담배 도 다 떨어졌다.

장롱을 조금만 움직여도 그동안 회칠한 벽에서 떨어진 파 편들이 잘게 부서져 나온다. 가루 형태의 마른 석회 덩어리 가 장롱 다리 사이에 우수수 떨어져 방바닥 위로 재빨리 퍼 진다. 그리고 작은 움직임에도 잘게 부서지기 시작한다. 때로는 큰 조각들이 떨어져 나오기도 하는데, 그것이 떨어져 나온 틈새는 금세 크게 벌어진다. 장롱을 조금만 움직여도 장롱 뒤쪽에 붙어 있던 것들이 굴러 떨어지면서 은은한 천둥 소리 같은 소리가 난다. 석회 구름이 떨어지는 날이면 나는 특별한 싸움을 치러야 한다. 방에 있는 모든 물건에 먼지가 쌓이고 미세한 석회 가루가 덮쳐 나는 모든 것을 먼지 걸레로 두 번씩 닦지 않을 수 없다. 발밑에서 뽀드득거리는 소리가 들리고, 조그만 방의 얇은 벽을 통해 이 고약한 먼지를 목구멍으로 삼킨 막내 아기가 기침하는 소리가 들린다. 나는 육체의 아픔처럼 절망감을 느끼고, 목 언저리에 생긴 불안의 응어리를 꿀꺽 삼켜 버리려 한다. 목구멍을 꽉 조르는 듯한 느낌이 들고, 먼지, 눈물, 절망이 섞인 것이 내 위 속으로 미끄러져 들어간다. 이제 정말 투쟁을 시작한다. 창문을 연 후 얼굴을 씰룩이며 부스러기를 쓸어 모은 다음, 먼지떨이를 들고 모든 것을 꼼꼼하게 털어 내고, 마지막으로 마른걸레를 물에 담근다. 1제곱미터만 깨끗이 닦아도 걸레를 다시 빨지 않을 수 없다. 깨끗한 물은 금방 뿌연 우윳빛으로 변한다. 3제곱미터를 닦고 나면 물은 진득진득해진다. 양동이 물을 쏟으면 보기 싫은 석회 찌꺼기가 남는다. 손으로 그것을 긁어내고 씻어 낸 다음 다시 양동이에 물을 가득 채워야 한다.

내 눈은 내 얼굴을 지나 거울 속으로 들어간다. 태어나자마자 죽은 쌍둥이 레기나와 로베르트의 모습이 보인다. 내가 아파서 소리를 지르는 동안 프레드의 손이 탯줄을 자르고, 기구를 소독하고, 내 이마를 짚어 주었다. 그는 난로에 불을 때고, 우리 둘을 위해 담배를 말았으며, 결국 탈영하고 말았다. 나는 그가 법을 얼마나 경멸하는지 알고 나서 비로소 그를 사랑하게 되었다고 가끔씩 생각한다. 그는 나를 두 팔에 안고 지하실로 데려갔다. 내가 곰팡내 나는 서늘한 지하실에서 은은한 촛불의 불빛을 받으며 처음으로 쌍둥이를 가슴에 안았을 때 프레드가 함께 있었다. 클레멘스가 의자에 앉아 그림책을 보고 있을 때 수류탄이 우리 집 위를 날아갔다.

하지만 물이 꾸르륵 소리를 내며 위험 신호를 알렸고, 나는 다시 더러움과 투쟁해야겠다는 생각으로 되돌아간다. 으레 그러듯 있는 힘을 다해 물통을 바닥에 내려놓은 나는 방금 닦은 자리가 마르면서 아주 투명하고 하얀 석회 덩어리가 생긴 것을 발견한다. 나는 보기 흉한 그 얼룩이 지워지지 않는다는 것을 알고 있다. 하지만 이 하얀 무(無)인 얼룩이 나의 선한 의지를 꺾어 버리고 내 힘을 빠지게 해, 양동이 속의 맑은 물을 바라봐도 별로 힘이 나지 않는다.

나는 물이 천천히 흘러나오는 수도꼭지 밑에 빈 양철통을 자꾸만 갖다 댄다. 내 시선이 거울 안쪽 뿌옇게 흐려져 가는 먼 곳을 빨아들인다. 내 두 아이의 몸이 빈대에 물려 부어오른 것과 몸에 생긴 이에 물린 자국이 보인다. 전쟁 때문에 생긴 엄청난 무리의 해충을 생각하면 구역질이 난다. 전쟁이 발발하자마자 수십억 마리의 이와 빈대, 모기와 벼룩이 움직이기 시작했는데, 그것은 무슨 일이 벌어질 것임을 알려 주라는 말 없는 명령에 따른 것이었다.

아, 나는 안다, 잊을 수가 없다! 내 아이들이 이 때문에 죽

은 것을, 보건부 장관의 사촌이 운영하는 공장에서 우리에게
는 완전히 쓸모없는 약을 팔고 잘 듣는 좋은 약은 빼돌렸다
는 것을 알고 있다. 아, 나는 안다, 잊을 수가 없다. 거울 안
뒤쪽에서 이에 물려 보기 흉해진 내 두 아이가 고열에 큰 소
리로 우는 모습이 보이기 때문이다. 그 애들의 조그만 몸이
쓸데없는 주사를 맞고 부풀어 올라 있다. 오늘이 일요일이기
때문에, 나는 수도꼭지를 잠그고 물통을 움켜잡지 않는다.
나는 전쟁이 일으킨 더러움과의 싸움에서 휴식을 취하고자
한다.

그리고 프레드의 얼굴이 보인다. 내 마음에 삶을 불어넣어
주는 사랑이 없다면 쓸모없을지도, 쓸모없었을지도 모르는,
사정없이 늙어가며 삶에 파먹힌 얼굴. 다른 남자들은 진지하
게 생각하기로 마음먹은 모든 것을 일찍부터 무관심하게 여
기는 남자의 얼굴. 그가 우리 곁을 떠나간 이후로 그의 모습
이 자주, 정말 자주, 더욱 자주 보인다.

나는 거울 속에서 미소 짓고 있다. 내가 알지 못하는 나 자
신의 미소를 바라보며 놀란다. 점점 더 맑아지는 수돗물이
꾸르륵거리는 소리에 귀 기울인다. 나는 거울에서 시선을 거
두어 내 얼굴로 되돌리는 데 성공하지 못한다. 내 원래의 얼
굴은 미소 짓지 않고 있다는 것을, 나는 알고 있다.

저 뒤쪽에 여자들이 보이고, ― 느릿느릿 흘러가는 냇가
에서 빨래를 하는 얼굴이 누런 여자들이 부르는 노랫소리가
들린다 ― 거친 땅을 파는 얼굴이 검은 여자들이 보인다. 그
뒤에서 빈둥거리는 남자들이 무의미하면서도 무척 매력적으

로 북을 치는 소리가 들린다. 젖먹이를 등에 업은 갈색 피부의 여자들이 절구통에서 곡식을 빻는 것이 보인다. 반면에 남자들은 입에 파이프를 물고 멍청한 표정으로 불 주위에 쪼그리고 앉아 있다. 그리고 런던, 뉴욕, 베를린의 임대 아파트 단지와 파리의 컴컴한 뒷골목에 사는 나의 백인 자매들, 어떤 주정뱅이가 부르는 소리에 깜짝 놀라 귀 기울이는 안쓰러운 얼굴들이 보인다. 그리고 거울을 스쳐 지나가자, 역겨운 무리, 내 아이들을 죽음에 몰아넣게 될 결코 칭찬받지 못할 낯선 해충들이 몰려오는 것이 보인다.

하지만 물통은 벌써 오래전에 다 채워졌다. 일요일이지만 나는 청소해야 하고 더러움에 맞서 싸워야 한다.

나는 몇 해 전부터 이 단칸방의 더러움에 맞서 싸우고 있다. 양동이에 물을 가득 채우고, 걸레를 헹구어 빨고, 더러운 물을 하수구에 내다 버린다. 60년 전에 건장한 미장이 청년들이 이 방에서 지치도록 일할 때처럼, 많고 많은 석회 찌꺼기를 다 긁어 씻어 내면 나의 싸움이 끝날 것이라 기대할 수 있다.

나는 물통을 채워야 할 때마다 종종 거울 속을 바라보곤 한다. 그러면 내 눈은 그 뒤쪽으로부터 돌아와, 생기 없고 무관심하게, 눈에 보이지 않는 놀이를 지켜보는 내 자신의 얼굴에 와서 멈춘다. 그러면 이따금씩 아이들의 얼굴에서 나와 내 얼굴에 머무는 것 같은 미소가 보인다. 또는 단호한 결심과 증오, 가혹함의 표정이 보이는데, 결코 잊히지 않는 이런 가혹한 표정에 나는 놀라기는커녕 자랑스러워한다.

하지만 오늘은 일요일이라 프레드와 함께 지낼 것이다. 아기는 자고 있고, 클레멘스는 클라라와 축제 행렬[18]을 구경하러 갔다. 뜰에서는 세 가지 예배, 두 가지 오락 연주회, 한 가지 강연 소리가 울려 퍼지고 있다. 어느 흑인이 허스키한 목소리로 부르는 노래가 이 모든 것을 뚫고 유일하게 내 가슴을 움직인다.

……and he never said a mumbling word[19]……

……그리고 그는 아무 말도 하지 않았다……

혹시 프레드가 돈을 구하게 되면 우리는 함께 춤추러 가게 될지도 모른다. 나는 아래층에 사는 주인 여자한테서 외상으로 새 립스틱을 살 것이다. 그리고 프레드랑 같이 춤추러 가면 좋을 텐데. 맹물같이 싱거운 두 개의 설교를 뚫고 흑인이 허스키한 목소리로 부드럽게 부르는 노래가 여전히 들려온다. 이런 설교 소리를 들으면 증오가 솟구친다. 그들의 쓸데없이 공허한 말이 썩은 음식처럼 내 몸속으로 밀려든다.

……they nailed him to the cross, nailed him to the cross.

……그들은 그를 십자가에 못 박았네, 십자가에 못 박았네.

그래, 오늘은 일요일이다. 그리고 우리 방은 고기 굽는 냄새로 가득하다. 이 냄새는 나를 눈물짓게 하기에, 가뭄에 콩 나듯 고기 맛을 보는 아이들이 기뻐하는 모습에 눈물짓게 하기에 충분하리라.

……and he never said a mumbling word, 그렇게 흑인 가

18 히에로니무스 축제 행렬을 말한다.
19 미국의 흑인 영가 「He Never Said a Mumblin' Word」의 가사 중 일부.

수가 노래한다.

　……그리고 그는 아무 말도 하지 않았다.

5

역으로 되돌아가 소시지 가게에서 돈을 바꾸고, 일요일이
니 마음을 가볍게 먹자고 결심했다. 돈을 꾸어 줄 만한 사람
들을 다 찾아다니기에는 너무 지친 데다 너무 절망적인 심정
이었다. 그래서 전화가 있는 사람들에게 전화를 걸어 볼 생
각이었다. 가끔 전화 목소리에 신뢰를 불러일으키는 음향을
만들어 넣는 데 성공하기도 한다. 목소리를 듣거나 얼굴 표
정을 보고 형편이 정말 좋지 않다는 걸 알게 될 때 사람들이
지갑을 닫아 버리는 불가사의한 일이 있기 때문이다. 역의 전
화박스 하나가 비어 있었다. 나는 그 안으로 들어가 호텔 전
화번호 몇 개를 쪽지에 적고, 돈을 빌려 줄 만한 사람들의 전
화번호를 찾아보려고 주머니에서 수첩을 찾았다. 주머니에
는 동전이 많았다. 얼마 동안 망설이다가 전화박스 벽에 붙
어 있는 아주 낡고 지저분한 요금표며 빈틈없이 덧칠된 사용
설명서를 들여다보았다. 그리고 또 망설이다가 먼저 동전 두
개를 투입구에 집어넣었다. 아무리 애를 써도, 돈을 꾸어 달
라고 번번이 부탁하는 일이 점차 악몽으로 변해 가도, 술에

취해 있을 땐 후회조차 할 수 없다. 내게 돈을 꾸어 줄 수 있을 거라 가장 많이 기대할 수 있는 사람의 전화번호를 돌렸다. 하지만 그가 거절한다면 다른 사람들에게 물어보고 싶은 마음이 뚝 떨어질 테니 모든 것이 훨씬 더 나빠질지도 모른다. 그래서 나는 동전 두 개를 전화기의 아래쪽에 그냥 놓아둔 채, 레버를 또 한 번 내리고 잠시 기다렸다. 이마에 땀이 송알송알 맺혔고, 셔츠가 목덜미에 달라붙었다. 나는 돈을 구하는 문제에 내가 얼마나 매달리고 있는지 새삼 깨달았다.

전화박스 밖으로 차례를 기다리고 있는 것 같은 한 남자가 보였다. 동전을 다시 꺼내려고 버튼을 누르려는데 순간 내 옆의 박스가 비면서 그림자가 문 앞에서 사라졌다. 나는 여전히 망설이고 있었다. 위쪽에서는 기차들이 둔탁한 소리를 내며 선로 위를 지나다녔고, 아득한 곳에서 안내 방송 소리가 들려왔다. 나는 이마에 맺힌 땀방울을 훔치면서, 이렇게 짧은 시간 안에 캐테와 함께 지내는 데 필요한 만큼의 돈을 구하는 건 도저히 불가능할지도 모르겠다고 생각했다.

내 전화를 받은 사람이 내게 즉각 돈을 꾸어 주게 해달라고, 그렇게 기도하기가 부끄러워졌다. 나는 갑자기 마음을 다잡고 전화번호를 다시 돌리고는, 레버를 다시 내리지 못하도록 왼손을 떼었다. 마지막 번호를 돌리자 잠시 조용하다가 신호 가는 소리가 들렸다. 그러자 벨소리가 울리는 제르게[20] 신부의 서재가 눈에 들어왔다. 그의 많은 책이며 벽에 걸린

---

20 Serge. 라틴명 〈제르기우스Sergius〉에서 유래한 이름. 성 제르기우스(640~701)는 687년에서 701년까지 로마 교황으로 재직했다.

운치 있는 동판화, 성 카시우스[21]의 그림이 걸린 알록달록한 유리창이 보였다. 조금 전에 본 〈우리 신부님 만수무강하시기를!〉이라고 쓰인 현수막이 떠올랐다. 오늘은 축제 행렬이 있는 날이니 신부가 십중팔구 집에 없을 것이 분명하다는 생각이 들었다. 나는 이제 땀을 비 오듯 흘리고 있었고, 제르게 신부가 참을성 없는 목소리로 〈여보세요, 누구세요?〉 하고 말하는 것으로 보아 아마 내가 처음에는 그의 목소리를 흘려 넘긴 듯했다.

제르게 신부의 목소리를 듣자 모든 용기가 싹 달아났다. 아주 짧은 순간 내 머릿속에 수많은 생각이 스쳐 지나갔다. 내가 돈을 꾸어 달라고 하면 자기 직원인 나, 빚쟁이인 나를 혹시 해고시키지나 않을까. 나는 낼 수 있는 한 큰 소리로 〈보 그녀입니다〉라고 말하고, 왼손으로 식은땀을 닦아 내는 한 편, 제르게 신부의 목소리에 바짝 귀를 기울였다. 생각보다 다정한 그의 목소리에 얼마나 마음이 놓였는지, 나는 절대로 잊지 못할 것이다.

「아, 당신이군요.」 그가 말했다. 「왜 말을 안 했어요?」

「긴장이 돼서요.」 내가 말했다.

그는 아무 말도 하지 않았고, 위쪽에서는 기차 지나가는 소리와 안내 방송을 하는 사람의 목소리가 들렸으며, 전화 박스의 문밖에는 어떤 여자의 그림자가 어른거렸다. 손수건

21 Cassius. 4세기 로마의 군인으로 교회 미술에서 본Bonn 지역의 수호 성인으로 그려진다. 막시미아누스 헤르쿨레우스 황제의 명령에 의해 성 카시우스Cassius와 성 플로렌티우스Florentius를 포함한 9명의 순교자들이 독일의 본에서 순교했다.

을 살펴보니 지저분하고 축축하게 젖어 있었다. 제르게 신부가 이렇게 말했을 때 나는 마치 벼락을 맞은 기분이었다.

「얼마나 필요해요?」

전화기를 통해 들려오는 동방 박사 성당[22]의 음울하고 아름다운 종소리 때문에 수화기에 거친 잡음이 생겼다. 나는 나지막한 소리로 말했다. 「50마르크요.」

「얼마요?」

「50마르크.」

이렇게 말한 나는 그가 전혀 의도하지 않은 커다란 충격에 아직 몸을 부르르 떨고 있었다. 하지만 사실 누구라도 내 목소리를 듣거나, 내 얼굴을 본다면 내가 돈을 원한다는 것을 금방 알아차릴 것이다.

「지금 몇 시지요?」 신부가 물었다.

전화박스 문을 열자, 먼저 고개를 흔들며 앞에 서 있는 한 중년 부인의 무표정한 얼굴이 보였고, 드로기스트 조합의 현수막 위로 역 대합실의 시계가 보였다. 나는 수화기에 대고 말했다.

「7시 반입니다.」

제르게 신부는 다시 아무 말도 하지 않았고, 전화기에서는 성당의 종이 만들어 낸 음울하고 유혹적인 잡음이 들려왔다. 바깥에서도 성당의 종소리가 역 너머로 울려 퍼졌다. 그리고

---

22 「마태오의 복음서」에 나오는 동방 박사들의 유해가 안치되어 있는 쾰른의 성당. 그들의 유해는 4세기에 콘스탄티노플에서 밀라노로 옮겨졌다가 1164년에 쾰른으로 옮겨졌다고 한다.

제르게 신부가 말했다.

「10시에 오실래요?」

나는 그가 서둘러 수화기를 내려놓을까 걱정이 되어 서둘러 말했다.

「여보세요, 여보세요, 저…….」

「네, 왜요?」

「기대해도 될까요?」

「그래요.」 그가 말했다. 「이따 봅시다.」

그가 수화기를 내려놓는 소리를 듣고 나서 나도 수화기를 내려놓고 전화박스의 문을 열었다.

나는 전화 거는 데 드는 돈을 아끼기로 결심하고, 방을 찾기 위해 천천히 시내 쪽으로 발걸음을 옮겼다. 하지만 방을 구하기는 결코 쉽지 않았다. 대규모 축제 행렬을 보려고 외지인들이 시내에 와 있었고, 그게 아니라도 그냥 관광차 시내를 찾은 사람들이 계속 오가고 있었다. 그리고 최근 각종 회의에 참석하느라 국내 지식인들이 시내로 들어왔다. 외과 의사들과 우표 수집가들, 카리타스회[23]는 매년 관례처럼 성당의 그늘 아래 모이곤 했다. 그들로 인해 호텔이 붐볐고, 물건 가격이 올랐으며, 부대 비용이 낭비되었다. 지금은 드로기스트들이 와 있는데, 정말 많이 모인 듯했다.

단춧구멍에 조합의 마크인 불그스름한 깃발을 꽂은 그들이 사방에서 나타났다. 그들은 일찍 찾아온 추위에도 마냥

---

23 Caritas. 〈독일 가톨릭 사회 복지 사업단Deutscher Caritasverband〉의 약칭.

기분이 좋은 듯 버스나 전차 안에서 자신의 전문 분야에 관해 신나게 떠들어 댔고, 분과 위원회나 임원 선거를 위해 떼 지어 몰려다녔다. 일주일 동안 중급 호텔 객실을 모조리 점령하려고 작정한 것 같았다. 드로기스트들은 정말 많이 모였다. 그들 중 일부는 주말 동안 부인도 오게 해서 2인용 방을 구하기가 하늘의 별 따기였다. 조합에서 주최한 전시회가 개최되었고, 위생 제품을 보여 주는 이런 대표적인 전시회에 오라는 초대 현수막들이 대거 내걸렸다. 도심 곳곳에서 축제 행렬의 집결지로 향하는 신자들 무리가 나타났다 사라졌다. 바로크식의 커다란 도금 램프와 붉은 옷을 입은 소년 합창단에 둘러싸인 신부, 나들이옷을 차려 입은 남자와 여자들이다.

어떤 치약 회사는 비행선을 빌려 작고 하얀 낙하산들을 도시 위로 떨어뜨리고 있었는데, 치약 상자 하나가 거기 매달려 아래로 서서히 내려오고 있었다. 그리고 강가에는 경쟁 업체의 이름이 쓰인 풍선을 공중으로 쏘아 올리는 커다란 대포가 설치되어 있었다. 또 다른 깜짝 놀랄 일이 있을 거라는 안내 방송이 있었고, 어떤 대형 고무 회사의 익살스러운 광고는 성당 측으로부터 거절당했다는 소문이 나돌기도 했다.

10시에 제르게 신부를 찾아갔을 때까지 나는 아직 방을 구하지 못하고 있었다. 창백한 여주인들의 대답과 밤새워 야근한 수위들이 불친절하게 중얼거리는 소리가 귓전에 어지러이 맴돌았다. 갑자기 비행선이 보이지 않았고, 아래쪽 강가에서 들리던 대포 소리도 뚝 멈추었다. 도시의 남쪽에서 성가의 선율이 들려오며 축제 행렬이 출발했음을 알렸다. 제르게 신부의 가정부가 나를 서재로 안내했고, 내가 자리에 채 앉기도 전에 신부가 침실 문을 열고 나왔다. 나는 그가 손에 돈을 쥐고 있는 것을 이내 알아차렸다. 신부는 한 손에 푸른색과 녹색의 지폐를, 약간 오므린 다른 손에 동전을 쥐고 있었다. 나는 그의 그림자가 내 위를 덮칠 때까지 방바닥을 내려다보며 잠자코 기다리다가 그를 쳐다보았다. 그는 내 얼굴을 보더니 이렇게 말을 꺼냈다.

「아, 그래도 생각보다는 그렇게 나빠 보이지 않네요.」

그의 말에 나는 가타부타 말을 하지 않았다.

「자, 여기 있어요.」 제르게 신부가 말했다. 내가 손을 내밀자, 그는 내 오른손에 지폐 두 장을 올려놓고 그 위에 니켈 동전들을 올렸다. 그리고 말했다.

「35마르크예요. 그 이상은 도저히 안 되겠어요.」

「아, 감사합니다.」 내가 말했다.

나는 제르게 신부를 바라보며 미소를 지으려고 했지만 트림처럼 거친 딸꾹질만 나왔다. 아마 그에게는 모든 것이 곤혹스러웠을 것이다. 말끔하게 솔질한 그의 수단,[24] 잘 손질된 그의 손, 깔끔하게 면도한 뺨, 이러한 것들이 초라한 우리 집을, 맛도 없고 느껴지지도 않는 하얀 먼지처럼 우리가 10년 동안 들이마신 가난을 생각나게 했다. 눈에 보이지도 않고 정의 내릴 수도 없지만 실제로 존재하는 가난이라는 먼지는 나의 폐와 심장과 뇌에 쌓여, 내 몸의 순환을 지배하며 이제

24 Soutane. 가톨릭 성직자의 평상복. 발목까지 오는 긴 옷으로, 주로 제의 밑에 받쳐 입는다.

호흡 곤란을 일으키고 있다. 나는 참았던 기침을 터뜨렸고 힘겹게 숨을 몰아쉬었다. 「그럼,」 나는 간신히 입을 열었다. 「안녕히 계세요, 정말 고맙습니다.」

「부인께 안부 전해 주세요.」

「감사합니다.」 나는 말했다. 우리는 서로 악수를 했고, 나는 문 쪽으로 걸어갔다. 몸을 돌려 보니 신부는 내 뒤에서 성호를 긋고 있었다. 문을 열기 전에는 그가 팔을 축 늘어뜨리고, 빨갛게 상기된 얼굴로 어쩔 줄 몰라 하며 그곳에 서 있는 것을 보게 되었다. 바깥 공기가 제법 쌀쌀해서 나는 외투의 옷깃을 세웠다. 천천히 시내 쪽으로 발걸음을 옮기는데, 벌써부터 먼 곳에서 성가 소리, 길게 끄는 나팔 소리, 여자들의 노랫소리가 들려왔고, 갑자기 이 노랫소리를 뒤덮으며 남성 합창단의 힘찬 노랫소리가 들려왔다. 여러 소리가 혼합된 이러한 소리가 바람결에 폐허 더미에서 회오리쳐 오르는 먼지와 뒤섞여 가까이 밀려왔다. 먼지에 얼굴을 맞을 때마다 나는 열정적인 노랫소리에 휩싸였다. 그러나 그 합창은 한순간 뚝 끊겼고, 스무 걸음을 더 옮겼을 때 나는 축제 행렬이 막 지나가는 거리에 서게 되었다. 길가에는 사람들이 많지 않아서 나는 발걸음을 멈춘 채 행렬이 지나가기를 기다렸다.

붉은색의 순교자 복장을 한 주교가 성사 참여자들과 성가대 사이를 홀로 지나가고 있었다. 성가대원들은 자기들이 방금 끝마친 부드러운 함성에 귀 기울이는 것처럼 상기된 얼굴로 멍하니, 거의 바보처럼 앞쪽을 바라보고 있었다.

주교는 무척 키가 컸고, 호리호리했으며, 숱 많은 백발이 꼭 끼는 붉은 모자 아래로 삐져나와 있었다. 그는 두 손을 합장하고 똑바로 걸었는데, 합장을 하고 앞을 응시하고 있지만 기도하고 있지 않다는 것을 알 수 있었다. 그의 가슴에 달린 금빛 십자가가 발걸음의 리듬에 따라 이리저리 가볍게 흔들렸다. 주교는 위엄 있는 걸음으로 성큼성큼 걸어갔고, 발걸음을 옮길 때마다 붉은 가죽신을 신은 발을 약간씩 쳐들었는데, 이는 군대에서 분열 행진을 할 때의 걸음걸이를 약간 변형시킨 것처럼 보였다. 주교는 장교 출신이었던 것이다. 고행자 풍의 그의 얼굴은 사진을 잘 받는 유형이었다. 종교 잡지의 표지에 실리기에 적합한 얼굴인 것이다. 그와 조금 떨어져서 주교좌성당 참사회(參事會) 회원들이 걷고 있었다. 그들 중 두 명만이 고행자의 얼굴을 갖는 행운을 누렸고, 다른 사람들은 모두 뚱뚱했으며, 얼굴은 창백하거나 붉었다. 왜 그런지는 알 수 없지만 그들은 화난 표정을 하고 있었다.

연미복을 입은 남자 네 명이 화려하게 수놓은 바로크식 천개(天蓋)[25]를 들고 있었고, 천개 아래에서는 보좌 주교가 성체 현시대(聖體顯示臺)를 들고 걷고 있었다. 성체[26]는 무척 컸지만 잘 보이지는 않았다. 나는 무릎을 꿇고 성호를 그었다. 잠시 동안 위선자가 된 느낌이었지만, 이내 신은 순진무구하시며 그의 앞에 무릎을 꿇는 것은 위선이 아니라는 생각이 들었다. 길가에 선 거의 모든 사람들이 무릎을 꿇었는데, 녹색 코르덴 상의를 입고 베레모를 쓴 새파란 젊은이는 홀로

25 Baldachin. 행렬 시 성체나 주교 위에 드리우는 이동식 천개.
26 그리스도의 육체를 상징하는 성찬용 떡.

모자도 벗지 않고 주머니에 손을 넣은 채 그대로 서 있었다. 그가 그나마 담배를 피우지 않아 다행이었다. 머리가 허연 남자 하나가 젊은이 곁으로 다가가 그의 귀에 대고 뭐라고 말했다. 그러자 젊은이는 어깨를 으쓱하며 모자를 벗어 배 앞에 들었는데, 그래도 무릎은 꿇지 않았다.

순식간에 다시 마음이 너무나 슬퍼졌다. 나는 성사 참여자들이 큰길로 접어드는 모습을 지켜보았다. 그곳에서는 무릎을 꿇었다가 다시 일어나 바지에 묻은 먼지를 터는 모습이 마치 물결이 출렁이는 것처럼 계속되고 있었다.

성사 참여자들 뒤로 연미복을 입은 약 스무 명가량의 남자들이 따라왔다. 예복은 모두 말끔했고 잘 어울렸는데, 두 남자에게만은 옷이 잘 어울리지 않았다. 나는 그들이 노동자라는 것을 금세 알아차렸다. 제 옷이 잘 어울리는 사람들 틈에서 걷는 기분이란 끔찍할 것이다. 그들은 검은 예복을 빌려 입은 것이 분명했다. 주교가 사회의식이 매우 강한 사람이라는 것은 잘 알려진 사실이었다. 그 주교가 틀림없이 노동자도 천개를 들고 가야 한다고 강력하게 주장했을 것이다.

한 무리의 수도사가 지나갔다. 그들은 무척 멋져 보였다. 노란빛이 감도는 흰 수도복 위에 걸친 검은 옷, 숙인 머리의 가운데를 시원하게 민 삭발이 정말 멋져 보였다. 또 수도사들은 합장할 필요가 없어서 손을 넓은 소매 속에 감출 수 있었다. 그들은 명상에 잠겨 고개를 숙이고, 아주 조용히, 그리 빠르지도 느리지도 않게, 내면의 소리에 따라 일정한 속도로 걸어갔다. 넓은 옷깃, 긴 의복, 흑백의 아름다운 조화가 그들에게 젊고도 지적인 면모를 부여했다. 그들을 바라보고 있노라니 마음속에 그 교단의 일원이 되었으면 하는 소망이 싹텄다. 그들 중 몇몇은 내 눈에 익었는데, 나는 그들이 관구 사제복을 입을 때는 지금보다 멋지지 않다는 것을 알고 있다.

거의 백 명가량 되는 학자들의 일부는 대단히 지적으로 보였다. 그러나 몇몇의 얼굴에는 다소 고통스러운 지성의 표정이 드리워 있었다. 그들 대부분은 연미복을 입고 있었지만, 일부는 아주 평범한 진회색 양복을 입고 있었다.

그 뒤를 이어 대형 바로크식 이동 램프의 엄호를 받으며 시(市) 소속 신부들이 한 명씩 걸어왔다. 나는 수도원 소속이 아닌 신부가 바로크식 제복을 입고 좋은 인상을 준다는 것이 얼마나 어려운지 알게 되었다. 대부분의 신부들은 고행자처럼 보이는 행운을 누리지 못했고, 거의가 너무 뚱뚱하고 너무 건강해 보였다. 한편 길가에 서 있는 사람들 대부분은 혈색이 좋지 않았고, 몹시 지친 데다 다소 낯설어하는 듯 보였다.

색색의 문장(紋章)을 단 학생들은 모두 색색의 모자를 쓰고 색색의 어깨띠를 두르고 있었고, 가운데서 걸어가는 학생들은 제각기 무게 때문에 아래로 처진 색색의 비단 깃발을 들고 있었다. 그들은 세 명씩 7열 또는 8열을 이루고 있었는데, 이들 무리가 내가 본 대열 중에서 가장 화려했다. 학생들은 무척 진지한 얼굴로, 아주 멀고 무척 매혹적인 목적지를 향하고 있는 듯 눈썹 하나 움직이지 않고 모두 정면을 응시하고 있었다. 자기들의 모습이 우스꽝스럽다는 것을 깨닫는 사람이 그들 중에는 아무도 없는 것 같았다. 그들 중 한 학생 —
그는 파란색, 빨간색, 초록색이 섞인 모자를 쓰고 있었다 —
은 날이 그리 덥지 않은데도 비 오듯 땀을 흘리고 있었다. 그
래도 땀을 닦기 위해 몸을 움직이지는 않았는데, 그 모습이
우스꽝스럽기보다는 무척 안쓰러워 보였다. 나는 혹시 명예
재판 같은 것이 있어서 행진 중에 반항적으로 땀을 많이 흘
린 죄로 그를 추방한다면, 그러면 그는 인생을 망칠지도 모
른다는 생각이 들었다. 그 학생은 정말 더 이상 아무 기회도
없는 사람이라는 인상을 주었고, 땀을 흘리지 않는 다른 학
생들은 모두 그에게 정말 기회를 주지 않을 것처럼 보였다.

초등학생 무리가 너무 빨리, 딱딱 끊어서 노래하며 떼 지
어 지나갔다. 앞서 부른 노래 소절이 번번이, 아주 크고 또렷
하게, 정확히 3초 후에 뒤따라 들려왔기 때문에 그들의 노래
는 마치 대창(對唱)처럼 들렸다. 새 연미복을 입은 젊은 교사
몇 명과 술 달린 가운을 걸친 젊은 성직자 둘이 이리저리 뛰
어다니면서, 팔을 움직여 속도를 조절하고 뒤쪽을 향해 화음
규칙을 알리려 하면서 노래의 균형을 잡으려고 애를 썼다.
그러나 전혀 효과가 없었다.

갑자기 현기증이 났고, 나는 행진하는 모든 사람들과 그
모습을 지켜보는 사람들을 더 이상 볼 수가 없었다. 내 시야
는 오므라든 것처럼 좁아졌고, 나는 희미한 빛을 발하는 회
색에 둘러싸인 채 내 두 아이 클레멘스와 카를라의 모습만을
볼 수 있었다. 몹시 창백해 보이는 남자애는 푸른 옷을 입고,
첫 영성체[27]를 할 때 그렇듯이 단춧구멍에 초록색 가지를 꽂

은 채, 손에 초를 들고 있었다. 진지하고도 사랑스러운 그 아이는 창백한 얼굴로 정신을 집중하고 있었다. 나처럼 검은 머리에 둥그스름한 얼굴과 아리따운 몸매를 지닌 여자애는 빙그레 미소 짓고 있었다. 나는 아이들에게서 아주 멀리 떨어져 있는 것 같았지만, 그 애들의 모습이 선명히 보였다. 나는 내게 지워진 낯선 삶을 들여다보듯 내 삶의 그러한 일부분을 들여다보았다. 손에 초를 들고 천천히 엄숙하게 내 좁은 시야를 지나고 있는 내 아이들의 모습에서, 나는 늘 알고 있다고 생각했지만 이제야 알게 된 사실, 즉 우리가 가난하다는 사실을 깨달았다.

이제 나는 성당의 마지막 미사에 참가하려고 마구 몰려가는 사람들의 소용돌이에 말려들게 되었다. 한동안 좌우로 벗어나려고 해보았지만 아무 소용이 없었다. 사람들을 밀치고 공간을 확보해 나가기에 나는 너무 지쳐 있었다. 나는 사람들의 흐름에 몸을 맡기고 천천히 바깥으로 밀려났다. 나는 그들에게 구역질이 났고, 그들을 증오하기 시작했다. 내가 기억하는 한 나는 언제나 체벌에 혐오감을 갖고 있었다. 누가 내 앞에서 맞고 있으면 늘 가슴이 아팠고, 그런 현장을 목격할 때마다 말리려고 했다. 포로들의 경우에도 마찬가지였다. 포로들이 구타당하는 것을 그냥 보고 있지 못해 성가시고 위험한 일을 겪기도 했지만, 아무리 노력해도 내 반감은 이길 수가 없었다. 나는 어떤 사람이 맞거나 학대당하는 것

27 세례를 받은 뒤 처음으로 하는 영성체. 독일에서는 보통 초등학교 3학년이 되면 부활절 후 일요일에 첫 영성체를 한다.

을 볼 수가 없었다. 내가 그런 일에 개입하는 것은 동정심이나 사랑을 느껴서가 아니라, 그저 그런 일을 참아 낼 수 없기 때문이었다.

하지만 몇 달 전부터 종종 누군가의 얼굴을 갈기고 싶은 생각이 들곤 한다. 일을 끝내고 지쳐서 집에 돌아가서는 아이들이 떠든다고 화를 내며 때린 적도 있다. 나는 심하게, 그것, 나로 인해 아이들에게 가해지는 그것이 옳지 않다는 것을 알면서도 매우 심하게, 아이들을 때렸다. 그리고 내가 자제력을 잃었다는 사실에 깜짝 놀라곤 했다.

누군가의 얼굴을 갈기고 싶다는 거센 욕망은 아주 갑작스럽게 찾아온다. 지금 군중 속에서 내 옆을 지나고 있는 마른 여자, 내 옆에 너무 가까이 있는 그녀에게서 시큼하고 퀴퀴한 냄새가 났다. 그녀는 증오심에 잔뜩 찌푸린 얼굴을 하고 우리 앞에 가고 있는 남편, 녹색 펠트 모자를 쓴 침착해 보이는 호리호리한 사람에게 고함을 지르고 있다. 〈앞으로 가요, 자, 어서요, 좀 더 빨리요, 미사 놓치겠어요!〉

나는 오른쪽으로 뚫고 나가는 데 성공했다. 군중의 물결에서 빠져나온 나는 어느 신발 가게의 창 앞에 멈춰 서서 군중이 내 옆을 지나가기를 기다렸다. 나는 주머니에 든 돈을 만져 보고 주머니 속에서 지폐와 동전을 하나하나 세어 본 다음 돈이 그대로라는 것을 확인했다.

커피를 마시고 싶은 생각이 들었지만 돈을 아껴야 했다.

너무도 갑작스럽게 거리가 텅 비었다. 쓰레기와 짓밟힌 꽃들, 잘게 부스러진 석회 부스러기, 낡은 전차의 전주 사이에 비스듬히 내걸린 현수막들만이 보일 뿐이었다. 현수막에는 흰 바탕에 검은 글씨로 성가의 첫 소절들이 적혀 있었다. 〈즐거이 우리 주를 찬미하세.

성모 마리아여, 우리에게 축복을 내려 주소서.〉

그리고 몇몇 현수막에는 양 떼[28]와 성배,[29] 종려나무 가지,[30] 심장[31]이며 닻[32]과 같은 상징들이 그려져 있었다.

나는 담배에 불을 붙이고 천천히 도시의 북쪽 구역으로 발걸음을 옮겼다. 멀리서 아직 행렬의 노랫소리가 들려왔지만 몇 분 후에는 잠잠해졌다. 행렬이 성당에 도착한 것 같았다. 조조 영화가 끝났고, 나는 벌써 영화에 대해 토론을 벌이기 시작한 젊은 지식인들의 무리에 끼어들게 되었다. 트렌치코트에 챙 없는 모자를 쓴 그들은 녹색 스웨터에 몸에 꼭 달라붙는 미제 진 바지를 입은 인형같이 예쁜 소녀의 주위로 모여들었다.

……굉장히 진부해……

……그러나 수법은……

……카프카[33]……

28 성서에서 제물로 쓰이는 양(羊)은 고통 받는 그리스도를 상징한다.

29 최후의 만찬 때 포도주를 담았던 술잔.

30 가톨릭의 관습에 따르면 부활절 전 일요일에 그리스도가 예루살렘에 입성하는 대목을 상기시킨다(『요한의 복음서』 12장 13절 참고). 종려나무 가지는 죽음에 대한 승리의 상징으로 여겨진다.

31 사랑을 상징한다.

32 희망 또는 기독교 신앙에 속해 있음을 상징한다.

33 Franz Kafka(1883~1924). 옛 오스트리아 헝가리 제국에서 태어난 유대계 독일 소설가. 권력과 욕망의 틈바구니에 긴 인간의 생존 문제를 초현실주의 수법으로 파헤친 작가로 주요 작품으로는 『변신』, 『성』, 『심판』 등이 있다.

나는 아이들을 잊을 수 없었다. 두 눈을 감아도 아이들이 보이는 것 같았다. 내 아이들, 사내애는 벌써 열세 살, 여자애는 열한 살이다. 판에 박힌 일을 하도록 예정되어 있는 창백한 두 아이. 애들은 노래 부르는 걸 좋아했지만, 나는 집에 있을 때 노래를 못 부르게 했다. 애들이 즐겁게 떠들면 화가 나서 애들을 때렸다. 체벌하는 광경을 결코 참지 못하던 내가, 저녁에 일을 마치고 집에 돌아가 편히 쉬겠다고, 그 애들의 얼굴이며 엉덩이를 때렸던 것이다……

성당에서 노랫소리가 흘러나왔고, 바람이 나에게 성가의 물결을 실어다 주었다. 나는 역 왼쪽을 지나갔다. 성당의 상징이 그려진 현수막을 깃대에서 떼어 내고, 〈독일 드로기스트 조합. 품목별 전시회를 찾아오십시오. 다량의 무료 샘플을 드립니다〉라는 글귀가 적힌 또 다른 현수막을 내거는 흰옷 입은 남자들의 무리가 보였다.

드로기스트 없이 뭘 하시겠습니까?

나는 별 다른 이유 없이 지벤 슈메르첸 마리애 성당 쪽으로 천천히 발걸음을 옮겼고, 성당 정문은 쳐다보지도 않고 그곳을 지나 아침 식사를 했던 간이식당까지 갔다. 아침에 발걸음 수를 세기라도 했던 것 같았다. 내 다리 근육을 지배하는 불가사의한 리듬이 나를 멈추게 하고 위를 쳐다보게 만들었다. 오른쪽을 바라보자 커튼의 틈새로 커틀릿이 담긴 접시와 크고 화려한 담배 포스터가 보였다. 나는 문 쪽으로 다가가 문을 열고 안으로 들어갔다. 안은 조용했고, 나는 소녀가 그곳에 없다는 것을 이내 알아차렸다. 바보 아이도 없었다. 전차 승무원이 구석에 앉아 수프를 떠먹고 있었고, 그 옆 식탁에는 한 부부가 버터 빵이 담긴 상자를 열어 놓고 커피와 함께 빵을 먹고 있었다. 카운터 뒤쪽에서 상이군인이 몸을 일으켜 나를 쳐다봤는데, 그 눈빛이 나를 알아보는 것 같았다. 그는 입 주위를 가볍게 씰룩이고 있었다. 전차 승무원과 부부도 내 쪽으로 시선을 돌렸다.

「뭘 드릴까요?」 상이군인이 물었다.

「담배 다섯 개비요. 빨간 걸로.」 나는 나지막이 말했다.

나는 지친 몸으로 주머니에서 동전 하나를 꺼내 유리 판 위에 조용히 올려놓았고, 상이군인이 내민 담배를 주머니에 찔러 넣고 고맙다고 말했다. 그리고 기다렸다.

나는 천천히 주위를 둘러보았다. 그들은 여전히 나를 바라보고 있었다. 전차 승무원은 입과 접시 사이의 중간 높이에 숟가락을 들고 있었고 — 노란 수프가 방울져 떨어지는 것이 보였다 — 부부는 음식을 씹는 동작을 멈추었는데, 남자는 입을 벌린 채, 여자는 입을 다문 채 나를 쳐다보았다. 나는 다시 상이군인을 쳐다보았다. 그는 면도도 하지 않은 검고 거친 그 얼굴로 빙그레 미소 지었는데, 나는 그 얼굴에서 소녀의 얼굴을 찾아볼 수 있었다.

실내에는 무거운 침묵이 흘렀다. 상이군인이 그 침묵을 깨고 물었다.

「누구 찾는 사람이라도?」

나는 고개를 가로젓고, 문 쪽으로 몸을 돌려 잠시 그대로 서 있었다. 나는 사람들의 시선이 등에 꽂히는 것을 느끼고 발걸음을 옮겼다. 밖으로 나와 보니 여전히 거리는 텅 비어 있었다.

역 뒤로 통하는 컴컴한 지하도에서 술 취한 사람이 비틀거리며 걸어 나왔다. 그는 뒤뚱뒤뚱 갈지자걸음으로 나를 향해 곧장 다가왔다. 그가 가까이 다가왔을 때, 나는 그의 단춧구멍에 드로기스트들의 깃발이 꽂힌 것을 볼 수 있었다. 그는 내 앞에서 발걸음을 멈추더니 내 외투 단추를 붙잡고는 내 얼굴에 시큼한 맥주 냄새가 풍기는 트림을 쏟아 냈다.

「드로기스트 없이 뭘 하시겠습니까?」 남자가 중얼거리며 말했다.

「못 하죠」 나는 나지막이 말했다. 「드로기스트 없인 아무 것도 못 하죠.」

「그래, 당신도 알고 있군그래.」 그는 경멸하듯 그렇게 말하고 나를 놓아주고 비틀거리며 계속 걸어갔다.

나는 천천히 컴컴한 지하도 속으로 걸어 들어갔다.

역 뒤쪽은 쥐 죽은 듯 고요했다. 도시 상공에는 캐러멜 향기와 뒤섞여 카카오 가루의 달콤하고 씁쓰레한 향기가 온통 배어 있었다. 건물과 주거지 세 구역에 통행로가 걸쳐 있는 커다란 초콜릿 공장은 맛있는 초콜릿의 이미지에 어울리지 않는 어두운 인상을 풍기고 있었다. 이곳에는 가난한 사람들이 살고 있고, 호텔은 몇 개밖에 없지만 숙박비는 저렴하다. 관광 협회는 관광객들이 찢어지게 가난한 이곳의 모습을 보고 비위가 상할까 봐 그들을 이곳에 보내기를 꺼린다. 좁아터진 길은 음식을 요리할 때 나오는 김, 찐 양배추 냄새, 코를 찌르는 구운 고기 냄새로 가득했다. 입에 막대 사탕을 문 아이들이 여기저기 서 있었고, 열린 창 너머로 남자들이 소매를 걷어붙이고 카드놀이를 하는 모습이 보였다. 어느 부서진 건물의 불타 버린 담벼락에는 검은 손이 그려진 크고 지저분한 간판이 걸려 있었다. 그 아래에는 검은 글씨로 이렇게 쓰여 있었다. 〈네덜란드 집, 여관, 간소한 식사, 일요일에 춤출 수 있음.〉

검은 손이 가리키는 방향으로 가다 보니 길모퉁이에 〈네덜란드 집, 바로 건너편에〉라는 글이 적힌 또 다른 검은 손이 보였다. 위를 보니 맞은편에 있는 초콜릿 공장에서 나는 연기로 검게 그을린 불그스름한 벽돌집이 눈에 들어왔다. 그 모습에서 드로기스트들이 여기까지는 몰려오지 않았다는 걸 확인할 수 있었다.

6

전화로 프레드의 목소리를 들을 때마다 발끈 흥분하는 내 모습에 번번이 놀라곤 한다. 그의 쉰 목소리, 조금 피로한 듯한, 딱딱하고 사무적인 어조 때문에 그가 낯설게 느껴지고, 그래서 나는 더 흥분한다. 나는 그가 오데사[34]나 세바스토폴[35]에서 그런 목소리로 말하는 걸 들었고, 그가 술에 취하기 시작했을 때의 목소리를 수많은 술집에서 들을 수 있었다. 그가 번호를 누르고, 동전이 떨어지며 그와 나를 연결시킬 때, 수화기를 들고 그 소리를 들을 때 내 가슴은 얼마나 떨렸던가! 그가 말하기 전에 만드는 사무적인 침묵, 그의 기침 소리, 전화기를 통해 흘러나오는 그 자상한 목소리. 아래층으로 내려갔을 때 집주인인 발룬 부인은 초라한 가구들에 둘러싸인 채 구석의 소파에 앉아 있었다. 책상에는 비눗갑, 피임약으로 가득 찬 상자, 유달리 값비싼 화장품이 들어 있는 조그만 나무 상자가 쌓여 있었다. 방 안은 다른 방에서 흘러 들어온 여자 머

34 Odessa. 우크라이나의 서남부에 있는 도시.
35 Sevastopol. 러시아 크림 반도 서남쪽에 있는 항구 도시.

리카락 냄새로 가득 차 있었다. 토요일 내내 머리카락을 지지고 볶으며 풍기는 역하고 끔찍한 냄새였다. 발룬 부인은 꾀죄죄한 차림새로 머리를 빗지 않은 채 도서 대여점에서 빌린 장편소설을 읽지도 않고 그냥 펼쳐 놓고 있었다. 내가 수화기를 귀에 대고 있는 동안 나를 지켜보고 있었던 것이다. 부인은 소파 뒤의 구석으로 손을 뻗쳐 보지도 않고 술병을 꺼내서는, 피곤한 눈으로 계속 나를 쳐다보며 술잔에 화주를 가득 따랐다. 「여보세요, 프레드예요?」 나는 말했다.

「캐테, 방을 구했어. 돈도 있고.」 그가 말했다.

「아, 잘됐네요.」

「언제 올 거야?」

「5시요. 애들한테 케이크를 구워 줄 거라서요. 우리 춤추러 갈까요?」

「당신이 그러고 싶으면. 여기서도 춤출 수 있어.」

「거기가 어딘데요?」

「네덜란드 집.」

「어디에 있는데요?」

「역 북쪽에. 반호프 가를 따라오다 보면 모퉁이 간판에 검은 손이 보여. 거기서 집게손가락이 가리키는 곳으로 오기만 하면 돼. 애들은 잘 있고?」

「네, 잘 있어요.」

「애들한테 줄 초콜릿이 있어. 풍선도 사줄 거고, 아이스크림도 사줄 거야. 애들한테 줄 돈도 가져갈 거고. 애들한테 때려서 미안하다고 말해 줘. 내가 잘못했어.」

「그렇게는 말 못 해요, 프레드.」 내가 말했다.

「왜 못 해?」

「애들이 울 거예요.」

「울면 어때서. 내가 미안해한다는 걸 애들이 알아야 해. 이건 나한테 정말로 중요한 일이야. 제발 그 점을 잊지 말아 줘.」

무슨 말을 해야 할지 알 수가 없었다. 나는 발룬 부인을 쳐다보았다. 그녀는 능숙한 솜씨로 두 번째 잔을 가득 채우더니 잔을 입에 갖다 대고 입안에서 화주를 천천히, 이리저리 굴려 댔다. 그리고 목구멍 속으로 화주를 넘기면서 약간 역겹다는 표정을 지었다.

「캐테.」 프레드가 말했다.

「왜요?」

「애들에게 다 말해 줘, 제발 잊지 말고. 초콜릿이랑 풍선, 아이스크림 이야기도 해줘. 그러겠다고 약속해.」

「약속 못 해요. 애들은 오늘 성체 행렬을 구경해서 무척 즐거워하고 있거든요. 당신이 때린 일을 떠올리게 하고 싶지 않아요. 언젠가 당신 얘길 하게 되면 이야기할게요.」

「내 얘길 한다고?」

「네, 당신이 어디 있는지 애들이 물어봐요. 그럼 난 당신이 아프다고 하고요.」

「아프다고?」

「네, 당신은 아파요.」

그는 아무 말도 하지 않았다. 수화기를 통해 그의 숨소리가 들려왔다. 주인 여자는 나를 보며 눈을 껌벅였고 열심히 고개를 끄덕거렸다. 「당신 말이 맞을지도 몰라. 어쩌면 나는 정말 아플지도 모르겠어. 그럼 5시에 봐. 반호프 가 모퉁이에 검은 손이 그려진 간판이 보여. 돈은 충분해. 춤추러 갈 수 있을 거야. 이따 봐, 여보.」

「이따 봐요.」 나는 천천히 수화기를 내려놓았다. 주인 여자가 두 번째 잔을 탁자에 내려놓는 것이 보였다.

「이리 와요.」 그녀가 나지막이 말했다. 「와서 한잔해요.」

전에 가끔 울컥 반항심이 생길 때면 나는 우리 방의 상태에 대해 따지려고 주인 여자한테 내려갔다. 하지만 그녀는 매번 지독히 무관심한 태도로 나를 제압했고, 내게 술을 따라 준 다음 피곤한 눈을 굴리며 나를 요리하려고 했다. 게다가 그녀는 3년 동안의 집세보다 방을 수리하는 데 더 많은 돈이 들거라고 내가 납득할 수 있게 설명할 줄도 알았다. 나는 그녀한테서 화주 마시는 법을 배웠다. 처음에는 코냑이 너무 독해 리큐어를 달라고 했다. 하지만 그녀는 〈리큐어? 누가 리큐어 같은 걸 마셔?〉 하고 말했다. 어느덧 나는 코냑이 좋은 술이라는 주인 여자의 말이 옳다는 것을 확신하게 되었다.

「자, 어서 와요, 와서 한잔하래도.」

나는 주인 여자와 마주 앉았고, 주인 여자는 술 취한 눈으로 나를 빤히 쳐다보았다. 내 시선은 그녀의 얼굴을 지나 색색의 줄무늬가 있는 상자 더미 쪽을 향했다. 상자들 위에는 〈그리스[36] 고무. 상등품. 황새 표시가 있는 것만이 진짜〉라

36 Griss.

는 글귀가 쓰여 있었다.

발룬 부인이 〈건배〉를 외쳤고, 나도 잔을 집어 들고 〈건배〉라고 말하며, 기분 좋게 톡 쏘는 코냑을 목 안으로 넘겼다. 그 순간 나는 술꾼 남자를 이해하게 되었고, 프레드와 술 취한 모든 사람들을 이해할 것 같았다. 「아, 새댁.」 발룬 부인은 날 그렇게 부르며, 깜짝 놀랄 만큼 빠른 속도로 내게 술을 따라 주었다. 「앞으로 다시는 나한테 와서 불평 늘어놓지 말아요. 가난에는 약도 없어. 오늘 오후에 애들 여기로 보내요. 여기서 놀아도 되니까. 외출할 거지?」

「네, 외출해요. 하지만 애들을 봐줄 젊은 남자를 구했어요.」

「내일까지?」

「네, 내일까지요.」

그녀는 비웃는 듯한 희미한 미소를 잠시 지었다 없앴다.

「아, 그래. 그럼 애들한테 빈 상자 좀 갖다 줘요.」

「아, 감사합니다.」 내가 말했다.

부동산 중개인이었던 부인의 남편은 부인에게 집 세 채, 미용실, 수집 상자를 유산으로 남겨 주었다.

「한 잔 더 할래요?」

「아, 아뇨, 됐어요.」 내가 말했다.

발룬 부인은 손을 떨다가도 술병을 만지자마자 금방 괜찮아지곤 하는데, 그러한 동작에는 나를 놀라게 하는 귀여움이 담겨 있다. 그녀가 내 잔에도 다시 술을 가득 따라 주었다.

「전 이제 됐어요.」

「그럼 내가 마시고.」 부인은 그렇게 말하고 갑자기 무척 날카로운 시선으로 나를 빤히 들여다보며 눈을 가늘게 떴다. 그리고 이렇게 물었다.

「새댁, 아기 가졌어요?」

나는 깜짝 놀랐다. 가끔은 정말 임신하지 않았나 생각하기도 하지만, 아직 확실하지는 않다. 나는 고개를 가로저었다.

「불쌍하기도 하지, 애를 또 가지면 힘들 텐데.」

「모르겠어요.」 나는 애매하게 말했다.

「립스틱 색깔을 바꿔야 되겠는데.」 부인은 날카로운 시선으로 나를 바라보더니 몸을 일으켰다. 요란한 색깔의 블라우스를 입은 뚱뚱한 몸이 의자, 소파, 책상 사이로 구르듯 빠져나왔다. 「따라와요.」

나는 부인을 따라 가게로 들어갔다. 거기에는 머리를 지지고 향수를 뿌린 냄새가 구름처럼 가득 배어 있었다. 커튼이 쳐진 컴컴한 방 안에는 파마 기구와 헬멧 모양의 머리 건조기가 보였고, 일요일 오후의 우중충한 빛을 받아 니켈 조각이 희미하게 빛나고 있었다.

「아, 어서 와 보라니까.」

발룬 부인이 서랍을 뒤적였다. 립스틱 몇 개와 색색의 파우더 통들이 고데 종이에 싸여 있었다. 부인이 립스틱을 하나 집어 들고 내게 내밀며 말했다. 「이걸 한번 써봐요.」 내가 놋쇠로 된 통을 돌리자, 굳은 벌레 같은 진홍색 립스틱이 밀려 나왔다.

「이렇게 진한 걸요?」 내가 물었다.

「그래요, 그렇게 진한 거. 일단 발라 봐요.」

아래 있는 이 거울들은 완전히 다르다. 뒤쪽으로 향하는 시선을 잡아 앞쪽의 얼굴로 향하게 한다. 성큼 다가온 반듯한 상은 실물보다 훨씬 근사하다. 나는 입술을 벌리고 몸을 숙인 채 조심스럽게 진홍색 립스틱을 발랐다. 하지만 내 눈은 이런 거울에 익숙하지 않아 또 다른 시선이 얼굴을 스치며 피하려 하자 풀려 버리고 만다. 그런데 이 시선이 거울 속에서 자꾸 미끄러져 내 자신의 얼굴로 되돌아왔다. 어지러웠다. 주인 여자가 내 어깨에 손을 올렸고, 머리가 헝클어진 술취한 그녀의 얼굴이 내 뒤쪽의 거울에 비치자 나는 약간 소름이 돋았다.

「좀 꾸미고 다녀요.」 주인 여자가 나지막이 말했다. 「사랑을 위해 꾸미도록 해요. 근데 애들처럼 보이게 하면 안 돼. 이 립스틱 정말 잘 받지 않아요?」 나는 거울에서 시선을 거두고, 립스틱을 돌려 넣은 후 말했다. 「네, 그러네요. 근데 지금은 돈이 없어요.」

「아, 받아 둬요, 급할 것 없으니까. 천천히.」

「그럼, 나중에 드릴게요.」 나는 여전히 거울 속을 들여다보며, 빙판 위에서처럼 그 속에서 이리저리 비틀거리다 눈앞에 손을 대고는 결국 물러났다.

주인 여자는 쭉 편 내 팔 위에 텅 빈 비눗갑을 얹어 주고는 립스틱을 앞치마 주머니에 넣어 주며 문을 열었다.

「정말 고맙습니다. 안녕히 계세요.」

「잘 가요.」 그녀가 말했다.

아이들이 떠든다고 프레드가 그렇게 화를 내는 걸 나는 이해할 수가 없다. 그 애들은 너무나 조용하다. 전기 레인지나 식탁 곁에 서 있을 때, 나는 아이들이 너무 조용해서 깜짝 놀라 뒤돌아 그 애들이 있는지 확인하곤 한다. 아이들은 상자로 집짓기 놀이를 하며, 서로 속삭이듯 조용조용 말한다. 내가 뒤를 돌아보면 아이들은 걱정하는 내 눈빛을 보고 벌떡 일어나 〈엄마, 무슨 일이에요? 왜 그래요?〉 하고 묻는다.

「아무것도 아니야」 연이어 나는 말한다. 「아무것도 아니야.」 그러고는 반죽을 하기 위해 돌아선다. 나는 그 애들만 두고 나가는 게 불안하다. 전에는 프레드와 함께 오후 한때 집을 비웠지만, 밤새도록 집을 비우기는 이번이 처음이었다. 막내 아기는 자고 있고, 나는 그 애가 깨기 전에 나가려고 한다.

옆방에서 들려오던 끔찍한 신음 소리가 멈췄다. 포옹하며 혀 짧은 소리로 애교를 떠는 소리, 깜짝 놀랄 정도로 씩씩거리는 소리가 들린다. 그들은 영화 구경을 가기 전에 이제 잠자리를 갖는 것이다. 나는 이 신음 소리를 압도할 라디오를 사야겠다고 마음을 먹는다. 경멸감이라기보다 공포감을 불러일으킬 뿐인 이 끔찍한 짓거리가 벌어질 때마다 일부러 큰 소리를 내며 대화를 시작해야 하기 때문이다. 그러나 이러한 인위적인 대화는 금방 끝나 버리고 말아서 나는 아이들이 무슨 소리인지 알아듣게 되지 않을까 스스로에게 묻게 된다. 어쨌든 아이들은 그 소리를 듣는다. 그럴 때 아이들의 표정은 시체 냄새를 맡고 부르르 몸을 떠는 짐승의 표정 같다. 그 일이 막 시작이 되면 나는 아이들을 거리로 내보내려고 한다. 하지만 이렇게 이른 일요일 오후 시간은 아이들마저 깜짝 놀라게 하는 우울한 분위기로 가득 차 있다. 내 몸을 마비시키는 그 이상한 침묵이 옆방에서 시작되면 내 얼굴은 빨갛게 타오른다. 그래서 몸싸움이 시작되었음을 알리는 최초의 소음이 들리면 나는 노래를 부르려고 한다. 불규칙하게 침대가 덜컹거리는 소리, 서커스 천막 꼭대기에서 빙빙 날던 곡예사들이 공중에서 사다리 그네를 바꿔 탈 때 서로에게 외치는 것과 비슷한 소리가 들릴 때면.

하지만 내 목소리는 잠겨 있고 불안정하다. 그래서 들어 알고는 있으나 불러낼 수 없는 멜로디를 헛되이 더듬어 보지만 소용없는 일이다. 지금은 지독히 우울한 일요일 오후의 몇 분, 무한히 긴 몇 분이다. 기진맥진한 숨소리와 담뱃불 붙이는 소리가 들린다. 그러고 나서 시작되는 침묵은 증오로 가득 차 있다. 나는 반죽을 식탁 위에 내리치고, 가능한 한 많은 소리를 내며 이리저리 굴리고 다시 그것을 두드린다. 나는 사랑을 나눌 공간을 갖지 못하고 살아가는 수백만의 남녀들을 생각해 본다. 반죽을 넓게 펴고 가장자리를 높게 개고는 케이크 반죽 속에 과일들을 다져 넣는다.

7

긴 복도 끝의 방은 어두웠다. 창밖을 내다보니 전에는 붉은색이었을 우중충한 벽돌담이 눈에 들어왔다. 그것은 규칙적인 소용돌이무늬의 선들로 이루어진, 전에는 노란색이었으나 이제는 갈색을 띤 무늬로 장식되어 있었다. 나는 시야에 비스듬히 자리한 벽돌담을 지나 지금은 텅 비어 있는 두 개의 플랫폼 쪽으로 눈길을 주었다. 그곳에는 한 여자가 아이를 데리고 벤치에 앉아 있었고, 레모네이드 가게의 아가씨는 가게 문 앞에 서서 흰 앞치마를 불안하게 말았다 펴고 있었다. 역 뒤에는 기(旗)로 장식된 성당이 있었다. 텅 빈 역 뒤에서 제단 주위에 사람들이 빽빽하게 몰려 있는 것을 보니 답답한 기분이 들었다. 성당에 모인 군중의 침묵이 답답함을 불러일으킨 것이다. 붉은 옷을 입은 주교가 제단 가까이 서 있는 것이 보였다. 주교의 모습이 눈에 들어오면서 동시에 그의 목소리가 들려왔다. 목소리는 확성기를 통해 텅 빈 역을 넘어 크고 분명하게 울려 퍼졌다. 나는 주교의 설교를 벌써 여러 번 들었는데 그때마다 지루하기 짝이 없었다. 나는 지루한 것이라면 딱 질색이다. 그런데 확성기를 통해 주교의 목소리가 흘러나오는 이때에 내가 늘 찾고 있던 어떤 형용사가 갑자기 떠올랐다. 내가 알기로 그것은 간단한 형용사였는데, 혀에서 맴돌다가 사라져 버리곤 했다. 주교는 자기 목소리에 사투리 억양을 붙여 인기를 얻으려 했지만, 그는 별로 인기가 없었다. 그가 설교에 사용하는 어휘는 40년 전부터 눈에 띄지 않게, 그러나 지속적으로 설득력을 잃어 온 신학 용어 목록에서 가져온 것 같았다. 이제는 판에 박힌 말이 되어 버린, 반쪽 진리를 담은 어휘들. 진리가 지루한 것이 아니라, 주교가 진리를 지루하게 만드는 재주를 갖고 있는 것이 틀림없다.

……하느님을 우리 일상에 받아들여, 우리 마음에 그분의 탑을 쌓아 올립시다……

나는 몇 분 동안 황량한 플랫폼 너머로 들리는 목소리에 귀 기울였고, 동시에 저 뒤쪽 확성기 옆에 붉은 옷을 입고 서 있는 주교를 바라보았다. 그는 별로 심하지도 않은 사투리를 과장되게 떠들고 있었다. 몇 년 동안이나 찾으려 했지만 너무 간단해서 생각나지 않았던 단어가 갑자기 떠올랐다. 주교는 멍청했다.[37] 나는 역에서 다시 시선을 옮겨 불안한 동작으로 흰 앞치마를 말아 올렸다 내렸다 하는 아가씨를 바라본 뒤, 벤치 위에서 이제 막 아이에게 젖병을 물리려는 여자를 바라보았다. 그리고 나서 내 시선은 벽돌담의 갈색을

---

[37] 주인공 프레드가 찾은 형용사는 〈dumm〉으로 〈무지한〉, 〈어리석은〉이라는 뜻이다.

띤 소용돌이무늬 쪽으로 향하다가 지저분한 창문턱을 넘어 내가 있는 방으로 돌아왔다. 나는 창문을 닫고 침대에 누워 담배를 피웠다.

이제 아무런 소리도 들리지 않았다. 집 안은 쥐 죽은 듯 고요했다. 내 방의 벽에는 불그스름한 벽지가 발려 있었는데, 초록색 하트 무늬의 색이 바랜 까닭에 놀랄 정도로 규칙적인, 흐릿한 연필 자국 비슷한 흔적만이 벽지 위에 남아 있었다. 15촉 정도 되는 전구를 끼운 전등은 다른 모든 전등과 마찬가지로 보기 흉했지만, 푸르스름한 대리석 무늬가 있는 달걀 모양의 유리 갓이 씌워져 있었다. 암갈색으로 칠해진 좁은 옷장은 결코 사용되는 법이 없고, 또 사용하도록 만들어진 것 같지도 않았다. 이 방을 이용하는 사람들은 비록 짐이 있다 하더라도 그것을 푸는 사람들이 아니다. 그들에게는 옷걸이에 걸어 둘 상의도 없고, 개어 둘 셔츠도 없다. 열린 장에 걸려 있는 두 개의 옷걸이는 너무 빈약해서 내 상의만 걸어도 망가질 것 같다. 여기 사람들은 의자 위에 상의를 벗어 두고, 바지는 — 끝내 벗을 경우에 — 구겨지든 말든 개의치 않고 그 위에 휙 던져 버린다. 그리고 창백하거나 간간이 뺨이 붉은 여자를 데려오는 경우, 그들의 옷은 여분의 의자에 걸쳐 둔다. 옷장은 별 필요 없이, 아직 아무도 사용해 본 적이 없는 옷걸이처럼 형식적으로 존재할 뿐이다. 세면대는 물이 빠질 수 있도록 세면기가 설치된 간단한 조리대 같은 것에 불과했다. 하지만 물이 빠지지 않았다. 그것은 에나멜로 만들어졌는데, 약간 깨져 있었다. 해면 공장의 광고용 물품인 비눗갑은 도기 재질로 되어 있었다. 양치용 유리잔도 깨져 있었지만 교체하지 않고 그대로 사용하는 것 같았다. 어쨌든 그곳에 그것들 말고는 아무것도 없었다. 벽도 장식해야겠다고 생각했는지 언젠가 대중적인 예술 잡지의 부록에 실린 것으로 보이는 모나리자 그림의 복제품이 걸려 있었다. 침대는 아직 새것이라 갓 가공한 목재의 시큼한 냄새가 났고, 어두운 색에, 높이가 높지 않았다. 나는 침대 시트에는 별로 관심이 없었다. 그래서 옷을 입은 채 우선 침대에 누워 혹시 시트를 가져올지도 모를 아내를 기다렸다. 녹색 빛깔을 띤 양모 이불은 약간 닳아 있었다. 이불에 짜 넣은 무늬, 그러니까 공놀이하는 곰은 공놀이를 하는 사람으로 변해 있었다. 얼굴을 알아볼 수 없는 곰들은 이제 서로에게 공을 던지는 목이 굵고 튼튼한 근육질 남자의 캐리커처가 되어 있었다. 종소리가 12시를 알렸다.

나는 탁자에 놓인 비눗갑을 가져오기 위해 자리에서 일어났다. 그러고는 담배를 피우기 시작했다. 아무에게도 털어놓을 수 없고, 아무에게도 실상을 설명할 수 없다는 것, 그것은 처참한 일이었다. 그러나 사실 나는 돈이 필요했고, 아내와 같이 잘 방이 필요할 뿐이다. 우리는 같은 도시에 살고 있지만 두 달 전부터 호텔 방에서만 결혼 생활을 영위해 왔다. 날씨가 따뜻할 때는 가끔 야외의 공원이나 파괴된 집의 현관, 그 밖에 남에게 들킬 염려가 없어 안전하다고 생각되는 도심의 으슥한 곳을 찾아다녔다. 다른 이유는 없고 우리 방이 너무 작기 때문이다. 게다가 우리와 우리 옆방을 가로막고 있는 벽이 너무 얇다. 더 큰 방을 얻으려면 돈이 필요하고, 에너지라 불리는 것이 필요한데, 우리에게는 돈도 에너지도 없다. 내 아내에게도 에너지가 부족하다.

지난번에는 교외에 있는 어느 공원엘 찾아갔다. 저녁 무렵이었고, 수확하고 밑동만 남은 파 냄새가 났고, 지평선에선 검은 굴뚝 연기가 불그스름한 하늘로 피어오르고 있었다. 얼마 안 돼서 날이 어둑해졌고, 붉은 하늘은 보라색과 검은색으로 변했으며, 굴뚝에서는 힘차고도 넓게 피어오르는 연기가 더 이상 보이지 않았다. 쓴 양파 냄새와 뒤섞여 파 냄새가 더 지독하게 풍겼다. 멀리 움푹 파인 모래 채취장 뒤로 불빛이 깜빡거리고 있었고, 앞쪽의 길로는 어떤 남자가 자전거를 타고 지나가고 있었다. 원뿔 모양의 빛이 울퉁불퉁한 길 위에서 비틀거렸고, 한쪽 면이 열린 하늘에 작고 컴컴한 삼각형을 새겨 넣었다. 헐렁헐렁한 나사에서는 덜거덕대는 소리가 났고, 흙받기에서 나는 덜커덩거리는 소리가 서서히, 그리고 거의 엄숙하게 멀어져 갔다. 좀 더 오래 바라보면 위쪽 길에 밤보다 더 컴컴한 담벼락도 보였고, 담벼락 뒤에서는 거위들이 꽥꽥거리는 소리와 어떤 여자가 뭐라고 중얼대며 먹이를 주려고 가축을 부르는 소리가 들려왔다.

어두운 땅 위에선 캐테의 하얀 얼굴과 그녀가 눈을 뜰 때 나타나는 묘하게 푸르스름한 빛이 보였다. 맨살을 드러낸 캐테의 팔은 하얬고, 그녀는 정말 심하게 흐느끼고 있었다. 캐테의 입술에 키스하면 눈물 맛이 났다. 현기증이 났고, 하늘의 둥근 천장은 이리저리 가볍게 흔들렸고, 캐테는 더 심하게 흐느꼈다.

우리는 옷에 묻은 먼지를 털고, 천천히 9호선 전차의 종착 점으로 향했다. 멀리서 전차가 원형 탑 주위를 도는 소리가 들려왔고, 공중 가선(架線)에서 불꽃이 튀는 것이 보였다.

「추워지는데요.」 캐테가 말했다.

「그러게.」 내가 말했다.

「오늘 밤엔 어디서 잘 거예요?」

「블록 씨 집에서.」

우리는 파괴된 가로수 길을 따라 전찻길로 내려갔다.

우리는 9호선 전차의 종점 부근에 있는 어떤 술집으로 들 어갔다. 나는 둘이 마실 코냑을 주문했고, 오락기에 동전을 하나 집어넣은 다음, 니켈 구슬들을 나무 통로로 굴리고 그 것들을 하나씩 튕겼다. 구슬들은 강철 날개 주위를 돌다가 니켈의 접촉면 부위에 부딪쳐 부드럽게 찌르릉거리는 소리 를 냈다. 위의 유리판에는 빨간색, 초록색, 파란색 숫자들이 나타났다. 주인 여자와 캐테는 나를 지켜보았고, 나는 캐테 의 정수리 위에 내 손을 얹고 게임을 계속했다. 주인 여자는 팔짱을 낀 채 만면에 미소를 머금고 있었다. 나는 계속 게임 을 했고, 캐테는 나를 지켜보았다. 한 남자가 술집으로 들어 와 높은 의자 위에 걸터앉더니 자기 뒤의 식탁에 가방을 놓 고 화주를 주문했다. 남자의 얼굴은 지저분했고, 손은 갈색 이었으며, 연푸른색의 눈동자는 실제보다 더 맑아 보였다. 그는 여전히 캐테의 머리에 놓여 있는 내 손을 쳐다보고 나 를 바라보더니 화주를 또 한 잔 주문했다. 그러고는 이내 내 옆에 와서 서더니 금고처럼 보이는 다른 오락기에서 게임을 시작했다. 거기에는 레버와 동전 구멍, 세 개의 크고 검은 숫자가 나란히 적힌 크고 불그스름한 번호판이 있었다. 남자는 동전을 하나 넣고 레버를 당겼다. 위쪽의 숫자가 돌아가면서 흐릿하게 보이다가 세 번 — 간격을 두고 — 탁 하는 소리가 나더니, 위에서 1, 4, 6이라는 숫자가 나타났다.

「안 되네.」 그 남자는 그렇게 말하고 동전을 다시 집어넣었다. 숫자가 적힌 판이 미친 듯이 돌아갔고, 연거푸 세 번 톡, 톡, 톡 하는 소리가 났고, 잠시 침묵이 흐르다가 오락기의 강철 주둥이에서 동전들이 와르르 쏟아져 나왔다.

「4요.」 남자는 그리 말했다. 그러고는 내게 빙그레 미소 지으며 말을 맺었다. 「더 좋지.」

머리에 얹은 내 손을 내리며 캐테가 말했다.

「전 가봐야겠어요.」

바깥에서는 전차가 커브를 도느라 날카로운 소리를 내며 꼬리를 끌었다. 나는 코냑 두 잔 값을 치르고 캐테를 정류장까지 데려다 주었다. 나는 차에 오르는 캐테에게 키스했고, 캐테는 내 뺨을 어루만지고는 더 이상 그 모습이 보이지 않을 때까지 나를 향해 손을 흔들었다.

내가 술집에 되돌아왔을 때 얼굴이 검은 그 남자는 여전히 레버 옆에 서 있었다. 코냑을 시키고 담뱃불을 붙인 다음 그를 지켜보았다. 번호판이 돌기 시작하는 리듬을 알 것 같았는데, 〈톡톡〉 하는 중지 신호가 내가 적당하다고 생각한 것보다 일찍 들리면 두려워졌다. 남자가 중얼거리는 소리가 들렸다. 「안 돼 ─ 안 돼 ─ 2야 ─ 안 돼 ─ 안 돼 ─ 안 돼.」

남자는 욕설을 하며 술집을 떠났고, 내가 레버를 당기기 위해 돈을 바꾸었을 때 얼굴이 창백한 주인 여자는 이제 미소를 짓지 않았다. 처음으로 레버를 당겼을 때 엄청난 속도로 판이 격렬하게 돌아가던 순간을, 간격을 두고 세 번 탁, 탁, 탁 하던 그 소리를 잊을 수가 없다. 나는 쨍그랑하며 동전들이 떨어지는 소리가 들릴까 해서 귀 기울여 보았지만, 아무것도 나오지 않았다.

나는 거의 반 시간 동안 계속 그곳에 남아, 화주를 마시며 레버를 당겨 댔고, 요란하게 판이 돌아가는 소리와 〈탁〉 하는 거친 소리에 귀를 기울였다. 술집을 나왔을 때는 수중에 돈이 한 푼도 없어서 블록 씨가 사는 에서 가까지 거의 45분 동안이나 걸어가야 했다.

그 후로 나는 오락기가 있는 술집에만 간다. 번호판이 만들어 내는 매혹적인 리듬에 귀 기울이고, 탁 소리가 나기를 기다리다가 번호판이 멈추고 아무것도 나오지 않을 때면 매번 깜짝 놀라곤 한다.

우리의 만남은 우리가 아직 시원하게 해명하지 못한 리듬을 따르고 있다. 갑작스럽게 그녀와 만나야 할 때면 저녁에 밤을 보낼 숙소를 잡기 전에 집에 들러, 내가 근처에 있다는 것을 아이들이 알아채지 못하게 우리가 약속한 초인종 신호로 그녀를 불러낸다. 내가 아이들과 함께 지낸 지난 몇 주 동안 그 애들을 때렸는데도 불구하고, 애들이 나를 사랑하고, 그리워하고, 나에 대해 말한다는 걸 알기 때문이다. 내가 정말이지 심하게 때렸는데도, 머리가 헝클어진 내 얼굴 표정을 거울로 보고 흠칫 놀랄 만큼 심하게 때렸는데도. 노래를 불렀다고 나한테 맞은 아이가 우는 소리를 듣지 않으려고, 나는 창백한 얼굴로 땀을 흘리며 귀를 막고 있었다. 한번은 어느 토요일 오후에 아래층 문간에서 캐테를 기다리다가 두 아이, 클레멘스와 카를라에게 그만 들키고 말았다. 애들이 나를 보고 곧바로 반가워해서 놀랐다. 애들은 내게 달려들더니 나를 껴안고는 다 나았느냐고 물었다. 나는 아이들과 함께 계단을 올라갔다. 하지만 방 안에 들어섰을 때 다시 두려운 감정이 엄습했다. 끔찍한 가난의 숨결, 나를 알아보는 것 같은 아기의 미소, 반가워하는 아내, 그 무엇도 화난 내 기분을 가라앉히기에 충분치 않았다. 아이들이 춤추고 노래하기 시작하자마자 곧바로 화가 치밀었던 것이다. 나는 화가 폭발하기 전에 다시 그들 곁을 떠나고 말았다.

하지만 가끔씩, 술집에 웅크리고 있을 때마다 술병과 술잔 사이로 아이들 얼굴이 불쑥 떠오르곤 한다. 오늘 아침 축제 행렬을 할 때 아이들 얼굴을 보고 느낀 두려움을 잊을 수가 없다.

성당에서 마지막 성가 소리가 들려왔고, 나는 침대에서 벌떡 일어나 창문을 열고 붉은 옷을 입은 주교가 군중 속을 지나가는 모습을 바라보았다.

내 아래쪽 창가로 옷에 비듬이 잔뜩 묻은 어느 여자의 검은 머리가 보였다. 여자는 머리를 창턱에 올리고 있는 것 같았다. 그녀가 갑자기 내 쪽으로 고개를 돌렸다. 기름이 번들거리는 주인 여자의 가냘픈 얼굴이었다.

「식사하시려면 지금 하세요!」 그녀가 소리쳤다.

「네, 가겠습니다.」 나는 말했다.

층계를 내려가는데 저 아래 강가에서 치약 회사가 대포를 쏘아 올리는 소리가 다시금 들려왔다.

8

케이크는 잘 구워졌다. 오븐에서 케이크를 꺼내자 따스하고 달콤한 냄새가 방 안을 채웠다. 아이들 얼굴이 밝아졌다. 나는 클레멘스에게 생크림을 가져오게 해 짤주머니에 넣고 아이들을 위해 덩굴 모양이나 원, 조그만 옆모습 같은 것을 자두색 바탕 위에 그려 넣었다. 나는 애들이 볼에 남은 생크림을 핥아 먹는 모습을 지켜보고, 클레멘스가 생크림을 정확하게 나누는 것을 흐뭇하게 바라보았다. 마침내 생크림이 딱 한 순가락 가득 남게 되자 클레멘스는 그것을 막내에게 주었다. 막내는 내가 손을 씻고 새 립스틱을 바르는 동안 자기 의자에 앉아 내게 미소를 짓고 있었다. 「한참 있다 와?」

「응, 내일 새벽에 올 거야.」

「아빠는 금방 와?」

「그럼.」

블라우스와 치마는 찬장에 걸려 있었다. 칸막이 너머로 가서 옷을 갈아입고 있는데, 애들을 돌봐 줄 청년이 들어오는 소리가 들렸다. 그는 시간당 겨우 1마르크를 받지만, 오후 4시부터 아침 7시까지 15시간 일을 하면 15마르크를 받게 된다. 거기에다 식사가 제공되고 야간 근무가 본격적으로 시작되는 밤에는 라디오 옆에 있는 담배를 피워도 된다. 라디오는 호프 씨한테서 빌려 왔다.

벨러만은 아이들을 좋아하는 것 같다. 어쨌든 아이들은 그를 좋아한다. 내가 나갔다 돌아올 때마다 그와 함께 놀았던 이야기를 해주고, 그가 해준 이야기를 들려준다. 보좌 신부가 그를 내게 소개해 주었는데, 신부는 내가 아이들을 내버려 두고 나가는 이유를 잘 알고 있는 것 같다. 그래서인지 립스틱 바른 내 입술을 바라볼 때마다 이마를 살며시 찌푸리곤 한다.

나는 블라우스를 걸치고 머리를 단정하게 매만진 다음 방으로 들어갔다. 벨러만은 부드러운 금발의 소녀를 데리고 왔다. 소녀는 아기를 재미있게 해주려는 듯 벌써 아기를 팔에 안고 집게손가락에 딸랑이 장난감을 끼워 돌리고 있었다. 벨러만이 내게 그 소녀를 소개했지만, 나는 소녀의 이름을 알아듣지 못했다. 소녀의 미소와 아기를 무척이나 다정하게 어르는 태도에선 프로다운 면모가 엿보였는데, 눈치로 보아 소녀는 날 무정한 어머니[38]라고 생각하는 것 같았다.

벨러만은 아주 곱슬곱슬한 검은 머리칼에 피부에는 기름기가 번들거리고 코는 항상 찡그리고 있다.

---

38 독일어 표현으로는 〈Rabenmutter〉, 즉 〈까마귀 엄마〉라는 뜻이다. 까마귀에 대한 민간 신앙과 관련하여 자식에 등한한 무정한 어머니를 가리킨다.

「아이들이랑 밖에 나가도 될까요?」 소녀가 내게 물었고, 나는 클레멘스의 애원하는 눈초리와 카를라의 끄덕거리는 모습에 허락해 주었다. 서랍을 뒤져 초콜릿을 사줄 돈을 찾았지만 소녀는 돈을 받지 않았다.

「부디 언짢게 생각하지 마세요.」 소녀가 말했다. 「괜찮으시다면 제 돈으로 초콜릿을 사주고 싶어요.」

「정 그러겠다면.」 나는 그렇게 말하고 돈을 도로 집어넣었다. 하지만 환하게 피어오른 소녀 앞에서 참담한 기분이 들었다.

「그냥 굴리가 하자는 대로 해주세요. 아이들이라면 좋아서 어쩔 줄을 모르거든요.」 벨러만이 말했다.

나는 내 아이들을 차례로 쳐다보았다. 클레멘스, 카를라, 막내. 그러자 눈물이 왈칵 쏟아질 것 같았다. 클레멘스는 날 보곤 고개를 끄덕이며 이렇게 말했다. 「그냥 가, 엄마. 아무 일 없을 거야. 물가에는 안 갈게.」

「제발, 물가에는 가지 마세요.」 나는 소녀에게 말했다.

「네, 네, 알겠어요.」 벨러만이 말했고, 두 사람은 빙긋 미소 지었다.

벨러만이 외투 입는 것을 도와주었다. 나는 핸드백을 집어 들고 아이들에게 입맞춤을 해준 후 성호를 그어 주었다. 나 자신이 너무 지나치다고 느끼며.

나는 잠시 바깥의 문 앞에서 발걸음을 멈췄다가 아이들이 안에서 깔깔 웃는 소리를 듣고 천천히 계단을 내려갔다.

이제 겨우 3시 반이었고, 거리는 아직 텅 비어 있었다. 아이들 몇 명이 깡충깡충 뛰며 놀고 있었다. 내가 가까이 다가가자 아이들이 발소리를 듣고 나를 쳐다보았다. 수백 명이 살고 있는 거리에서 들리는 소리라곤 내 발소리뿐이다. 거리 안쪽에서는 서툰 솜씨로 무미건조하게 피아노를 치는 소리가 들려왔고, 부드럽게 나부끼는 커튼 뒤로 살진 개를 팔에 안고 있는, 얼굴이 누르스름한 노파가 보였다. 내가 이곳에 산 지 어느덧 8년이 되었는데도 눈을 들어 회색 담벼락을 바라보면 여전히 현기증이 난다. 지저분하게 수리한 담벼락은 금방이라도 무너질 것만 같다. 하늘 밑의 좁고 우중충한 길 위로 서투르게 치는 피아노 소리가 가냘프게 들려왔다. 내가 듣기에 피아노의 음은 갇혀 있는 것 같았고, 소녀의 창백한 손가락이 찾으려 했으나 끝내 찾지 못한 선율은 깨어진 듯했다. 나는 위협하는 듯한 눈빛으로 날 보는 아이들 곁을 지나 발걸음을 재촉했다.

프레드는 나를 혼자 내버려 두면 안 된다. 그를 만나는 것이 기쁘기는 하지만 그와 같이 있기 위해 아이들 곁을 떠나야 한다는 사실이 나를 곤혹스럽게 한다. 어디에 사는지 물을 때마다 그는 대답을 피한다. 그의 말대로라면 그는 한 달 전부터 블록 씨 집에서 살고 있는데, 나는 블록 씨를 알지 못하고, 그는 내게 주소조차 알려 주지 않는다. 우리는 가끔 주인 여자가 아이들을 돌봐 주는 동안 저녁에 급히 시간을 내어 30분 동안 카페에서 만나기도 한다. 그런 다음 전차 역에서 잠깐이나마 서로를 껴안는다. 그리고 내가 전차에 올라타면 프레드는 그 앞에 서서 손을 흔든다. 밤이 되어 정적이 내 주위를 지배하면 나는 긴 의자에 누워 흐느껴 울곤 한다. 아이들의 숨소리, 이가 나느라 불안해지기 시작한 아기가 몸을 뒤척이는 소리가 들린다. 내 주위에서 시간이 둔중한 맷돌을 지고 흘러가는 소리를 들으며, 나는 흐느껴 울며 기도한다. 결혼할 때 나는 스물세 살이었다. 그 후 15년이 지났다. 나도 모르는 사이에 어느새 세월이 훌쩍 흘러가 버렸다. 아니, 아이들의 삶에 햇수가 더해질수록 내 삶에서는 그만큼 사라져 간다는 것을 그들의 얼굴을 보기만 해도 알 수 있다.

투크호프 광장에서 버스를 타고 조용한 거리를 바라보았다. 어느 담배 가게 주변에 사람들 몇이 서 있었다. 나는 베네캄 가에 내려 저녁 미사 시간을 알아볼 생각으로 지벤 슈메르첸 마리애 성당의 정문으로 들어갔다.

정문 안이 어두워 핸드백에 성냥이 있는지 찾아보았다. 담배 몇 개비, 립스틱, 손수건, 세면도구 사이를 뒤지다가 마침내 성냥갑을 발견했고 불을 댕겼다. 그 순간 나는 소스라치게 놀랐다. 오른쪽 벽의 오목한 구석에 어떤 사람이 꼼짝도 않고 서 있던 것이다. 나는 〈여보세요〉 같은 소리로 부르려고 했다. 하지만 목소리는 겁에 질려 기어 들어갔고, 가슴이 콩닥콩닥 뛰며 날 가로막았다. 어둠 속의 형상은 미동도 하지 않았는데, 지팡이 같은 것을 손에 들고 있었다. 나는 다 타버린 성냥을 집어 던지고 다시 성냥불을 붙였다. 그것이 석상임을 알아차린 뒤에도 심장은 방망이질을 멈추지 않았다. 나는 한 걸음 더 가까이 다가갔고, 희미한 빛 속에서 그

것이 손에 백합꽃[39]을 든, 물결치는 고수머리 천사상이라는 것을 알게 되었다. 나는 턱이 석상의 가슴께에 닿을 정도로 허리를 굽히고 오랫동안 천사의 얼굴을 들여다보았다. 석상의 얼굴과 머리는 온통 먼지투성이였고, 앞을 못 보는 눈동자에도 거무스름한 부스러기들이 붙어 있었다. 나는 이 검불들을 조심스레 불어 없애고 달걀형 얼굴에서 먼지를 다 떨어내고 나서, 미소 짓는 천사가 석고로 만들어졌다는 것, 먼지와 함께 매력적인 미소도 사라져 버렸다는 것을 문득 깨닫게 되었다. 하지만 나는 계속 먼지를 불며 탐스러운 고수머리와 가슴, 펄럭이는 옷을 말끔하게 닦아 냈고, 조심스럽게 매만져 백합꽃이 드러나게 했다. 그러나 요란한 빛깔, 경건한 공업 회사의 끔찍한 래커 칠이 드러날수록 나의 기쁨은 사라져 갔다.

나는 천천히 몸을 돌렸고, 게시판을 찾아볼 생각으로 정문 안으로 좀 더 깊숙이 들어갔다. 다시 성냥불을 켜자 뒤쪽에서 성체등이 발하는 은은한 붉은빛이 보였다. 시커먼 게시판 앞에 섰을 때 나는 또 한 번 깜짝 놀랐다. 이번에는 정말로 어떤 사람이 내 뒤로 다가오고 있었던 것이다. 나는 몸을 돌렸고, 그가 둥글고 창백한 농부 얼굴을 한 신부임을 확인하고 놀란 가슴을 쓸어내렸다. 그는 내 앞에서 발걸음을 멈추었는데 눈빛이 슬퍼 보였다. 성냥불이 꺼졌다. 그가 어둠 속에서 나에게 물었다. 「뭘 찾으시나요?」

39 성모 마리아의 무구(無垢) 수태를 알리는 대천사 가브리엘은 성화(聖畵)에서 백합을 손에 들고 정결함의 상징으로 묘사된다.

「미사 때문에요. 저녁에 미사가 있나요?」

「미사 있지요. 본당에서 5시에 있습니다.」 그가 말했다.

보이는 거라곤 신부의 금발 머리, 거의 흐리멍덩하다 할 수 있는 희미하게 빛나는 그의 두 눈뿐이었다. 밖에서는 전차가 커브를 도는 소리와 자동차의 경적 소리가 들려왔다. 나는 어둠 속을 향해 불쑥 이렇게 말했다.

「고해를 하고 싶은데요.」

스스로도 깜짝 놀랐지만 홀가분해지는 느낌도 들었다. 신부가 마치 기다렸다는 듯 말했다.

「따라오세요.」

「아니, 그냥 여기서 하게 해주세요.」 내가 말했다.

「그건 안 됩니다. 이제 15분쯤 있으면 미사가 시작돼서 사람들이 올지도 몰라요. 고해실은 저 안에 있습니다.」 신부가 부드럽게 말했다.

나는 바람이 스며드는 이 어두운 정문에서, 석고 천사 가까이에서, 아득한 영원의 빛을 받으며 어둠 속에 서 있는 신부에게 모든 것을 털어놓고, 또 조용히 죄를 용서받고 싶었다.

나는 그를 따라 고분고분 뜰 안으로 들어갔다. 성당의 담벼락에서 떨어져 나온 돌멩이와 벽돌 조각이 여기저기 흩어져 있는 곳을 지나 전차 차고의 벽 가까이에 있는 작은 회색 건물 앞에 다다랐다. 그러는 사이 한동안 나를 사로잡았던 벅찬 감격은 사라져 버렸다. 그곳에서는 일요일 오후 속에서 금속성의 망치 소리가 울리고 있었다. 문이 열렸고, 무례한 가정부의 얼굴이 나타나 흠칫 놀라며 나를 미심쩍게 훑어보왔다.

복도는 어두컴컴했다. 신부가 말했다.

「잠시만 기다려 주십시오.」

어디선가, 눈에 보이지 않는 어느 구석에선가 그릇이 달그락거리는 소리가 들렸다. 복도에서 역겹고도 달짝지근한 냄새가 훅 풍겼다. 벽에 바른 축축한 천에 단단히 달라붙은 냄새인 듯했다. 사탕무 잼의 따스한 김이 부엌 앞쪽 구석에서 피어오르고 있었다. 마침내 복도의 어느 문에서 불빛이 새어 나왔고, 희끄무레한 빛 속에서 신부의 그림자가 보였다.

「이리 오세요.」 그가 외쳤다.

나는 머뭇거리며 그쪽으로 조금 더 가까이 다가갔다. 방은 엉망이었다. 구석의 불그스름한 커튼 뒤에 놓여 있는 침대에서 뭔지 모를 냄새가 나는 것 같았다. 벽에는 크기가 다른 책꽂이가 세워져 있었는데, 어떤 것은 비스듬하게 서 있었다. 커다란 탁자 주위에는 검은색 벨벳 등받이가 달린, 고급스럽지만 낡은 의자가 몇 개 모여 있었다. 탁자 위에는 책들, 담배 상자, 담배 마는 종이, 당근 한 봉지, 여러 종류의 신문이 놓여 있었다. 신부는 탁자 너머에서 나에게 가까이 오라고 손짓하며, 격자 모양의 등받이가 달린 의자를 탁자 너머로, 내 쪽으로 좀 더 가까이 밀어 주었다. 환한 곳에서 보니 신부의 얼굴이 마음에 들었다.

「용서하세요.」 신부는 문 쪽을 바라보며 고개를 한 번 까닥거렸다. 「우린 시골 출신이라 이렇게 사탕무를 삶아 잼을 만든대도 뭐라 할 수가 없어요. 석탄, 그을음, 냄새, 수고를

다 따져 보면 사먹는 것보다 훨씬 돈이 많이 드는데. 그래도 어쩔 도리가 없어요. 자, 이리로 오세요.」 신부는 격자 모양 등받이가 달린 의자를 탁자 가까이 끌어 앉고 내게 손짓했다. 나는 탁자 옆을 돌아가 그의 옆에 앉았다.

신부는 영대(領帶)[40]를 걸쳤고, 두 팔을 탁자 위에 대고 있었다. 그가 손을 얼굴에 대고 옆얼굴을 가리는 방식은 어딘가 전문적이고 익숙한 데가 있었다. 격자 모양 등받이는 몇 칸 깨져 있었다. 내가 〈성부와 성자와 성령의 이름으로······〉하고 속삭이기 시작하자 그는 팔목에 찬 시계를 들여다보았다. 그의 시선을 따라 시계를 보니 4시 3분이었다. 나는 말하기 시작했다. 나의 온갖 두려움과 고통, 나의 전(全) 인생, 쾌락에 대한 두려움, 성체를 받아 모실 때의 두려움, 결혼 생활의 불안을 그에게 모조리 털어놓았다. 나는 남편이 집을 나갔다고, 그래서 그와 같이 있기 위해 가끔씩 만날 뿐이라고 이야기했다. 내가 잠시 말을 멈추면 신부는 재빨리 시계를 들여다보았다. 그때마다 그의 시선을 좇아 시계를 보았지만 시곗바늘은 천천히 움직일 뿐이었다. 신부가 눈꺼풀을 들어 올렸고, 나는 그의 눈동자를, 손가락에 밴 니코틴의 노란 흔적을 바라보았다. 신부가 다시 눈을 내리깔고 말했다. 「계속하세요.」 그는 부드럽게 말했지만, 마치 숙련된 손놀림으로 상처의 고름을 짜내는 것 같았다.

40 라틴어의 〈Stola〉. 로마 가톨릭교회와 성공회의 성직자들이 미사나 성사 집전을 할 때 목에 걸쳐 무릎까지 늘어뜨리는 헝겊 띠이다. 가톨릭교회에서 영대는 신품 성사를 받은 성직자의 권한과 품위를 나타낸다. 교회력의 절기와 성사의 성격에 따라 색상이 달라진다.

나는 신부의 귀에 계속 털어놓았다. 우리 둘, 프레드와 내가 술에 취해 보냈던 2년 전의 그 모든 이야기를. 내 아이들의 죽음, 살아남은 아이들, 우리가 옆방의 호프 씨 가족에게서 들어야 하는 것, 호프 씨 가족이 우리한테서 들었던 것에 관해 이야기했다. 나는 다시 말을 멈췄다. 그러자 신부는 다시 시계를 보았고, 나도 다시 그쪽으로 눈길을 돌렸다. 이제 겨우 4시 6분이었다. 신부가 다시 눈꺼풀을 들어 올리고 말했다. 「계속하세요.」 나는 좀 더 빨리 속삭였고, 큰 집에 사는, 보디크림 광고 사진에 나오는 것 같은 얼굴을 한 신부들에 대한 나의 증오심에 관해 이야기했다. 프랑케 부인에 관해, 우리의 무력함과 지저분한 우리 방에 관해 이야기했고, 마지막으로 또 임신한 것 같다고 이야기했다.

내가 다시 말을 멈추자, 그는 이번에는 시계를 보지 않고 눈꺼풀을 순간적으로 움직이더니 내게 물었다. 「전부 이야기하셨나요?」 나는 〈네〉라고 말하고 바로 눈앞에 있는 그의 시계를 보았는데, 그가 두 손을 얼굴에서 떼어 탁자 가장자리에 깍지 낀 손을 올려놓았기 때문이다. 4시 11분이었다. 나는 축 늘어져 있는 그의 소매 속을 나도 모르게 들여다보았고, 농부 같은 근육질의 털 많은 팔과 위로 걷어 올린 셔츠를 보며 생각했다. 〈이 사람은 왜 소매를 내리지 않고 걷어 올리고 있는 걸까?〉

신부는 한숨을 쉬고 두 손을 다시 얼굴에 대더니 나지막이 물었다. 「기도는 하십니까?」 「네.」 나는 대답했다. 그런 다음 밤마다 초라한 긴 의자 위에 누워 생각나는 기도는 모두 다

한다고 덧붙였다. 때로는 아이들이 깨지 않도록 촛불을 켜고, 내가 외우지 못하는 기도는 기도 책을 보고 읽는다고.

그가 내게 더 이상 묻지 않아서 나도 입을 다물고 팔에 찬 그의 시계를 쳐다보았다. 4시 14분이었다. 바깥의 전차 차고에서 망치질하는 소리, 부엌에 있는 가정부가 흥겹게 흥얼거리는 소리와 기차가 쾅쾅거리며 역을 통과하는 소리가 들려왔다.

신부는 마침내 얼굴에서 두 손을 떼서 무릎 위에 가지런히 모으고, 나를 쳐다보지 않고 말했다. 「너희는 세상에서 고난을 당하겠지만 용기를 내어라. 내가 세상을 이겼다.[41] 이 말씀 이해하겠어요?」 그는 내 대답을 기다리지 않고 말을 이었다. 「좁은 문으로 들어가거라. 멸망에 이르는 문은 크고 또 그 길이 넓어서 그리로 가는 사람이 많지만 생명에 이르는 문은 좁고 또 그 길이 험해서 그리로 찾아드는 사람이 적다.[42]

그는 다시 말을 멈추고, 두 손을 다시 얼굴에 갖다 대고는 손가락 사이로 중얼거리듯 말했다. 「좁은 길, 우리가 알고 있는 가장 좁은 길은 칼날 위에 있는 길입니다. 내가 보기에 당신은 그 길을 걸어가는……」 그는 갑자기 두 손을 얼굴에서 떼고 격자 틈새를 통해 나를 바라보았다. 채 1초도 되지 않는 순간이었지만 그토록 자비로워 보였던 그의 눈빛이 엄숙해졌고, 나는 흠칫 놀랐다. 「나는 당신에게 명합니다.」 신부가 말했다. 「당신이 그토록 미워하는 신부의 미사를 듣고 그

41 「요한의 복음서」 16장 33절.
42 「마태오의 복음서」 7장 13~14절.

의 손에서 성체를 받아 모시라고. 면죄받고 싶다면 말입니다.」그는 다시 나를 쳐다보았다.

신부는 다시 말을 멈추었는데, 혼자 깊이 생각에 잠긴 것 같았다. 내가 나 자신이 알고 있는 모든 기도며 한숨을 마음속으로 되뇌려 하고 있을 때, 바깥에 있는 차고의 용접기에서 쉭쉭대는 소리가 들려왔고, 신부가 몸담고 있는 성당의 종소리가 문득 들려왔다. 4시 15분이었다.

「내가 당신 죄를 사해 줄 수 있을지는 모르겠지만, 어디 기다려 봅시다. 오, 주여.」그는 좀 더 격하게 말했고, 그의 눈빛에선 어느새 엄숙함이 사라졌다. 「어떻게 당신은 그토록 증오할 수 있는 거지요?」그는 어찌할 바를 모르겠다는 몸짓을 취해 보이며 내 쪽을 향해 말했다. 「내가 당신에게 축복의 말을 해줄 수는 있습니다. 하지만 좀 생각을 해봐야겠고, 어쩌면 다른 신부와 상의해 봐야 할지도 모르겠어요. 오늘 저녁에, 아, 남편과 만난다고 했죠. 남편이 당신 곁에 돌아온 후라야 할 것 같은데.」

신부가 내 죄를 사해 줄 생각이 없다는 말에 나는 무척 슬퍼졌다. 나는 신부에게 말했다. 「부디, 저의 죄를 사해 주세요.」신부는 빙그레 웃으며 손을 반쯤 들어 올리고 말했다. 「당신이 그토록 간절히 원하니 나도 그럴 수 있기를 바랍니다. 하지만 사실 좀 미심쩍은 점이 있어요. 이제는 증오감이 생기지 않나요?」

「네, 네, 안 생겨요.」나는 서둘러 말했다. 「다만 슬픈 생각이 들 뿐이에요.」

신부는 망설이는 것 같았고, 나는 어떻게 해야 할지 알 수 없었다. 내가 집요하게 설득했더라면 신부는 아마 죄를 사해 주었을지도 모른다. 하지만 난 진심으로 죄를 용서받고 싶었지, 설득해서 받아 내고 싶지는 않았다.

「조건부로,」 신부가 말을 이으며 다시 미소 지었다. 「조건부로 당신을 면죄해 줄 순 있습니다. 확실치는 않지만 아무튼 내게도 힘이 있다는 조건하에 그럴 수 있을지도……」 그는 초조한지 내 얼굴 앞에서 두 손을 이리저리 휘둘렀다. 「당신은 증오심으로 심판하고 있어요. 하지만 우리는 심판할 수도 증오할 수도 없어요. 네, 안 되는 일이지요.」 그는 격렬하게 머리를 흔들었고, 이내 두 손을 펴서 탁자 모서리에 놓은 채 그 위에 머리를 얹고 기도를 하더니 갑자기 몸을 일으켜 내 죄를 사해 주었다. 나는 성호를 긋고 자리에서 일어났다.

신부는 탁자 옆에 서서 나를 바라보았다. 그가 미처 말을 시작하기도 전에 불현듯 그가 불쌍하게 느껴졌다.

「내가 당신에게 해줄 수 있는 건 단지,」 신부는 손을 움직이며 다시 말끝을 흐렸다. 「나라고 증오하지 않는 줄 아십니까? 나라고, 신부라고? 나도 이 안에서 느낍니다.」 그는 가슴 약간 아래쪽 검은 가운 자락을 톡톡 쳤다. 「가끔씩 윗사람들한테 증오심을 느낀단 말입니다. 이 안에서.」 그는 이렇게 말하고 창문 쪽을 가리켰다. 「우리 성당에선 순회 신부들이 미사를 집전합니다. 그분들은 이 근방의 호텔에 묵고 있지요. 각종 회의에 참석할 예정이거나, 또 참석했던 교양 있는 분들인데, 성당이 지저분하다고 욕을 하고 복사(服事)[43]가 없다며 투덜댑니다. 이 성당에서 10분, 13분, 20분, 25분짜리 정규 미사가 봉헌됩니다. 하루에 다섯 번이나 열 번, 가끔 열 번이나 미사를 올리지요. 순회 신부들이 어찌나 많은지 상상도 못 하실 겁니다. 요양원도 드나들고 회의도 얼마든지 있지요. 모두 합해 다섯 명의 신도도 참석하지 않는 미사가 열다섯 번이나 있습니다. 여기서 말입니다.」 그는 계속해서 말했다. 「정말 신기록입니다. 15 대 5 도박이지요. 오, 고급 호텔 욕실 냄새를 이 다 무너진 성구실(聖具室)에 남기는 가련한 신부들을 내가 왜 증오해야 한단 말입니까?」 그는 창문을 바라보다가 고개를 돌려 다시 내 쪽으로 향하게 하고 탁자 위에 있는 종이 철과 연필을 건네주었다. 나는 종이에 내 주소를 적고 미끄러져 내린 모자를 고쳐 썼다.

문을 몇 번 세게 두드리는 소리가 났다.

「네, 네, 알고 있어요. 미사 시간이지요. 곧 갑니다!」 신부가 소리쳤다.

신부는 내게 작별의 악수를 청하고 한숨을 쉬며 나를 바라본 다음 문까지 배웅해 주었다.

나는 천천히 성당 정문을 지나 지하도 쪽으로 향했다. 미사를 보러 온 여자 둘과 남자 하나가 성당으로 들어갔다. 성당 맞은편에는 붉은 글씨가 적힌 크고 흰 현수막이 걸려 있었다.

드로기스트 없이 뭘 하시겠습니까?

43 가톨릭교회와 성공회에서 사제의 예식 집전을 보조하는 평신도. 예식 중에 식을 집행하는 자의 곁에서 물건을 나르거나 종을 울리거나 한다.

하늘 높은 곳에서 검은 구름의 끄트머리가 태양을 스치며 다시 태양이 모습을 드러내게 해주었고, 태양은 이제 〈드로기스트〉의 〈로〉 자에 걸려 있어 그 글자가 노란빛으로 가득 차 있었다. 나는 계속 발걸음을 옮겼다. 팔 밑에 기도 책을 낀 어린 소년이 내 곁을 지나쳐 갔다. 거리에는 또다시 개미 한 마리 얼씬거리지 않았다. 거리 양쪽은 가게와 부서진 조각들로 가득 차 있었다. 다 타버린 건물 뒤에 있는 전차 차고에서 시끄러운 소리가 들려왔다.

어디선가 갓 구운 과자 냄새가 솔솔 풍겨와 발길을 멈추고 오른쪽을 쳐다보았다. 나무로 된 가게의 열린 문가에서 희끄무레한 김이 모락모락 피어오르고 있었다. 아이 하나가 문지방에 앉아 햇볕을 쬐며 하늘을 향해 눈을 깜박이고 있었다. 아이는 바보처럼 온순한 표정을 하고 있었고, 불그스름한 눈꺼풀은 햇빛을 받아 투명해 보였다. 나는 고통스러운 사랑의 감정을 느꼈다. 아이는 갓 구운 베를린 핫케이크를 손에 들고, 입 주위에는 사탕 물을 잔뜩 묻히고 있었다. 아이가 케이크를 깨물자 갈색 잼이 흘러나와 아이의 스웨터 위로 방울져 떨어졌다. 가게 안을 들여다보니 주전자 위로 허리를 굽히고 있는 소녀의 얼굴이 보였다. 소녀는 아름다운 얼굴에 피부는 양파처럼 보드라워 보였다. 머리에는 두건을 쓰고 있었지만 금발이라는 것을 알 수 있었다. 소녀는 김이 나는 식용유에서 갓 구운 케이크를 건져 올려 석쇠 위에 올려놓고 있었다. 그러다 갑자기 눈을 들었고 나와 시선이 마주치자 빙긋 미소를 지어 보였다. 소녀의 미소는 마법처럼 나를 감썼고, 나는 미소로 화답했다. 그런 상태로 우리는 몇 초 동안 꼼짝도 하지 않고 그대로 서 있었다. 골똘히 소녀만을 바라보는 동안 저 멀리 있는 듯한 나 자신의 모습이 보였고, 자매처럼 서로에게 미소 짓는 우리 둘의 모습도 보였다. 케이크는 내 위(胃)를 자극하는 냄새를 풍겼지만 그것을 살 돈이 없다는 생각에 나는 시선을 내리깔았다. 바보 아이의 희끄무레한 정수리를 보며 돈을 가져오지 않은 것을 후회했다. 나는 프레드와 만날 때 돈을 가지고 오지 않는다. 프레드는 돈을 보면 참지 못하고 번번이 술을 마시자고 나를 유혹하기 때문이다. 나는 바보 아이의 살진 목과 얼굴에 잔뜩 묻은 사탕가루를 바라보았다. 살짝 벌어진 아이의 입술을 바라보고 있으니 마음속에 부러움 비슷한 감정이 생겨났다.

다시 고개를 들자 소녀는 벌써 주전자를 옆으로 밀어 놓고 막 두건을 풀어 벗어 놓고 있었다. 소녀의 머리칼이 햇빛 속에 드러났다. 다시 내 눈앞에 보인 것은 소녀의 모습만이 아니었다. 높은 곳에서 떨어지고 있는 것 같은 나 자신의 모습, 쓰레기 더미로 가득 찬 지저분한 거리, 성당의 정문, 현수막도 보였던 것이다. 가게의 입구에 야위고 슬픈 모습으로, 하지만 미소 지으며 서 있는 나 자신의 모습이 보였다.

나는 조심스레 바보 아이를 지나 가게 안으로 들어갔다. 구석에는 두 아이가 탁자를 앞에 두고 앉아 있었고, 난로 옆에선 수염이 텁수룩한 노인이 신문을 읽고 있었다. 내가 들어가자 그는 신문을 내려놓고 나를 쳐다보았다.

소녀는 커피 머신 옆에 서서 거울을 들여다보며 머리를 매만지고 있었다. 나는 소녀의 아이 같은, 무척이나 작고 하얀 손을 보았고, 내게 미소 짓고 있는 거울 속의 활기찬 그 얼굴 옆에 비친 나 자신의 얼굴을 보았다. 야위고, 약간 누르스름 한 얼굴. 진홍색 립스틱을 바른 입 옆으로 가느다랗게 타오 르는 불꽃이 보였다. 그것은 내 얼굴의 미소였다. 비록 내 안 에서 나왔지만 내 의사를 거스르다시피 하는 그 미소가 거짓 처럼 보이면서, 이제 우리 머리가 재빨리 자리를 바꾸는 것 같았다. 소녀가 내 머리를 갖고, 내가 소녀의 머리를 갖게 된 것이다. 소녀로 변한 나는 거울 앞에 서서 머리를 매만지고 있다. 나로 변한 소녀는 자신이 사랑하는, 자신에게 생사를 건 남자를 위해 밤마다 자신을 열어 두고 있다. 소녀의 얼굴 이 내 얼굴과 똑같아질 때까지 그가 사랑이라고 부르는 것의 흔적을 그 얼굴에 남겨 놓으면서. 삶의 쓰디쓴 맛을 보고 야 위고 누르스름하게 변한 내 얼굴이 될 때까지.

하지만 소녀는 고개를 돌려 거울 속의 내 얼굴을 가려 버 렸고, 나는 오른쪽으로 몸을 움직이며 소녀의 마법에 나를 맡겨 버렸다.

「안녕하세요.」 나는 말했다.

「안녕하세요.」 소녀가 말했다. 「케이크 드시겠어요?」

「아뇨, 됐어요.」 내가 말했다.

「아, 왜요, 냄새가 좋지 않나요?」

「냄새 좋아요.」 나는 그렇게 말하고 소녀를 소유할지도 모 르는 낯선 남자를 생각하며 몸을 부르르 떨었다. 「정말 냄새 가 좋아요. 근데 지금 가진 돈이 없어서요.」

내가 〈돈〉 이야기를 하자 난로 옆에 있던 노인이 자리에서 일어나 카운터 뒤로 갔다. 노인이 소녀 곁에 서서 말했다. 「돈 말인가요? 나중에 갖다 줄 수 있지요? 케이크 먹고 싶어요?」

「네.」 나는 말했다.

「아, 그럼 여기 앉으세요.」 소녀가 말했다.

나는 몇 걸음 물러나 탁자로 가서 아이들 옆에 앉았다.

「커피도 드실래요?」 소녀가 소리쳐 물었다.

「네, 주세요.」 내가 말했다.

노인은 접시에 케이크 세 개를 담아 나에게 가져왔다. 그러고는 내 옆에 서 있었다.

「고맙습니다. 저를 모르실 텐데.」

노인은 내게 미소를 지어 보이고 뒤로했던 손을 가져와 서투르게 배 앞에 모으고 중얼거렸다. 「아, 걱정하지 마세요.」 나는 아직도 문지방에 앉아 있는 바보 아이를 얼굴로 가리키며 물었다. 「댁의 아드님이세요?」

「네, 내 아들이에요.」 노인이 나지막하게 대답했다. 「저 애는 내 딸이고요.」 그는 커피 머신의 레버를 움직이는 카운터 뒤의 소녀를 힐끗 쳐다보았다.

「내 아들은 사람이 하는 말을 알아듣지 못해요. 짐승이 하는 말도 알아듣지 못하고, 말은 한 마디도 할 줄 모르고, 그저 〈추-차-체〉라는 말밖에 몰라요. 그리고 우린,」 노인은 〈추-차-체〉를 발음하기 위해 내밀었던 혀를 다시 입속으로 납작하게 집어넣었다. 「우린 그 애 말을 제대로 따라 할 줄 몰라서

딱딱하게 〈추-차-체〉라고 해요. 우리는 잘 못해요.」 그는 나지막하게 말하더니 갑자기 소리 높여 외쳤다. 「베른하르트!」 그러자 바보 아이는 느릿느릿 고개를 돌렸다가, 즉각 다시 앞으로 떨어뜨렸다. 노인이 또 한 번 소리쳤다. 「베른하르트!」 아이는 다시 고개를 돌렸는데, 머리가 또 시계추처럼 앞쪽으로 툭 떨어졌다. 노인은 자리에서 일어나 조심스럽게 아이의 손을 잡고 탁자로 데려갔다. 그는 아이를 무릎에 안고 내 옆의 의자에 앉았다. 그리고 작은 소리로 물었다.

「기분이 언짢으시면 말씀해 주세요.」

「아뇨, 괜찮아요.」 내가 말했다. 그의 딸은 커피를 가져와 잔을 내 앞에 놓고 아버지 옆에 그대로 서 있었다.

「언짢으시면 말씀해 주셔야 해요. 우리는 아무렇지도 않은데 사람들은 대부분 기분이 언짢다고 하거든요.」

뚱뚱한 그 아이는 얼굴에 사탕가루를 잔뜩 묻히고 멍하니 앞을 쳐다보며 〈추-차-체〉 소리를 흥얼거리고 있었다. 나는 아이를 유심히 바라보다가 다시 고개를 들었다. 그리고 말했다. 「아니에요, 기분 나쁘지 않아요. 이 아이는 꼭 젖먹이 같네요.」 나는 잔을 입으로 가져가 커피를 마시고 케이크를 베어 물었다. 그리고 말했다. 「아, 커피 맛이 참 좋네요.」

「정말이세요?」 소녀가 소리쳤다. 「정말이세요? 오늘 아침에 어떤 남자 분이 저한테 그런 말을 해주셨어요. 그분 말고는 지금까지 그런 말을 한 사람이 아무도 없었어요.」

「정말 맛있어요.」 나는 그렇게 말하고 커피를 마시며 다시 케이크를 베어 물었다. 소녀는 아버지의 의자 등받이에 몸을 기대고 나를 바라보다가 시선을 다른 데로 돌렸다.

「가끔씩,」 소녀가 입을 열었다. 「얘가 무슨 경험을 할지, 어떻게 살지 상상해 봐요. 얘는 대부분 너무나 평화롭고 행복해하거든요. 얘한테 공기란 물 같을지도 몰라요. 초록색 물 말이에요. 공기 속에서 움직여 가는 걸 너무 힘들어 하니까요. 옛날 영화를 볼 때처럼 거무스름한 줄무늬가 생기며 가끔 갈색으로 물드는 초록색 물. 어떤 소음이 들리면 가끔 울기도 해요. 그럴 땐 끔찍해요. 전차의 삐걱거리는 소리, 라디오의 삑삑거리는 고음, 그런 소리를 들으면 울어요.」

「아니, 이 아이가 울기도 한다고요?」

「네, 울어요.」 소녀는 그렇게 말하며 시선을 돌렸고, 미소 짓지 않고 나를 바라보았다. 「가끔 울 때가 있는데, 그렇게 날카로운 소리가 들리면 꼭 울어요. 그럴 땐 아주 심하게 울어서 눈물이 입가의 사탕가루를 타고 흘러내려요. 이 애는 달콤한 것, 우유, 빵 같은 것만 먹으려고 해요. 우유나 빵 말고 달지 않은 것은 모두 다시 뱉어 버리고요. 아, 죄송해요.」 소녀가 말했다. 「이런 얘길 해서 속이 메슥거리시죠?」

「아니에요, 아이 애길 좀 더 해주세요.」 내가 말했다.

소녀는 다시 시선을 돌리며 바보 아이의 머리에 손을 얹었다. 「얘 얼굴이나 몸이 공기의 흐름에 맞서 움직이기 어려우니까, 그런 소음을 듣는 것도 끔찍한 것 같아요. 어쩌면 얘 귀에는 부드러운 오르간 소리, 이 애만이 들을 수 있는 갈색 멜로디가 윙윙거리는지도 몰라요. 어쩌면 눈에 보이지 않는 나뭇가지를 솨솨 흔드는 폭풍 소리가 들릴지도 모르죠. 팔뚝

처럼 굵은 현이 울리는가 봐요. 이 애를 부르고 사라지는 윙윙거리는 소리 말이에요.」 노인은 바보 아이를 두 팔에 안고 넋 놓고 소녀의 말에 귀 기울였고, 그러느라 잼과 사탕 물이 소매에 떨어지는 것도 모르고 있었다. 나는 커피를 한 모금 더 마시고 두 번째 케이크를 베어 문 다음 소녀에게 나지막이 물었다. 「그걸 어떻게 알지요?」 소녀가 나를 바라보며 미소 지었다. 그리고 말했다. 「아, 저는 아무것도 몰라요. 어쩌면 그럴지도 모른다는 거예요. 우리가 알지 못하는 것이 분명 그 애에게 있을 것 같다는 거죠. 그렇게 상상하려고 해요. 참, 가끔 애가 느닷없이 고함을 지르며 저한테 달려오기도 해요. 그럼 나는 내 앞치마에 애 눈물이 흘러내리게 하지요. 갑자기, 문가에 앉아 있다가 갑자기 그래요. 그럴 때면 우리 눈에 갑자기 뭔가가 보일 때처럼 애 눈에도 갑자기 모든 게 보일지도 모른다는 생각이 들어요. 우리 눈에 보이는 것과 똑같은 사람들, 자동차, 전차, 온갖 소음 때문에 애는 한순간 공포심 같은 걸 느끼는 모양이에요. 그럴 때면 한참 동안 울어요.」 구석에 앉아 있던 아이들이 자리에서 일어나 접시를 앞쪽으로 밀어놓고 우리 옆을 지나갔다. 녹색 모자를 쓴 당돌한 여자애가 소리쳤다. 「여기 외상으로 달아 주세요. 엄마가 그러래요.」

「그래, 좋아.」 노인이 그렇게 말하며 그 애들에게 미소를 지어 보였다.

「당신의 부인, 애 엄마는 돌아가셨나요?」 나는 작은 소리로 물어보았다.

「네, 아내는 죽었어요.」노인이 말했다. 「거리에서 폭탄을 맞아 몸이 갈기갈기 찢겼어요. 팔에 안고 있던 아이는 짚단 위에 떨어져 울고 있다 발견됐지요.」

「애는 태어날 때부터…….」나는 그렇게 묻다가 말을 흐렸다.

「네, 태어날 때부터 저랬어요.」소녀가 대답했다. 「항상 그랬어요. 모든 것이 애 옆을 스쳐 지나가는 것 같아요. 우리 목소리만 애한테 닿아요. 성당의 오르간 소리, 전차가 날카롭게 삐걱거리는 소리, 수도사들이 합창으로 부르는 기도 소리만 들리지요. 자, 이젠 좀 드세요. 아, 속이 메슥거리시죠.」

나는 마지막 남은 케이크를 집어 들며 고개를 저었다. 그리고 이렇게 물었다.

「합창 기도 소리를 듣는다고요?」

「네.」소녀가 내 얼굴을 쳐다보며 부드럽게 말했다. 「그 소리를 듣는 게 분명해요. 수도사들이 합창 기도를 하는 빌도너 광장에 갈 때면요, 있죠, 애 표정이 변하고, 얼굴 모습이 갸름해지면서 엄숙해 보이기까지 해요. 그때마다 전 깜짝 놀란답니다. 귀 기울여 듣는 것이 그 소리가 들리는 모양이에요. 귀 기울여 들을 땐 완전히 다른 애가 돼요. 기도 선율을 듣다가 더 이상 안 들리면 울곤 해요. 아, 놀란 표정이시네요!」소녀가 미소 지으며 말했다. 「좀 드세요.」

나는 케이크를 다시 손에 집어 들고 한 입 베어 먹고는 따뜻한 잼이 입안에서 녹아내리는 것을 느꼈다.

「아이를 데리고 가끔 빌도너 광장에 가셔야겠네요.」내가 말했다.

「아, 네. 힘들긴 하지만 자주 거기 데려가요. 커피 더 하실래요?」

「아뇨, 됐어요. 가봐야 해요.」 나는 망설이며 소녀를 바라보았고, 바보 아이를 쳐다보며 나지막이 말했다. 「나도 한번 보고 싶은데.」

「성당이요?」 소녀가 물었다. 「수도사들 말인가요?」

「네.」 나는 말했다.

「아, 그럼 오세요. 더 있다 가시면 좋은데. 다시 오실 거죠?」

「다시 올게요. 돈을 가지고 와야 하니까요.」 내가 말했다.

「그것 때문이 아니라, 꼭 다시 오세요.」 노인이 소녀의 말에 동조하듯 고개를 끄덕였다. 나는 마지막 남은 커피를 다마시고, 자리에서 일어나 외투에 묻은 케이크 부스러기를 톡톡 털어 냈다.

「다시 올게요. 즐거웠어요.」 나는 말했다.

「오늘 다시 오시나요?」 소녀가 물었다.

「오늘은 안 돼요. 하지만 곧, 어쩌면 내일 아침이 되려나, 가끔 수도사들한테 같이 가도 좋고요.」

「좋아요.」 소녀가 그렇게 말하며 내게 손을 내밀었다. 나는 잠깐 소녀의 손, 가뿐하고 하얀 소녀의 손을 꼭 잡고, 꽃 피는 그녀의 얼굴을 들여다보며 미소를 짓고 노인에게 고갯짓을 했다. 「베른하르트.」 나는 손가락 사이로 케이크를 부스러뜨리고 있는 바보 아이를 작은 소리로 불러보았으나, 아이는 내 말을 알아듣지 못했고 나를 쳐다보는 것 같지도 같

122

았다. 불그스름하게 부어오른 아이의 눈꺼풀은 거의 감겨 있었다.

나는 몸을 돌려 반호프 가로 통하는 어두운 지하도를 향해 발걸음을 옮겼다.

9

아래층으로 내려오자 접시들이 달그락대며 식탁에서 치워지고 있었고, 식은 굴라슈[44]와 샐러드, 인공 감미료가 가미된 푸딩 냄새가 났다. 나는 구석에 앉아, 오락기 앞에 서서 게임을 하는 두 청년을 지켜보았다. 니켈 구슬이 접촉면을 건드리면서 맑게 울리는 소리, 슬롯머신의 번호판이 무섭게 돌아가는 소리, 탁탁거리며 멈추는 소리가 나를 흥분시켰다. 종업원이 냅킨으로 식탁을 두드리며 털었고, 비쩍 마른 주인 여자는 노란색의 큼직한 마분지 판을 카운터 위에 고정시키고 있었다. 〈오늘 저녁 춤출 수 있음. 입장 무료.〉 내 옆의 식탁에는 로덴 천으로 된 외투를 입고 사냥 모자를 쓴 노인이 앉아 있었는데, 재떨이에 놓인 그의 파이프 담배에서는 연기가 모락모락 피어오르고 있었다. 녹색 모자를 쓴 남자가 불그스름한 굴라슈를 이리저리 휘저었다.

「뭘 드릴까요?」 종업원이 물었다. 고개를 들어 쳐다보니

---

44 Goulasch. 감자를 넣고 끓이는 헝가리식 쇠고기 수프.

아는 얼굴 같았다.

「뭐가 있는데요?」

「굴라슈, 돼지고기 커틀릿, 감자, 샐러드, 후식, 원하시면 수프를 먼저 드실 수 있고요.」

「굴라슈로 주세요.」 나는 말했다. 「수프 먼저요, 그리고 화주도 한 잔.」

「그러죠.」 종업원이 말했다.

음식은 걸쭉하고 따끈따끈했다. 시장기를 느낀 나는 빵을 달라고 해서 매콤한 소스를 발랐다.

그런 다음 나는 화주를 또 한 잔 주문했다. 두 청년은 아직도 게임을 즐기고 있었다. 그들 중 한 사람은 정수리 쪽 머리칼이 높이 솟아 있었다. 이 창백한 얼굴, 허연 머리를 전에 언젠가 본 적 있는 게 분명했다.

카운터에서 담배를 주문하는데, 주인 여자가 나를 보며 물었다. 「밤새 있을 건가요?」

「네.」 나는 대답했다.

「여긴 선불인데요. 왜냐하면,」 여자가 히죽 웃었다. 「그래야 더 안전하니까요. 역 부근에서는. 짐은 없을 테고.」

「그럼요.」 나는 그렇게 말하며 주머니에서 돈을 꺼냈다.

「8마르크예요.」 여자는 그렇게 말하고 내게 영수증을 써주기 위해 연필에 침을 발랐다.

「누구 기다리는 사람 있나요?」 영수증 쪽지를 건네며 주인 여자가 물었다.

「예, 아내요.」 내가 말했다.

「좋아요.」주인 여자는 그렇게 말하며 내게 담배를 건네주었다. 나는 1마르크를 놓고 위층으로 올라갔다.

오랫동안 침대에 누워 골똘히 생각에 잠긴 채 담배를 피웠다. 무엇에 관해 생각하는지도 모른 채 그러고 있는데, 그 종업원이 누구인지 알아내려고 했던 것에 생각이 미쳤다. 나는 사람들의 얼굴을 잊어버리는 법이 없다. 사람들의 얼굴이 죄다 나를 따라다니기 때문에 그것들이 다시 나타나면 금세 알아본다. 얼굴들은 내 잠재의식 속에서 이리저리 떠다니는데, 특히 어쩌다 한 번 언뜻 본 얼굴은 흐릿한 연못의 수초들 사이를 지나다니는 불분명한 회색 물고기처럼 이리저리 헤엄쳐 다닌다. 그 물고기들은 가끔 수면 위로 머리를 불쑥 내밀기도 하지만, 정말 다시 보게 되면 결정적으로 모습을 드러낸다. 나는 물고기들이 우글거리는 이 연못 속을 불안한 심정으로 뒤지고 다니다가 낚싯대를 낚아챘다. 바로 그 종업원이었다. 그는 언젠가 환자 수용소에서 내 옆에 1분 동안 누워 있었던 군인이었다. 그 당시 그의 머리에 감긴 붕대에서 이가 기어 나와 이미 흘러나와 굳은 피와 막 흘러나오는 핏속을 피범벅이 되어 돌아다니고 있었다. 그러고는 그의 목덜미를 지나 숱이 별로 없는 희끄무레한 머리 속으로, 기력을 잃은 그의 얼굴 위로 평화롭게 기어 다녔다. 무모하게 귓바퀴 위로 기어 올라간 이들은 미끄러져 어깨 위로 다시 떨어졌고, 더러운 옷깃 속으로 사라졌다. 여기서 3천 킬로미터나 떨어진 곳에서 본 고통에 일그러진 갸름한 그 얼굴이 이제 아무렇지 않은 표정으로 내게 굴라슈를 팔고 있었다.

나는 기분이 좋아졌다. 그 종업원이 누구인지 알아낸 것이다. 이리저리 몸을 뒤척이며 주머니에서 돈을 꺼내 베개 위에 올려놓고 세어 보았다. 나에게는 아직 16마르크 80페니히가 남아 있었다.

그런 다음 또 한 번 술집으로 내려가 보니 두 청년은 아직도 오락기 앞에 서 있었다. 그들 중 한 사람의 상의 주머니는 동전이 가득 들었는지 아래로 축 처져 있었다. 그는 오른손으로 동전을 만지작거렸다. 그 밖에는 사냥 모자를 쓴 남자만이 아직 그곳에 앉아 맥주를 마시며 신문을 읽고 있었다. 나는 화주를 한 잔 마신 뒤 등받이 없는 의자에 앉아 화보 잡지를 뒤적이는 주인 여자의 땀구멍 없는 얼굴을 쳐다보았다.

나는 다시 위층으로 올라가 침대에 누웠고, 담배를 피우며 캐테와 아이들, 전쟁, 신부들이 캐테와 내게 하늘나라에 있다고 확실하게 말해 준 두 어린아이에 관해 생각했다. 나는 날이면 날마다 그 애들 생각을 하지만, 오늘은 아주 오랫동안 생각했다. 나를 알고 있는 어느 누구도, 하물며 캐테조차도 내가 얼마나 자주 그 애들을 생각하는지 모를 것이다. 아이들은 나를 3년마다 직업을 바꾸는 변덕스러운 사람, 아버지가 물려준 돈을 탕진해 버린 사람, 나이를 먹어도 마음의 안정을 얻지 못하고, 가족에 무관심하며, 돈이 생기는 족족 술만 퍼마시는 사람이라고 생각한다.

그러나 사실 내가 술을 마시는 경우는 아주 드물어서 한 달에 한 번 꼴도 안 된다. 석 달 동안 제대로 취해 본 적이 거의 없다. 나는 가끔 스스로에게 물어본다. 다른 사람들은 내가 술을 마시지 않는 날 뭘 한다고 생각할까? 난 30일 중 29일은 술을 마시지 않는데 말이다. 나는 산책을 많이 하고, 옛날 학교 때의 지식을 끄집어내 공부에 골치를 앓는 초등학교 5학년 학생들에게 계속 팔아먹으며 틈틈이 돈을 벌려고 한다. 도시를 어슬렁거리며 돌아다니고, 대체로 멀리 교외까지 나가서 아직 문이 열려 있는 묘지들을 찾아다닌다. 잘 손질된 관목과 깔끔한 화단 사이를 돌아다니며, 명패와 이름을 읽고 묘지 냄새를 맡는다. 그리고 나도 언젠가는 저곳에 묻힐 거라는 생각에 가슴 떨려 한다. 전에 아직 우리에게 돈이 있을 때는 여행을 많이 다녔다. 하지만 정작 낯선 도시에 가서는 지금 내가 여기서 하는 것과 똑같이 행동했다. 호텔 침대에 누워 빈둥거렸고, 담배를 피우거나, 아무런 계획 없이 쏘다녔다. 가끔 성당에 들어가기도 하고 멀리 묘지가 있는 교외까지 나가 보기도 했다. 허름한 술집에서 술을 마셨고, 밤에는 다시는 만나지 못할 거라 생각되는 모르는 사람들과 사귀었다.

어릴 적부터 나는 묘지에 가는 것을 좋아했는데, 사람들은 이런 내 열정이 보통 어린아이에게는 어울리지 않는다고 생각했다. 하지만 그 모든 이름, 그 화단, 모든 글자, 냄새, 그 모두가 나도 언젠가 죽을 것이라는 것을 말해 준다. 이것이야말로 내가 결코 의심하지 않는 유일한 진리다. 그리고 때때로 내가 천천히 옆을 지나가는 묘지의 끝없는 열에서 아는 사람의 이름을 발견하기도 한다.

어린 시절 나는 일찍이 죽음이 무엇인지 체험했다. 내가 일곱 살 때 어머니가 돌아가셨다. 나는 사람들이 어머니에게 하는 일을 하나하나 주의 깊게 관찰했다. 신부님이 와서 어머니의 몸에 성유(聖油)를 발라 주었고, 어머니에게 성호를 그으며 축복해 주었다. 어머니는 자리에 누워 꼼짝도 하지 않았다. 꽃과 관이 운반되어 왔고, 친척들이 와서 어머니의 침대 곁에서 눈물 흘리며 기도했다. 그런데도 어머니는 자리에 누워 꼼짝도 안 하셨다. 나는 이 모든 것을 호기심 어린 눈길로 주의 깊게 관찰했다. 매를 맞으면서도 장의사 인부들이 하는 일을 계속 지켜보았다. 그들은 어머니의 몸을 닦고, 흰옷을 입히고, 관 주위에 꽃을 달고, 뚜껑에 못을 박고는 관을 자동차에 실었다. 어머니가 없으니 집이 텅 빈 느낌이었다. 그리고 아버지 몰래 묘지로 가는데, 12호선을 타고 가다가 — 아, 그 일을 잊지 않고 있다니 — 투크호프 광장에서 10호선으로 갈아타고 종점까지 갔다.

난생처음으로 묘지에 들어선 나는 입구에서 녹색 모자를 쓴 남자에게 어머니 묘지가 어디 있는지 물었다. 남자의 붉은 얼굴은 퉁퉁 부어 있었고, 몸에서는 포도주 냄새가 풍겼다. 그는 내 손을 잡고 관리 사무실 건물로 데려갔다. 그는 내게 무척 다정하게 대해 주었고, 내 이름을 물어보았고, 나를 어떤 방으로 데려가더니 기다리라고 했다. 나는 기다렸다. 의자와 연갈색 탁자 사이를 돌아다니고 벽에 걸린 그림을 구경하면서. 그림들 중 하나에는 어떤 섬에 앉아 누군가를 기다리는 검은 피부의 가냘픈 여인이 그려져 있었다. 나는 발끝으로 서서 그 밑에 쓰인 글씨를 읽으려고 했다. 겨우

해독해 보니 〈나나〉라는 글자였다. 다른 그림에는 히죽 웃으며, 뚜껑이 화려하게 장식된 맥주잔을 입 앞에 갖다 대고 있는 수염이 덥수룩한 남자가 그려져 있었다. 나는 그 그림 밑의 글자를 읽을 수가 없었다. 그래서 문 쪽으로 가보았지만, 문은 닫혀 있었다. 그래서 울기 시작했다. 연갈색 의자에 조용히 앉아, 복도에서 발소리가 들릴 때까지 계속 울었다. 발소리의 주인공은 아버지였다. 나는 우리 집의 긴 복도를 걸어오는 아버지의 발소리를 너무 자주 들어서 익히 알고 있었다. 아버지는 자상하게 대해 주셨다. 우리는 포도주 냄새를 풍기는 뚱뚱한 남자와 함께 임시로 시신을 보관해 두는 곳으로 갔다. 그곳에는 이름과 숫자가 적힌 관들이 놓여 있었다. 남자가 우리를 어떤 관 옆으로 데려갔다. 아버지는 손가락으로 명패를 톡톡 두드리며 나에게 읽어 주셨다. 〈엘리자베트 보그너. 4월 18일 오후 4시, 7구역/ L.〉 아버지는 내게 오늘이 며칠이냐고 물었다. 내가 선뜻 대답을 못하자 아버지가 말했다. 「16일이구나. 모레가 되어서야 엄마가 묻히겠다.」 나는 내가 보지 않은 동안은 관을 건드리지 말라고 졸랐다. 그러자 아버지는 울었고, 그러겠노라고 약속해 주었다. 나는 아버지를 따라 음산한 집으로 돌아왔다. 그리고 아버지와 함께 커다란 구식 식료품 창고를 치웠다. 우리는 어머니가 오랜 세월에 걸쳐 행상인에게서 사들인 물건들을 하나하나 끄집어냈다. 녹슨 면도날 더미, 비누, 살충제 가루, 곰팡이가 나서 반쯤 썩은 고무 밴드, 안전핀이 가득 담긴 수많은 상자들. 아버지는 울고 계셨다.

이틀 후, 나는 정말로 원래 모습 그대로 있는 어머니의 관을 다시 보게 되었다. 사람들은 관을 수레에 싣고 화환과 꽃을 달았다. 우리는 신부와 복사 뒤에 서서 점토질로 이루어진 7구역의 커다란 매장 구덩이까지 관을 따라갔다. 성호를 그어 관을 축복하고, 구덩이 밑으로 내리고, 성수를 뿌리고 흙을 던졌다. 나는 먼지에 관해, 먼지와 부활에 관해 말씀하시는 신부님의 기도에 귀 기울였다.

내가 좀 더 지켜보자고 졸라서 아버지와 나, 우리는 오랫동안 묘지에 머물러 있었다. 무덤 파는 인부들은 흙을 더 퍼서 던지고 잘 다진 다음 삽으로 두들겨 조그만 봉우리를 만들고 그 위에 화환을 놓았다. 마지막으로 그들 중 한 사람이 〈엘리자베트 보그너〉라는 검은 글씨가 쓰인 작고 흰 십자가를 땅에 꽂았다.

어린 시절 나는 이미 죽음이 무엇인지 잘 안다고 생각했다. 사람이란 죽어서 땅속에 묻혀 있다가 부활을 기다리는 것이라고. 나는 그것을 이해하고 마음 깊이 간직했다. 누구든 죽게 마련이고, 실제로 내가 아는 많은 사람들이 죽었다. 내가 그들의 장례식에 참석하고 싶을 땐 아무도 말릴 수 없는 거였다.

어쩌면 나는 너무 자주 죽음에 대해 생각하는지도 모른다. 나를 술꾼이라고 여기는 사람들은 잘못 생각하는 것이다. 내가 시작하려는 모든 일들이 아무래도 상관없는 지루하고 무의미한 일처럼 여겨진다. 캐테와 아이들과 떨어져 있게 된 이후부터 묘지에 가는 횟수가 부쩍 늘었는데, 장례식에

늦지 않게 이른 시간에 가려고 노력한다. 나는 모르는 사람들의 관을 따라가 조사(弔詞)를 귀담아 듣고, 신부가 열린 무덤 위로 중얼거리는 기도문에 답하고, 구덩이에 흙을 던지고 관 옆에서 기도를 올린다. 수중에 돈이 있으면 미리 꽃을 사서 관 위에 쌓여 있는 푸석한 흙 위에 하나씩 뿌려 준다. 울고 있는 가족들 곁을 지나다 보면 식사하고 가라는 이야기를 듣기도 한다. 나는 낯선 사람들과 함께 식탁에 앉아 맥주를 마시고 소시지가 든 감자 샐러드를 먹기도 했다. 울고 있는 여자들에게서 접시가 가득 찰 만큼 커다란 소시지를 잔뜩 받기도 했고, 담배를 피우고 화주를 마시며 내가 아는 것이라곤 관밖에 없는 사람들의 인생사에 귀 기울이기도 했다. 그들은 내게 사진을 보여 주기도 한다. 일주일 전에는 어떤 소녀의 관을 따라가다가 구식 식당의 구석방에 들어가게 되었다. 나는 나를 딸의 숨겨 놓은 애인이라 생각하는 그녀의 아버지 곁에 앉게 되었다. 그는 내게 딸의 사진을 보여 주었는데, 사진 속의 소녀는 정말 아름다웠다. 소녀는 가로수 길 입구에서 머리를 나부끼며 스쿠터를 타고 있었다. 「딸아이는 아직 사랑이라는 걸 알지 못하는 어린애였어요.」 소녀의 아버지가 말했다. 소녀의 관에 꽃을 뿌리는데 소녀의 아버지가 눈물을 글썽이는 것이 보였다. 그는 눈물을 닦기 위해 회색 점토로 된 재떨이에 시가를 잠시 내려놓았다. 나는 온갖 직업을 가져 보았지만 어떤 직업이든 아무래도 상관없다고 생각했다. 제대로 된 직업을 가지려면 진지한 태도가 필요한데 내게는 그런 것이 없었다. 전쟁 전에 오랫동안 약방에서 일을 했는데 지루해서 사진관으로 옮겼다가 곧 또 싫증을 냈다. 그다음에는 책 읽는 취미도 없으면서 사서가 되려고 했다. 그리고 도서관에서 책을 좋아하는 캐테를 알게 되었다. 캐테가 그곳에 있었기 때문에 나는 계속 그곳에서 일했고, 우리는 얼마 안 있어 결혼을 하게 되었다. 캐테는 큰애를 가지면서 직장을 그만두어야 했다. 그다음 전쟁이 터졌고, 내가 군에 입대하게 되었을 때 우리 맏이인 클레멘스가 태어났다.

나는 전쟁에 대해 생각하는 것을 그리 달가워하지 않는 터라 침대에서 일어나 또 한 번 술집으로 내려갔다. 화주를 마시고 이제는 텅 비어 있는 오락기 옆으로 갔지만, 딱 한 번 동전을 넣고 레버를 당겼을 뿐이다. 피곤하다는 생각이 들었다.

나는 방으로 돌아가 다시 침대에 누웠고, 담배를 피웠고, 지벤 슈메르첸 마리애 성당의 종소리가 들릴 때까지 캐테를 생각했다.

10

검은 손이 그려진 간판은 금방 찾을 수 있었다. 나는 집게
손가락이 가리키는 방향을 따라갔다. 거리는 텅 비어 있고
우중충했다. 계속 걸어가자 갑자기 좁은 건물에서 많은 사
람들이 쏟아져 나왔다. 영화가 끝난 듯했다. 모퉁이에 다시
검은 손이 그려진 간판이 있었는데, 이번에는 집게손가락이
굽어져 있었다. 나는 네덜란드 집 맞은편에 서 있었다. 집이
너무 지저분해서 깜짝 놀라며. 천천히 거리를 가로질러 붉은
색이 칠해진 통풍기 앞에 멈춰 섰다가 갑자기 문을 밀치고
식당으로 들어갔다. 카운터에 남자 셋이 서 있었다. 내가 들
어가자 그들은 대화를 멈추고 나를 쳐다보더니 이내 주인 여
자를 바라보았다. 주인 여자가 보고 있던 화보 잡지에서 눈
을 떼고 나를 쳐다보았다. 여자는 내 얼굴에서 모자로, 다시
내 손에 들린 핸드백으로 시선을 옮겼고, 내 구두와 다리를
보려고 몸을 약간 굽혔다. 그런 뒤에 내 얼굴을 쳐다보았고,
립스틱의 상표를 알아맞히려는 듯 오랫동안 내 입술을 바라
보았다. 다시 몸을 숙여 미심쩍은 듯 내 다리를 바라보며 주

인 여자가 천천히 물었다. 「무슨 일이신지?」 그러고는 허리에서 손을 떼어 니켈 카운터에 올렸다가 배 위에 깍지를 꼈다. 그녀의 희고 갸름한 얼굴이 어쩔 줄 몰라 하는 표정을 지었다. 「남편을 만나러 왔는데요.」 내 말에 남자들은 시선을 돌려 다시 자기네들끼리 이야기하기 시작했고, 주인 여자는 내가 채 이름을 말하기도 전에 〈11호실이에요. 2층으로 가세요.〉 하고 말했다. 그러면서 카운터 옆의 안팎으로 여닫게 된 문을 가리켰다. 남자들 중 하나가 문으로 뛰어가 나를 위해 문을 열고 잡아 주었다. 얼굴이 창백한 그는 술에 취한 것 같았다. 입술은 떨렸고, 눈의 흰자위는 불그스름하게 충혈되어 있었다. 내가 그를 바라보자 그는 시선을 내리깔았다. 나는 〈감사합니다〉라고 말하고 열린 문으로 들어갔다. 계단을 올라가는데 앞뒤로 오가다가 멈추는 문을 통해 어떤 목소리가 내 귀를 파고들었다. 「여기 여잔데.」

계단이 있는 공간은 녹색으로 칠해져 있었고, 우윳빛 유리창 뒤로는 검은 벽이 어른거렸다. 2층의 좁은 복도에는 갓이 없는 백열전등이 밝혀져 있었다.

나는 11호실 문을 두드렸고 안에서 아무런 응답이 없어 문을 열고 안으로 들어갔다. 프레드는 침대에 누워 자고 있었다. 침대에 누워 있을 때 그는 정말 연약해 보여서 꼭 어린애 같다. 삶에 시달린 얼굴을 보지 않는다면 열여덟 청년으로 보일지도 모른다. 잠든 그의 입술은 약간 벌어져 있고, 이마에는 검은 머리가 드리워 있으며, 얼굴은 의식을 잃은 사람 같다. 그는 곤히 잠들어 있다. 계단을 올라올 때만 해도 나는 그에게 화가 나 있었다. 이런 곳에서 남자를 만나는 까닭에 사람들이 나를 창녀처럼 찬찬히 훑어보았던 것이다. 하지만 이제 나는 조심스럽게 그의 침대 곁으로 가서 의자를 끌어당기고 핸드백을 열어 담배를 꺼냈다.

나는 프레드가 누워 있는 침대 가에 앉아 담배를 피웠고, 몸이 불편한지 그가 뒤척이기 시작하자 그에게서 시선을 돌렸다. 그러면서 하트 모양이 있는 녹색 벽지를 바라보았고, 보기 흉한 전등을 쳐다보았으며, 열린 창 틈으로 담배 연기를 내뿜었다. 나는 지난날을 되돌아보며 우리가 결혼한 이래로 별로 변한 것이 없다는 걸 깨달았다. 우리는 당시에 이 호텔 방 못지않게 누추한 가구 딸린 방에서 결혼 생활을 시작했다. 전쟁이 터졌을 때는 그런대로 괜찮은 집을 가지고 있었지만, 난 지금 한 번도 가져 본 적 없는 집을 생각하고 있다. 방 네 개와 욕실이 있는 깨끗한 집. 클레멘스는 그림을 알아보기에는 아직 많이 어렸을 때 벽지에 막스와 모리츠[45]가 그려진 방을 갖고 있었다. 그 애가 그림을 알아볼 정도로 자라게 되자 벽지에 막스와 모리츠가 그려진 방이 있는 집은 더이상 어울리지 않았다. 그곳에 서 있던 프레드의 모습이 아직도 눈에 선하다. 그는 회색 제복 바지의 주머니에 손을 넣고 연기가 은은하게 피어오르는 폐허 더미를 바라보곤 했다. 아무것도 이해하지도, 느끼지도 못하는 것 같았고, 우리에게

45 Max und Moritz. 19세기 독일의 유명한 만화가 빌헬름 부슈Wilhelm Busch의 작품에 등장하는 장난꾸러기 주인공들의 이름. 부슈는 대학을 졸업한 후 잡지 『플리겐데 블래터Fliegende Blätter』 등에 그림과 시를 발표했다. 대표작인 『막스와 모리츠Max und Moritz』로 세계적인 명성을 얻었다.

내의도, 가구도, 아무것도 없다는 것이 그에게는 도무지 납득이 되지 않는 것 같았다. 그는 정말로 한 번도 무언가를 가져 본 적이 없는 남자처럼 나를 쳐다보았다. 타고 있는 담배를 입에서 꺼내 내 입에 물려 주었고, 나는 담배를 한 모금 빨고 연기를 내뿜으며 격렬하게 웃음을 터뜨렸다.

나는 창문을 활짝 열고 담배꽁초를 아래쪽의 뜰로 내던졌다. 쓰레기통 사이로 조개탄의 재로 인해 변색된 크고 누런 웅덩이가 보였는데, 내가 던진 담배는 그곳에 떨어져 치직 소리를 내며 꺼졌다. 기차가 역 구내로 미끄러져 들어오고 있었다. 안내 방송을 하는 남자의 목소리가 들렸지만 무슨 말인지 알아들을 수는 없었다.

성당의 종이 울리기 시작했을 때 프레드가 잠에서 깨어났다. 종소리에 유리창이 진동하며 살며시 떨리기 시작했고, 이러한 떨림이 창턱에 놓인 커튼의 함석 막대에 전달되었고, 막대가 흔들리면서 덜걱거렸다.

프레드는 몸을 움직이지 않고 아무 말 없이 나를 바라보았다. 그는 한숨을 내쉬었다. 그가 천천히 잠에서 깨어나 제정신으로 돌아오는 것을 느낄 수 있었다.

「프레드.」나는 말했다.

「그래.」그는 그렇게 말하고, 내 몸을 자기 쪽으로 끌어내리며 내게 입 맞췄다. 프레드는 나를 완전히 자기 쪽으로 끌어내렸고, 우리는 서로를 껴안고 쳐다보았다. 그가 내 머리를 잡고 마치 검사하듯 거리를 두고 바라보는 바람에 나는 미소 짓지 않을 수 없었다.

「미사에 가야죠. 아니면 벌써 다녀왔어요?」 내가 물었다.

「아니. 딱 2분 있었어. 성호의 축복을 받으러 갔었지.」

「그럼 가요.」

프레드는 신을 신은 채 침대에 누워 있다가 아무것도 안 덮고 잠이 들었었는지 몸이 잔뜩 얼어 있었다. 그는 접시에 물을 붓고 거기에 손을 적셔 얼굴을 씻고는 수건으로 닦은 다음 의자에서 외투를 집어 들었다.

우리는 팔짱을 끼고 계단을 내려갔다. 세 남자는 아직 카운터 옆에 서서 대화를 나누고 있었는데 우리가 가도 쳐다보지 않았다. 프레드가 방 열쇠를 주인 여자에게 내주었다. 주인 여자가 나무판에 열쇠를 걸며 물었다.

「오랫동안 나가 있을 건가요?」

「한 시간 정도요.」 프레드가 말했다.

우리가 성당에 들어갔을 때는 미사가 거의 끝나갈 무렵이었다. 참사회 회원들이 천천히 성구실로 이동하는 것이 보였다. 그들은 환한 잿빛 물속에서 천천히 헤엄치는 희끄무레한 잉어들처럼 보였다. 피곤해 보이는 사제가 보조 제단 옆에서 미사를 드렸다. 그는 서둘러 미사를 진행했고, 복음서를 읽기 위해 왼쪽 제단 옆으로 가서 미사 전례서를 든 복사가 아직 오지 않은 것을 보고 초조하게 어깨를 으쓱해 보였다. 주제단에서는 향 냄새가 구름 속으로 퍼져 나갔고, 많은 사람들이 미사를 집전하는 무리의 주위로 몰려들었다. 대부분 단춧구멍에 붉은 기를 꽂은 남자들이었다. 그들 중 몇 명은 여기저기 돌아다니다가 종소리를 듣고 놀라서 발걸음을 멈추었지만, 대부분의 사람들은 계속 걸어 다니면서 모자이크 무늬나 창문을 쳐다보았고 제단 가까이 다가갔다.

나는 위쪽 오르간 옆에 걸려 있는, 15분마다 부드럽고 맑은 소리를 내는 시계를 쳐다보았다. 강복을 받고 출구 쪽으로 나갔을 때 나는 미사가 정확히 19분 걸린 것을 확인했다. 프레드는 통풍기 옆에서 나를 기다리고 있었다. 나는 성모마리아 제단으로 가서 성모송[46]을 바쳤다. 그런 기도를 드리는 것이 두렵기는 했지만 임신이 아니기를 기도했다. 성모상 앞에는 무척 많은 초들이 타고 있었고, 왼쪽의 커다란 철제 촛대 옆에는 한 꾸러미의 노란 양초가 그대로 놓여 있었다. 그 옆의 마분지 팻말에는 〈독일 드로기스트 조합[47] 내 가톨릭 상점 노동조합 기증〉이라는 문구가 쓰여 있었다.

나는 다시 프레드에게로 갔고 우리는 함께 성당 밖으로 나갔다. 밖에는 햇살이 비치고 있었다. 시계를 보니 5시 20분이었고 나는 허기를 느꼈다. 나는 프레드와 팔짱을 끼고 걸었다. 우리가 야외 계단을 내려갈 때 그의 주머니에서 동전이 짤랑거리는 소리가 들렸다.

「레스토랑에서 식사할까?」 그가 물었다.

「아니, 간이식당에서 먹어요. 나는 그런 데서 먹는 게 좋아요.」

「그럼 그렇게 하지.」 그가 말했다. 우리는 블뤼허[48] 골목으

46 독일에서는 〈Ave〉라고 한다. 대천사 가브리엘이 마리아의 수태를 알리는 「루가의 복음서」 1장 28절의 구절인 〈은총을 가득히 받은 이여, 기뻐하여라. 주께서 너와 함께 계신다.〉에서 따온 기도이다.
47 독일 드로기스트 조합은 1873년 베를린에서 결성되었다.

로 접어들었다. 폐허 더미였던 자리는 세월이 흐르면서 무너져 내려 둥근 언덕으로 매끄럽게 다져져 있었다. 거기서는 잡초며 녹회색의 헝클어진 잡목들이 시든 바늘꽃의 은은하고 불그스름한 빛을 받으며 촘촘하게 군락을 이루어 자라고 있었다. 그곳의 하수구 자리에는 한동안 블뤼허 기념비가 놓여 있었다. 청동으로 만들어진 거대한 남자가 분노에 차서 하늘을 응시하고 있었던 것이다. 그러나 도난을 당하고 말았다.

단철(鍛鐵)로 된 정문 뒤에는 쓰레기가 쌓여 있었다. 폐허 더미 사이로 좁은 길이 하나 나 있을 뿐이었다. 아직 집이 몇 채 남아 있는 몸젠 가에 다다랐을 때 폐허 더미 위로 멀리 룸멜 광장의 음악 소리가 들려왔다. 나는 프레드를 불러 세웠다. 우리가 발길을 멈추자 오케스트리온[49]이 거칠게 울리는 소리가 더욱 또렷하게 들려왔다.

「프레드. 시내가 복잡해요?」 내가 물었다.

「그래. 드로기스트들 때문인 것 같아. 가보고 싶어? 우리도 가볼까?」 그가 말했다.

「아, 그래요.」 내가 말했다.

우리는 발걸음을 재촉해 벨레다 가를 지났다. 다시 한 번 모퉁이를 돌았을 때, 우리는 룸멜 광장의 소음과 냄새에 순식간에 파묻혔다. 손풍금 소리, 달콤하고 기름진 튀김 과자

48 Gebhard Leberecht von Blücher(1742~1819). 프로이센의 육군 원수. 나폴레옹 전쟁 동안 프로이센 군 사령관으로서 워털루 전투를 승리로 이끄는 데 중요한 역할을 했다.
49 Orchestrion. 미리 입력된 기계 장치에 따라 스스로 악기가 연주되는 일종의 자동 연주 시스템.

냄새와 갖가지 향신료가 뒤섞인 굴라슈 냄새, 회전목마가 돌아가며 내는 날카로운 소리가 나를 흥분시켰다. 나는 가슴이 점점 세차게 뛰는 것을 느꼈다. 그 냄새, 혼란스럽게 뒤섞여 있지만 신비한 멜로디를 담고 있는 그 소음 때문에.

「프레드, 돈 좀 줘요.」 내가 말했다.

프레드는 주머니에서 마구 쑤셔 넣은 돈뭉치를 꺼내 동전들 사이에서 지폐를 집어 들더니 접어서 너덜너덜해진 그의 수첩 속에 끼워 넣었다. 그러고는 잔돈을 몽땅 내 손에 올려 주었는데, 그중에는 두툼한 은화도 있었다. 프레드가 빙그레 미소 지으며 나를 지켜보는 동안 나는 조심스레 돈을 세어 보았다.

「6마르크 80페니히. 너무 많아요, 프레드.」 내가 말했다.

「다 가져. 어서.」 그가 말했다.

나는 갸름하고 피곤한 그의 잿빛 얼굴과 그가 창백한 입술에 물고 있는 눈처럼 흰 담배를 보고는 내가 그를 사랑한다는 것을 깨달았다. 나는 왜 내가 그를 사랑하는지 스스로에게 종종 물어보곤 했다. 짐작건대 많은 이유들이 있을 수 있겠지만 한 가지 이유는 알고 있었다. 그와 함께 룸멜 광장으로 가는 것이 즐겁기 때문이었다.

「식사할 곳으로 데려갈게요.」 내가 말했다.

「좋을 대로.」 그가 말했다. 나는 그의 팔을 잡고, 춤추는 헝가리 여자들의 그림이 앞쪽에 그려져 있는 굴라슈 가게로 데려갔다. 둥근 모자를 쓴 농촌 총각들이 허리에 손을 얹고 소녀들 주위를 돌며 춤추는 그림이었다. 우리는 카운터 위에 팔을 괴고 앉았다. 그러자 모락모락 김이 나는 주전자 옆쪽, 접이식 의자에 앉아 있던 여자가 일어나더니 미소를 머금고 가까이 다가왔다.

검은 머리의 뚱뚱한 여자였다. 여자는 곱고 큰 손에 가짜 반지들을 잔뜩 끼고 있었다. 갈색 목에는 비단 리본을 둘렀는데, 검은 리본에는 메달이 흔들거리고 있었다.

「굴라슈 2인분요.」 나는 그렇게 말하며 그녀에게 2마르크를 내밀었다. 여자가 뒤쪽으로 가서 냄비 뚜껑을 여는 동안 우리, 프레드와 나는 서로를 바라보며 미소 지었다.

「난 아까 굴라슈 먹었어.」 프레드가 말했다.

「어머, 미안해요.」 내가 말했다.

「그래도 상관없어. 난 굴라슈를 좋아하니까.」 프레드가 내 팔에 손을 얹었다.

여자는 솥을 이리저리 깊숙이 휘젓더니 국자 가득 굴라슈를 담아 올렸다. 솥에서 나는 김이 뒷벽의 거울에 서렸다. 여자는 우리 두 사람에게 빵을 건넨 다음 걸레로 거울을 닦으며 내게 말했다. 「당신이 얼마나 아름다운지 봐요.」 나는 반들반들한 거울 속을 들여다보며 내가 정말로 아름답게 보인다고 인정했다. 내 얼굴 뒤편 먼 곳에서 희미하게 사격 게임장의 모습이 보였고, 그 뒤로는 쇠사슬에 매달린 회전목마가 보였다. 나는 거울 속에서 뒤쪽의 프레드를 보고 깜짝 놀랐다. 그는 뜨거운 것을 먹으면 잇몸이 아픈지 음식을 제대로 먹지 못하고 있다. 언짢고 초조한 표정을 지으며 뜨거운 음식이 식을 때까지 입안에 넣고 이리저리 굴리고 있다. 그때마다 그가 노인처럼 우물우물 음식을 씹는 것 같아 나는 더 놀란다. 거울에 다시 김이 서렸고, 여자는 국자로 솥을 천천히 휘젓고 있다. 그녀는 옆 사람들보다 우리에게 굴라슈를 더 많이 퍼준 것 같았다.

우리는 깨끗이 비운 접시를 옆으로 치우고 고맙다고 인사한 뒤에 밖으로 나왔다. 나는 다시 프레드의 팔을 잡고 가게들이 늘어선 골목길을 천천히 돌아다녔다. 빈 양철 깡통을 집어 멍하니 히죽거리고 있는 인형에게 던져 보기도 했다. 깡통이 인형의 머리를 맞추고 뒤쪽의 갈색 천에 부딪쳐서 숨겨진 기계가 인형을 다시 튀어나오게 하는 것을 보며 즐거워했다. 호객 상인이 시끄럽게 떠드는 소리에 속아 복권을 사고 행운의 바퀴가 돌아가는 것을 지켜보기도 했다. 그러면서 내가 갖고 싶은 노란 테디 베어에게 계속 눈길을 보냈다. 나는 어린 시절부터 그런 테디 베어를 갖고 싶었다. 그러나 딸그락거리며 돌아가는 행운의 바퀴의 바늘은 바늘 못의 울타리를 따라 천천히 돌다가 바로 내 번호 앞에서 멈추었다. 나는 곰을 갖지 못했고, 그 무엇 하나 가질 수 없었다.

나는 쇠사슬에 매달린 회전목마의 좁은 자리에 뛰어올라 돈 받는 사람의 지저분한 손에 동전 두 개를 얹어 주었다. 그리고 가운데 부분의 나무 상자 속에 숨어 내 얼굴에 거친 멜로디를 뿜어 대는 오케스트리온 주위를 천천히, 점점 더 높이 올라가며 돌았다. 성당의 탑이 폐허 더미를 넘어 나를 지나 날아가는 것 같았고, 멀리 뒤쪽으로 드문드문, 또는 빽빽하게 자라는 푸른 잡초, 빗물이 고여 웅덩이를 이룬 천막 지붕이 보였다. 회전목마가 동전 두 개를 낸 대가로 미친 듯이 돌아가는 동안 나는 태양의 한가운데를 계속 바라보았는데, 햇빛에 눈이 닿을 때마다 마치 벼락을 맞는 것 같았다. 쇠사슬이 부딪치며 쩔렁거리는 소리, 여자들의 비명 소리가 들렸고, 안개와 광장에서 회오리치는 먼지가 보였고, 기름지고 달짝지근한 냄새가 콧속으로 들어왔다. 나는 후들거리며 다시 나무 계단으로 내려와서 프레드의 팔에 안기며 소리쳤다.

「아, 프레드!」

한번은 1마르크를 주고 나무로 된 무대에서 프레드와 춤출 기회가 있었다. 격렬하게 엉덩이를 흔들어 대는 십대 아이들 틈에서 우리는 서로에게 몸을 바짝 붙이고 있었다. 춤의 리듬에 맞추어 프레드와 함께 몸을 돌릴 때마다 트럼펫 연주자의 느끼하고 음탕한 얼굴이 눈에 들어왔다. 그의 끈적거리는 옷깃은 트럼펫으로 반 정도 가려져 있었다. 눈이 마주칠 때마다 그는 머리를 들고 내게 눈짓하며 나보고 들으란 듯이 귀청을 찢을 듯한 굉음을 뿜어 댔다.

나는 프레드가 10페니히 동전을 하나 넣고 룰렛 게임을 하는 것을 지켜보았다. 딜러가 원반을 돌리고 구슬이 춤추며 돌아가기 시작하자 주위에 서 있는 남자들이 말없이 흥분하는 게 느껴졌다. 사람들이 돈을 거는 속도와 그에 맞춰 프레드가 동전을 목표한 곳에 정확히 던져 놓는 모습이 여태껏 알지 못했던 어떤 이해를 전제로 하는 연습처럼 생각되었다. 구슬이 구르는 동안 딜러는 고개를 들고, 경멸이 담긴 눈빛을 룸멜 광장 쪽으로 보냈다. 구슬이 굴러가는 소리가 좀 잦

아들었을 때에야 비로소 그는 고개를 내리고 작고 무정하고 귀여운 얼굴을 보여 주었다. 그러고는 걸었던 돈을 챙겨 자신의 주머니에 쓸어 담고, 당첨된 사람에게는 동전들을 던져 주었다. 그는 주머니의 돈을 주물럭거리며 사람들에게 돈을 걸라고 재촉했다. 그리고 주위에 서 있는 남자들의 손가락을 쳐다보며 경멸하듯 원반을 휙 돌린 다음 고개를 들어 입을 비죽거리고 지루한 얼굴로 주위를 둘러보았다.

프레드 앞에 동전이 두 번째로 쌓였을 때, 그는 탁자에서 돈을 집어 들고 사람들 틈을 뚫고 내 쪽으로 왔다.

우리는 푸른색 포장이 덮인 가설 소극장의 지저분한 계단에 앉아 먼지를 마시며 소란스러운 광경을 지켜보았고, 오케스트리온의 잡다한 연주 곡목에 귀 기울였다. 돈을 거둬들이는 남자들의 허스키한 목소리가 들렸다. 나는 먼지, 종이, 담배꽁초, 짓밟힌 꽃송이, 찢어진 입장권으로 뒤덮인 땅바닥을 내려다보았다. 천천히 고개를 들자 우리 아이들 모습이 보였다. 벨러만은 클레멘스의 손을, 소녀는 카를라의 손을 잡고 있었고, 벨러만과 소녀의 사이에는 아기 바구니가 들려 있었다. 아이들은 크고 노란 막대 사탕을 입에 물고 있었다. 아이들이 깔깔대는 모습, 주위를 둘러보는 모습, 사격 게임장 옆에 멈춰 선 모습이 보였다. 벨러만이 좀 더 가까이 다가가서 총을 들어 보는 사이 클레멘스가 아기 바구니의 손잡이를 잡고 있었다. 클레멘스는 벨러만의 어깨 너머로 총의 가늠자를 들여다보았다. 아이들은 즐거운 것 같았고, 벨러만이 소녀의 머리에 빨간 종이꽃을 꽂아 주자 깔깔거리며 웃어 댔다. 그들은 오른쪽으로 방향을 틀었고, 벨러만이 클레멘스의 손 위에 돈을 세어 올려 줄 때 내 아들이 입술을 따라 움직이는 것이 보였다. 아들은 가볍게 미소 띤 얼굴로 머리를 들고 벨러만에게 고마워하는 표정을 지었다.

「자, 가요, 우리 애들이 저기 있어요.」 프레드에게 나지막한 소리로 말하고 자리에서 일어나 그의 외투 깃을 끌었다.

「어디 있다고 그래?」 프레드가 물었다. 우리는 서로를 쳐다보았다. 우리 사이, 우리 눈 사이의 이 30센티미터의 공간에는 우리가 서로 껴안고 보낸 수천 밤이 담겨 있었다. 프레드가 담배를 입에서 떼고 나지막이 물었다. 「우리 뭘 하면 좋을까?」

「모르겠어요.」 내가 말했다. 프레드는 가설 소극장과 영업이 끝나 운행이 멈춘 회전목마 사이의 골목길로 나를 이끌었다. 회전목마의 둥근 지붕은 초록색 캔버스 천으로 덮여 있었다. 우리는 밧줄이 매인 천막용 말뚝을 말없이 바라보았다.

「이 안으로 들어가지.」 프레드는 그렇게 말하며, 두 개의 초록색 캔버스 천 사이를 헤치고 들어가 내가 안으로 들어가는 걸 도와주었다. 어둠 속에서 프레드는 커다란 나무 백조 위에, 나는 그 옆의 흔들 목마 위에 쪼그리고 앉았다. 프레드의 창백한 얼굴이 캔버스 천 틈새로 들어오는 한 줄기 희끄무레한 빛에 의해 둘로 나뉘었다.

「어쩌면,」 프레드가 입을 열었다. 「결혼하지 말았어야 했는지도 몰라.」

「말도 안 되는 소리. 제발 그런 말 좀 하지 말아요. 남자들은 하나같이 그런 소릴 하더라.」 나는 남편의 얼굴을 쳐다보며 덧붙였다. 「스스로 합리화하는 말 같지만, 결혼을 참을 만하게 만드는 여자가 이 세상에 어디 있겠어요.」

「당신은 대부분의 여자들이 하는 것 이상으로 해냈어.」 그는 그렇게 말하며, 백조 머리에 기댔던 얼굴을 들고 내 팔에 손을 얹었다. 「우리가 결혼한 지 15년이 됐어. 그런데…….」
「멋진 결혼 생활이었어요.」 내가 말했다.

「찬란했지. 정말 찬란했어.」 그가 말했다.

그는 내 팔에 얹었던 손을 떼어 두 손을 백조의 머리 위에 얹고 그 위에 자기 얼굴을 대었다. 그러고는 피곤한 표정으로 나를 올려다보았다.

「내가 없으면 분명 당신과 아이들이 더 행복할 텐데.」

「그렇지 않아요. 당신이 몰라서 그래요.」

「내가 뭘 몰라?」

「프레드, 애들은 하루에도 열 번씩 아빠에 대해 물어봐요. 그리고 나는 밤마다, 거의 매일 밤 침대에 누워서 눈물을 흘린다고요.」

「당신이 운다고?」 그렇게 말하며 그는 다시 얼굴을 들고 나를 바라보았다. 나는 남편에게 그런 말을 한 것이 미안했다. 「그 말을 한 건, 내가 운다는 걸 말하고 싶어서가 아니라 당신이 얼마나 잘못 생각하는지 알았으면 해서예요.」

갑자기 천막 틈새로 햇빛이 들어왔고, 초록색으로 여과된 빛이 둥근 공간 속으로 스며들었다. 황금빛 광선이 비치자 회전목마의 형상들이 드러났다. 히죽 웃는 말, 초록색 용, 백조, 조랑말이 보였고, 우리 뒤쪽에는 두 마리 백마가 끄는 붉은 벨벳을 깐 결혼 마차가 보였다.

「이리 와요. 저기가 앉기에 더 편할 것 같아요.」 나는 프레드에게 말했다.

그는 앉아 있던 백조에서 기어 내려와 내가 흔들 목마에서 내리는 것을 도와주었다. 우리는 결혼 마차의 보드라운 벨벳 위에 나란히 앉았다. 태양은 다시 사라졌고 우리는 동물들의 잿빛 그림자에 둘러싸였다.

「운다 그랬지.」 프레드는 그렇게 말하더니 나를 쳐다보며 팔로 감싸 안으려다가 이내 그만두었다. 「내가 없어서 우는 거야?」

「그렇기도 하지만 그것 때문만은 아니에요.」 나는 나지막이 말했다. 「내가 당신이 우리 곁에 있는 걸 더 좋아한다는 건 당신도 알잖아요. 근데 당신이 그걸 견디지 못하는 것도 난 이해해요. 당신이 없는 게 좋을 때도 있어요. 아이들을 때리는 당신, 당신 얼굴이 무서웠어요. 당신 목소리도 무서웠어요. 당신이 집에 돌아와 전과 똑같이 구는 건 바라지 않아요. 우리에게 단지 돈이 없다는 이유로 당신이 아이들을 때린다는 걸 알게 되느니 차라리 침대에 누워 우는 편이 나아요. 당신이 아이들을 때리는 거, 우리가 가난해서 그런 거 아니에요?」

「그래. 가난이 날 병들게 했어.」 프레드가 말했다.

「그래요. 그러니까 당신이 집에 없는 편이 더 나아요. 전과 똑같이 군다면 말이에요. 날 그냥 울게 내버려 둬요. 1년도

148

안 돼 나도 아이들을 때리는 지경까지 갈지 몰라요. 젊었을 때 보기만 해도 끔찍했던 가련한 여자들처럼요. 걸걸하고, 가난하고, 삶에 대한 말할 수 없는 두려움에 사로잡히고, 불결한 임대 아파트 단지의 틈바구니에서 아이들을 때리거나 단것을 먹으면서, 밤에는 보잘것없는 술꾼의 포옹에 몸을 맡기는 여자들. 술꾼은 소시지 가게 냄새를 집에 와서도 풍기고, 포옹이 끝나면 둘은 어둠 속에서 술꾼이 상의 주머니에 넣어 온 찌그러진 담배 두 개비를 함께 피우죠. 아, 나는 그런 여자들을 경멸했어요. 그런 나를 하느님이 벌주셨으면 좋겠어요. 여보, 담배 한 개비 줘요.」 프레드는 주머니에서 재빨리 담뱃갑을 꺼내 내밀면서 자기도 한 개비 집어 들었다. 성냥에 불이 붙자 회전목마의 어스름한 초록빛을 받은 프레드의 불쌍한 얼굴이 보였다.

「계속해.」 그가 말했다. 「더 얘기해 줘.」

「내가 우는 건 어쩌면 임신해서인지도 몰라요.」

「임신했어?」

「아마 그런 것 같아요.」 내가 말했다. 「내가 임신하면 어떤지 알잖아요. 아직은 임신한 것 같지 않아요. 그럼 회전목마를 탔을 때 속이 메스꺼웠을지도 몰라요. 날마다 임신이 아니기를 기도하고 있어요. 혹시 당신은 아길 또 갖고 싶어요?」

「아니, 아니.」 그는 서둘러 말했다.

「하지만 임신이라면 당신 아기예요, 아, 프레드.」 나는 이렇게 말해 놓고 미안한 생각이 들었다. 「듣기 불편한 모양이군요.」 그는 아무 말도 하지 않고 나를 쳐다보았고, 결혼 마차에 등을 기댄 채 담배를 피우며 이렇게 말할 뿐이었다. 「말해, 계속. 지금 다 말해.」

「우는 이유가 또 있는데,」 나는 말했다. 「애들이 너무 조용해요. 애들이 너무 얌전해요, 프레드. 그 애들이 학교에 잘다니고, 진지하다는 당연한 사실이 두려워요. 애들이 꼼꼼하게 학교 숙제를 잘 해가는 것이 놀라워요. 보통 학생들처럼 학교 시험에 대해 떠들며 바보같이 수다도 떨고, 내가 애들만 한 나이에 썼던 말과 거의 똑같은 표현도 써요. 정말 끔찍한 일이에요, 프레드. 냄비에 고기 삶는 냄새를 맡으면 행복한 표정을 짓고, 아침마다 차분하게 책가방을 챙겨 어깨에 메고 빵을 주머니에 넣어요. 이게 애들이 학교에 가는 모습이에요. 프레드, 나는 가끔 현관에 몰래 나가 창가에 서서 애들 모습이 안 보일 때까지 바라보곤 해요. 책의 무게로 조그만 등이 약간 굽어진 아이들은 모퉁이까지 나란히 걸어가요. 클레멘스는 거기서 방향을 바꿔요. 우중충한 모차르트 가로 어슬렁거리며 걸어가는 카를라는 좀 더 오래 보여요. 뜨개질 본이나 카를 대제[50]의 사망 연도 같은 걸 골똘히 생각하기라도 하는지, 외투 주머니에 두 손을 넣고 걸어가는 모습이 당신과 똑같아요, 프레드. 아이들이 열심히 생활하는 걸 보면 내가 학교에 다닐 때 열심히 생활한다고 미워한 아이들이 떠올라서 눈물이 나곤 해요. 그 애들은 아기 예수들

---

50 Karl der Große(742?~814). 〈샤를마뉴Charlemagne 대제〉의 독일어 이름. 프랑크 왕국의 왕이자 서로마 제국의 황제이다. 황제가 된 후 교회를 통해 예술, 종교, 문화를 크게 발전시켜 〈카롤링거 르네상스〉를 열었다.

같아요. 성(聖)가정 성화들 속에서 성 요셉의 대패 옆에서 노는 고운 고수머리 아이들. 열 살이나 열한 살쯤 되어 보이는, 심심해서인지 길고 곱슬곱슬한 대팻밥을 손가락 사이로 흘려보내는 아이들 말이에요. 대팻밥은 그 애들의 고수머리와 꼭 닮았죠.」

「우리 애들이 성가정 성화에 있는 아기 예수들이랑 닮았다고?」 프레드가 나지막이 물었다.

나는 프레드를 쳐다보았다. 「아뇨, 아니에요. 하지만 애들이 그렇게 어슬렁거리며 걸어가는 모습을 보면 말이죠, 애들한테서 절망스럽고도 무의미한 겸손함이 느껴져요. 그럼 난 억울하고 두려워서 눈물이 절로 나와요.」

「맙소사, 그건 말도 안 되는 소리야. 내 생각에는 애들이 어려서 당신이 부러워하는 것 같아.」

「아뇨, 아니에요, 프레드. 내가 두려운 건 아이들을 그 어떤 것에서도 지켜 줄 수 없기 때문이에요. 사람들의 냉혹함, 프랑케 부인의 냉혹함으로부터 지켜 줄 수 없어서요. 그 여자는 아침마다 예수의 성체를 받아 모시고도 우리 애들 중 하나가 화장실을 썼다 하면 서재에서 달려 나와 화장실이 청결한지 점검해요. 그리고 벽지에 물이 한 방울이라도 떨어져 있으면 복도에서 잔소리를 시작해요. 나는 물방울에 대한 공포증이 있어요. 애들이 화장실에서 물 쓰는 소리가 들리면 진땀이 흐른다고요. 정확히 말할 수는 없지만 내가 뭐 때문에 그렇게 슬픈지 아마 당신은 알지도 몰라요.」

「우리가 가난해서 슬픈 거겠지. 그거야 뭐 뻔한 사실 아니야. 난 당신을 위로해 줄 수 없어. 가난에서 빠져나올 구멍이 없는 거지. 언젠가 우리가 돈을 더 많이 갖게 되거나 벌게 될 거라고 약속해 줄 수가 없어. 아, 깨끗한 집에서 아예 돈 걱정 일랑 안 하고 산다는 게 얼마나 행복한 일인지…… 당신은 놀랄 거야.」

「우리 집의 모든 게 늘 깨끗하고, 집세도 늘 제때에 냈던 시절이 지금도 생각나곤 해요. 그리고 돈, 무엇보다 우리도 요, 프레드, 당신도 알고 있겠죠……」

「알지.」 그는 지체 없이 대답했다. 「하지만 내겐 과거에 대한 감정이 그다지 남아 있지 않아. 내 기억에는 가느다란 철사로 짠 그물처럼 커다란 구멍이 숭숭 뚫려 있어. 당연히 알지. 한때는 우리한테도 집이며, 심지어 욕실도, 모든 것을 지불할 돈도 있었다는 걸. 그때 내가 무슨 일을 했지?」

「프레드, 그때 당신이 뭘 했는지 생각 안 나요?」

「정말, 아무것도 생각나질 않아……」 프레드는 나를 껴안 았다.

「벽지 공장에 다녔죠.」

「맞아, 내 몸에서 풀 냄새가 났었지. 클레멘스한테 잘못 만 든 카탈로그를 갖다 주면 자기 침대에서 찢어 버리곤 했지. 이제 생각나. 하긴, 그리 오래전 일도 아니지.」

「그리고 2년 후에 전쟁이 터졌죠.」

「그랬지. 그러다가 전쟁이 터졌어. 당신은 유능한 남자랑 결혼하는 게 더 나을 뻔했어. 교양도 좀 갖춘 아주 부지런한 남자 말이야.」

「그런 소리 말아요.」 나는 말했다.

「그랬으면 당신과 애들은 저녁마다 당신 하고 싶은 대로 좋은 책을 같이 읽었을 테지. 애들은 근사한 침대에서 잠을 잤을 테고. 벽에는 노프레테테 왕비[51]의 그림이 걸려 있고, 패널에 그린 이젠하임 제단화[52]도 있을 거야. 물론 정교한 복사판이긴 하겠지만 반 고흐의 해바라기가 부부 침대 위, 보이론의 마돈나[53] 옆에 걸려 있을 테고, 붉고 투박하지만 아주 운치 있는 케이스 속에 플루트가 들어 있겠지? 아, 이런 쓸데 없는 것들. 난 그런 게 늘 지루했어. 왠지는 모르지만 운치 있는 집은 날 지루하게 해. 대체 당신이 원하는 게 뭐야?」 프레드가 느닷없이 물었다. 나는 프레드를 쳐다보았다. 그는 화가 난 것 같았는데, 내가 그 사람을 알게 된 후 처음 있는 일이었다. 「나도 모르겠어요, 내가 원하는 게 뭔지.」 나는 그렇게 말하고 결혼 마차 옆 나무 바닥에 담배를 던진 다음 발로 짓이겨 껐다. 「내가 원하는 게 뭔지 나도 모르겠다고요. 하지

51 Nofretete. B. C. 14세기에 재위한 이집트의 왕 아케나톤Akhenaton 의 왕비로 〈네페르티티Nefertiti〉라고도 불린다. 남편의 종교 혁명을 도왔으며, 왕이 구체제 옹호자들과 타협한 뒤에도 태양신 아톤Aton을 숭배하는 새 종교를 신봉했다고 한다.

52 Isenheimer Altar. 16세기에 활동한 독일 화가 마티아스 그뤼네발트 Matthias Grünewald는 15세기 종교 개혁과 농민 전쟁 당시의 시대적 고통을 〈이젠하임 제단화〉로 형상화했다.

53 독일 보이론에 있는 성 마우루스 성당Mauruskapelle 입구에 있는 성모 마리아의 그림. 성당을 건축한 신부 데지데리우스 렌츠Desiderius Lenz (1832~1928)의 친구이자 신부인 화가 가브리엘 뷔거Gabriel Wüger(1829~1892)가 그렸으며 공식 이름은 〈영광 속에 왕좌에 오르신 성모Thronende Muttergottes in der Glorie〉이다.

만 노프레테테 왕비 그림이나 이젠하임 제단화에 대해선 말한 적 없어요. 물론 그런 걸 싫어하진 않지만요. 난 유능한 남자를 싫어하니 그들에 대해서도 말한 적이 없죠. 유능한 남자들이란 지루하기 짝이 없으니까요. 그들의 목에서는 대체로 유능함이라는 악취가 풍기니까요. 하지만 난 당신이 진지하게 생각하는 것이 뭔지 좀 알고 싶어요. 당신은 다른 남자들이 진지하게 생각하는 건 그 어느 것도 진지하게 생각하지 않아요. 다른 모든 사람들보다 당신이 더 진지하게 생각하는 게 몇 가지 있지만요. 당신은 제대로 된 직업을 가진 적이 없어요. 약품 파는 일도 했고, 사진사 일도 했다가 도서관에서도 일했지요. 거기서 당신을 보고 있으면 안타깝단 생각이 들었어요. 당신은 책 한 권 제대로 읽을 수가 없었으니까요. 그 후 벽지 공장에서 일했고 운송 일을 했지요. 전화 교환수 일은 전쟁에 나가 배웠고요.」

「아, 전쟁 얘기는 하지 마. 지루해.」 그가 말했다.

「좋아요. 당신은 평생을, 내가 당신과 함께 지내는 우리 평생을 소시지 가게나 굴라슈 가게, 지저분한 술집, 싸구려 호텔, 큰 장이 서는 광장에서 보냈지요. 우리가 8년째 살고 있는 이 지저분하고 초라한 집에서 말이에요.」

「그리고 성당에서.」 그가 말했다.

「성당에서, 맞아요.」 내가 말했다.

「묘지도 잊어버리지 마.」

「안 잊어버려요. 하지만 우리가 여행할 때도 당신은 문화생활 같은 데 흥미를 보인 적이 없었어요.」

「문화생활이라. 그게 뭔지 당신이 내게 설명을 해주면 좋겠군. 아니, 난 그런 데 관심 없어. 내게 흥미로운 건 하느님, 묘지, 당신, 소시지 가게, 큰 장이 서는 광장, 싸구려 호텔이야.」

「화주를 잊으면 안 되죠.」 내가 말했다.

「그럼, 화주를 잊을 리가 있나. 거기다 영화관도 넣어야지. 말하자면 덤으로 넣는 거야. 그리고 오락기도.」

「그리고 애들도요.」 내가 말했다.

「그렇지, 애들이 있지. 나는 애들을 너무 사랑해. 당신이 생각하는 것 이상으로. 정말이야. 애들을 너무 사랑해. 하지만 난 이제 마흔네 살이 다 돼가. 내가 얼마나 피곤한지 당신은 모를 거야. 한번 잘 생각해 봐.」 그는 그렇게 말하고 갑자기 나를 쳐다보더니 내게 물었다.

「춥지 않아? 이제 그만 갈까?」

「아니, 싫어요. 얘기해요, 계속 얘기해 줘요.」 나는 말했다.

「아, 그만해. 그만하자고. 죄다 말할 필요가 뭐 있어. 우리가 지금 싸우려는 건 아니잖아. 당신은 내가 어떤 사람인지 알고 있고, 또 알아야 해. 당신은 내가 실망스러운 사람인 걸 알고 있어. 그리고 이 나이에 달라지는 사람이 누가 있겠어. 이제까지 달라진 사람이라곤 아무도 없어. 내게 좋은 점이라곤 당신을 사랑한다는 사실밖에 없어.」

「그래요. 당신한텐 특별한 점이라곤 아무것도 없어요.」

「이제 가볼까?」 그가 물었다.

「아니에요. 여기 좀 더 있다 가요. 혹시 추워서 그래요?」

「아니, 그렇진 않은데 당신이랑 호텔에 가고 싶어.」

「곧 가야죠. 그 전에 일단 내게 몇 가지를 말해 줘야 해요. 혹시 말하고 싶지 않아요?」

「물어봐.」 그가 말했다.

나는 프레드의 가슴에 얼굴을 파묻고 잠시 침묵을 지켰다. 우리 두 사람은 오케스트리온의 음향이며 회전목마를 타는 사람들의 고함 소리, 돈 받는 사람들의 퉁명하고 걸걸한 목소리에 귀 기울였다.

「프레드, 대체 식사는 제대로 하는 거예요? 입 좀 벌려 봐요.」 나는 고개를 돌렸고, 그는 입을 벌렸다. 그의 잇몸은 빨갛게 부어 있었고, 치아를 만져 보니 흔들리는 게 느껴졌다. 「풍치예요. 1년 안에는 의치를 해야 할 거예요.」 내가 말했다.

「정말 그렇게 생각해?」 그는 불안한 듯 물었고, 내 머리를 쓰다듬으며 덧붙였다. 「애들 얘기를 안 했군.」 우리는 다시 말문을 닫고 바깥에서 들려오는 소음에 귀 기울였다. 나는 입을 열었다. 「애들은 내버려 둬요. 방금 걱정하긴 했지만 난 애들 때문에 걱정되지는 않아요. 애들은 젊은 사람들이랑 돌아다니게 그냥 내버려 둬요. 아무 일도 없을 거예요, 프레드.」 나는 보다 나지막하게 말하며, 프레드의 가슴에 파묻은 얼굴을 반듯하게 세웠다. 「도대체 잠은 어디서 자요?」

「에셔 가에 있는 블록 씨 집에서.」

「블록 씨, 모르는 사람인데요.」

「당신이 모르는 사람이야. 아버지 집 아래층에 살던 사람인데, 왜, 종이 가게 하나 있었잖아?」

「아, 그 사람. 고수머리 금발이 웃겼죠. 담배를 안 피웠고.

그 사람 집에서 잔다고요?」

「한 달쯤 됐어. 어떤 술집에서 만났는데 술 취한 나를 집으로 데려갔지. 그때부터 그 사람 집에서 살고 있어.」

「집이 넓어요?」

그는 내 질문에 대답하지 않았다. 우리 옆의 가설 소극장 문이 열렸고, 누군가가 트라이앵글을 몇 번 세게 쳤으며, 메가폰을 통해 목쉰 소리가 들려왔다. 「여러분, 주목, 주목하십시오, 남성 분들이 보실 게 있습니다.」

「프레드, 내 말 못 들었어요?」

「들었어. 블록 씨가 일하는 집은 진짜 넓어. 방이 열세 개나 되거든.」

「열세 개요?」

「그래.」 프레드는 말을 이었다. 「블록 영감이 벌써 석 달이나 비어 있는 그 집 경비원이야. 그 집 주인은 스트리퍼라는 이름의 영국인인데, 장군인지 갱인지 아니면 둘 다인지 모를 사람이지. 어쩌면 아닐 수도 있지만. 그 영국인이 석 달 전에 여행을 떠났는지는 잘 모르겠지만, 아무튼 블록 영감이 그 집을 봐주고 있어. 겨울에도 아름답게 보존되도록 잔디를 손질해야 하거든. 영감은 날마다 롤러나 잔디 깎는 기계를 들고 넓은 정원을 돌아다녀. 그리고 사흘에 한 번씩 인조 비료를 담은 짐 꾸러미가 오고. 참 멋진 일이야. 욕실도 여러 개 있는데, 한 네 개쯤 될걸. 나도 가끔 거기서 목욕할 수 있어. 책이 가득 들어 있는 서재도 있어. 내가 문화에 대해서는 문외한이지만 책에 대해서는 좀 알지. 좋은 책들이야. 멋진

책들이 어마어마하게 많아. 뭐라고 불러야 할지 잘 모르겠는데, 미용실 같은 것도 있어. 흡연실, 식당, 개가 사는 방도 있고, 위층엔 침실이 두 개 있는데 하나는 갱인가 뭔가 하는 그 사람 거고 하나는 부인 거야. 손님방도 세 개나 돼. 물론 부엌도 있지, 하나, 둘, 또……」

「그만해요, 프레드. 제발 그만해요.」 나는 말했다.

「아, 아니야.」 그가 말했다. 「그만두지 않을 거야. 여보, 그런 이야기를 하지 않은 건 당신을 괴롭히고 싶지 않아서야. 말하지 않으려고 했지. 하지만 이젠 끝까지 내 얘기를 듣는 게 좋을 거야. 집 얘기를 해야겠어. 난 집에 대한 꿈을 꿔. 그걸 잊어버리려고 술을 마시지만, 술에 잔뜩 취해서도 절대 잊어버려지질 않아. 여덟 개, 아홉 개, 얼마나 많은 방을 세어 보았는지 몰라. 열세 개였어. 개가 사는 방을 당신이 봐야 하는데. 그 방은 우리 방보다도 좀 더 커. 아주 많이는 아니고. 내 말이 틀리지 않을 거야. 2제곱미터 정도 더 클까, 그 이상은 절대 아니야. 공정해야지. 공정보다 나은 게 뭐 있겠어. 우리 보잘것없는 깃발에 공정이라는 단어를 적어 넣는 게 어떻겠어, 여보?」

「아, 프레드. 나를 괴롭히려는 거군요.」 내가 말했다.

「괴롭히다니, 아, 내 말을 못 알아듣는군. 꿈에서도 당신을 괴롭히고 싶지 않아. 하지만 집에 대해선 얘기를 해야겠어, 정말이야. 개집은 탑이야. 문화적 수준이 높은 그 집에서 그밖에 그만 한 건 조리대 정도지. 욕실 네 개 말고도 샤워실이 서너 개 있어. 일일이 세어 보지는 않았지만. 나는 공정해지고 싶고, 공정이라는 것에 취해 보려는 거야. 욕실은 방으로 안 칠 거야. 그건 공평하지 못할 테니까. 우리는 보잘것없는 우리 깃발에 공정 말고 공평도 적어 둬야 해. 이 모든 게 최악은 아니야. 여보, 근데 그 집이 비어 있어. 아, 커다란 호화 저택 뒤에 깔린 널따란 잔디밭이 얼마나 멋있는지 몰라. 애들이 거기서 놀 수 있으면 좋으련만. 아니면 개라도. 여보, 우리 개들에게 넓은 잔디밭을 만들어 주자고. 하지만 그 집은 텅 비어 있고, 잔디를 이용하는 사람이 아무도 없어. 치사하게 말해 봐도 될까. 침실도 비어 있고, 손님방도 비어 있고, 아래층에 있는 방이 전부 비어 있어. 지붕 밑에도 방이 세 개나 있는데, 하나는 가정부, 하나는 요리사, 하나는 하녀 방이지. 착한 안주인이 하녀 방도 있어야 한다고 하도 불평을 해서 하녀는 지금 손님방에서 자고 있을 거야. 여보, 우리가 공평과 공정의 깃발을 게양할 집을 짓게 되면 그런 점을 생각해 보기로 하자고……」

「프레드, 더 이상 못 듣겠어요.」 내가 말했다.

「아직은 들을 수 있어. 당신은 애를 다섯이나 낳았어. 아직은 더 들을 수 있어. 지금 끝까지 얘기해야겠어. 그만둘 수 없다고. 오늘 밤 우리는 모처럼 함께 있지만 당신이 가고 싶으면 가도 좋아. 내 말을 듣기 싫으면 가도 좋아. 나는 한 달 전부터 그 집에 살고 있는데, 한번은 그런 사실에 대해 당신과 얘길 해야지. 내가 어떻게든 그런 얘길 나누지 않으려고 했던 그 당신이랑 말이야. 여보, 당신을 생각해서 이런 얘긴 안 하려고 했는데, 당신이 물었으니 내 대답을 끝까지 들어야지. 그 착한 부인은 하녀 방이 없다고 정말로 자살 시도 비슷한 걸 했었다. 당신은 그 부인이 얼마나 다정다감한 여자인지, 걱정을 하느라 마음이 얼마나 부담스러웠을지 짐작할 수 있을 거야. 그런데 지금 그들은 여행을 떠나고 없어. 여행을 떠난 지 석 달이 됐어. 그들은 보통 1년 중 아홉 달은 여행을 다니지. 갱인가 뭔가 하는 그곳에 사는 그 늙은 사람은 말하자면 단테[54] 연구가인데, 현존하는 몇 안 되는 단테 전문가 중 하나야. 교양 있는 천주교인인 당신이 잘 알고 있을 그 주교처럼 말이야. 1년 중 아홉 달은 그 집이 비어 있어. 그동안 블록 영감이 잔디를 돌보고 다듬어. 그렇게 잘 가꾼 잔디보다 더 멋진 건 아마 없을 거야. 개 방은 왁스로 닦으면 안 돼. 애들은 집에 들어오면 안 되고.」

「주목, 주목해 주십시오!」 옆에서 허스키한 고함 소리가 들려왔다. 「남성 분들을 위한 구경거리가 있습니다. 태양 아래 가장 아름다운 여인, 마누엘라입니다.」

「프레드, 왜 아이들이 집에 들어가면 안 돼요?」 나는 조용히 물었다.

「부인이 싫어하니까. 부인은 애들 냄새를 싫어해. 애들이 왔다 가면 금방 냄새를 맡아. 아홉 달이 지나도. 블록 씨가 오기 전에 일하던 사람은 상이군인이었는데, 한번은 자기의 두 손자를 거기서 놀게 했대. 당연히 잔디밭이 아니라 지하

---

54 Dante Alighieri(1265~1321). 이탈리아의 위대한 시인으로 후에 『신곡 La divina commedia』으로 제목이 바뀐 기념비적인 서사시 『희극Commedia』으로 널리 알려졌다.

실에서였지. 그런데 그 집 부인이 돌아와서 그 사실을 알아내고 그를 내쫓아 버렸다는 거야. 그 때문에 블록 씨도 조심하게 됐지. 우리 애들이 나를 찾아와도 괜찮은지 한번 물어봤더니 얼굴이 하얗게 질리더군. 나는 잔디 손질을 도와주고, 난방이 잘 유지되도록 하니까 그 집에서 살아도 되지만. 난 현관 아래쪽에 있는 조그만 방에 사는데, 원래는 옷을 걸어 두는 방이야. 아침에 일어나 눈을 뜨면 어떤 늙은 네덜란드인이 보여. 은은하고 바랜 어떤 술집 그림이야. 사실 진작부터 한 장 훔치고 싶었어. 서재에는 더 많은 그림이 걸려 있으니까. 하지만 그들이 곧 내 소행이란 걸 알아낼 테고, 그건 블록 씨한테도 떳떳하지 않은 일이겠지.」

「마누엘라가 사랑의 노래를 부릅니다!」 옆에서 소리가 들려왔다.

「블록 씨가 그러는데, 부인은 게다가 동성애자라는군.」

「아, 프레드, 이제 그런 말 그만하고 호텔로 가면 안 돼요?」

「1분만, 딱 1분만 더 들으면 끝이야. 그럼 내가 어디서 어떻게 사는지 알게 돼. 가끔 저녁에 주교가 오기도 해. 그는 집에 들어올 수 있는 유일한 사람이야. 모든 단체 관련 서적을 마음대로 볼 수 있지. 블록 씨는 주교님을 다정하고 따뜻하게 대하고, 커튼을 쳐주라는 부탁을 받았어. 나는 잔잔하게 기쁜 표정을 짓는 주교를 몇 번 본 적이 있는데, 손에는 책을 들고 있고 옆에는 찻주전자며 메모지, 연필이 있더군. 그럴 때 그의 운전기사는 지하실로 내려와서 우리 곁에 앉아 파이프 담배를 피워. 차가 그대로 있는지 보려고 자꾸 바깥을 들락거리면서 말이야. 주교가 돌아가려고 벨을 누르면 운전기사는 벌떡 일어나 달려가고, 블록 씨는 나가서 〈착한 친구〉라고 불리며 팁을 받아. 이게 다야. 이제 가고 싶으면 가도 좋아. 갈 거야?」 그가 말했다.

나는 눈물로 목이 메어 말을 할 수 없었기 때문에 고개를 가로저었다. 너무 피곤했다. 밖에는 아직 햇빛이 비치고 있었고, 프레드가 한 말은 모두 거짓말인 것 같았다. 그의 목소리에서 증오심이 느껴졌기 때문이다. 옆쪽에서 메가폰 소리가 들려왔다. 「여러분, 아직 마누엘라를 보고 그녀의 노래를 들을 시간이 있습니다. 여러분의 가슴을 녹일 예쁜 여인입니다!」

다른 쪽에서 누군가가 회전목마에 오르는 소리가 들렸다. 프레드가 나를 쳐다보았다. 천막 가운데 달린 문이 열렸다가 닫히며 불이 켜졌다. 회전목마의 나무 상자 안에서 오케스트리온이 갑자기 울리기 시작했다. 보이지 않는 누군가가 천막을 말아 올려 주위가 밝아졌다. 천막 한가운데 달린 창이 열렸고, 얼굴이 무척 길고 창백한 남자가 우리를 쳐다보며 말했다. 「한번 타보시겠어요? 물론 처음엔 공짜입니다.」 그는 머리에 쓰고 있던 모자를 벗었고 금발 머리카락이 그의 이마에서 흘러내렸다. 그는 머리를 긁더니 다시 모자를 쓰고 나를 조용히 바라보았다. 얼굴에 미소를 짓고 있었지만 우울해 보였다. 남자가 프레드를 쳐다보며 말했다. 「아니, 당신 부인은 안 되겠어요.」 「그게 무슨 말이죠?」 프레드가 물었다.

「네, 안 되겠어요.」 남자는 내게 미소를 지어 보이려고 했지만 뜻대로 되지 않는지 어깨를 으쓱해 보였다. 프레드는 나를 쳐다보았다. 남자는 창문을 닫고, 오케스트리온을 빙 돌아 우리 가까이에 오더니 멈추어 섰다. 덩치가 컸고 상의 소매는 너무 짧았다. 근육질의 깡마른 두 팔은 무척 하얬다. 남자가 나를 아주 찬찬히 들여다보며 말했다. 「정말이에요. 당신 부인은 안 돼요. 그래도 좀 더 쉬고 싶다면 기다려 드릴 수 있어요.」

「아, 아니에요, 우린 가야 해요.」 내가 말했다.

그러는 동안 천막이 걷혔고, 아이들 몇 명이 말과 백조 위로 기어 올라갔다. 우리는 자리에서 일어나 아래로 내려갔다. 남자는 모자를 벗고 다시 한 번 손짓을 하더니 〈안녕히 돌아가세요, 안녕히!〉라고 소리쳤다.

「고맙습니다!」 나는 그의 인사에 맞받아 소리쳤다. 프레드는 아무 말이 없었다. 우리는 이제 주위를 둘러보지 않고 천천히 룸멜 광장을 거닐었다. 프레드는 내 팔을 좀 더 꼭 잡고는 나를 몸젠 가로 데려갔다. 우리는 천천히 폐허 지역을 통과하고 성당을 지나 호텔 쪽으로 갔다. 역 주위의 거리는 아직 조용했다. 아직 남아 있는 햇빛이 폐허 지역의 잡초 위를 떠도는 먼지를 선명하게 비추고 있었다.

불현듯 내 안에서 회전목마의 리듬이 솟아나 속이 뒤집힐 것 같았다.

「프레드, 좀 눕든지 앉든지 해야겠어요.」 나는 속삭이듯 말했다.

그는 깜짝 놀라는 표정을 짓더니 나를 안고 쓰레기 더미

쪽으로 갔다. 다 타버린 높다란 담벼락이 우리를 에워싸고 있었고, 벽 어딘가에 〈뢴트겐 실은 왼쪽에 있음〉이라고 쓰여 있었다. 프레드가 열린 문 안으로 나를 데려가서 부서진 담 위에 앉혔다. 나는 그가 외투를 벗는 모습을 무심히 지켜보았다. 프레드는 내 몸을 뉘여 포개 접은 외투를 베고 눕게 했다. 내 밑의 바닥은 매끄럽고 서늘했다. 나는 담벼락의 가장자리를 더듬었고, 그것이 석판이라는 것을 확인하며 속삭이듯 말했다.

「회전목마를 타지 말았어야 했어요. 그래도 타길 잘했어요. 난 회전목마를 정말 좋아하거든요.」

「마실 걸 좀 갖다 줄까? 커피나 뭐 그런 거 말이야. 여기서 역까지는 멀지 않아.」

「아니, 그냥 내 옆에 있어 줘요. 곧 호텔로 갈 수 있을 거예요. 그냥 내 옆에 있어 줘요, 프레드.」

「그럴게.」 그는 그렇게 말하고, 손을 내 이마에 얹었다.

나는 조각상이 부서지며 붉은 점토 자국을 남긴 초록빛 벽을 바라보았다. 이제 내 몸은 천천히 원을 그리며 돌기 시작했다. 어떤 글귀를 보았지만 무슨 글인지 읽을 수가 없었다. 내 몸이 원을 그리며 점점 더 빨리 돌아가는 가운데 두 발은 딱 고정되어 있었다. 그 모습이 서커스단의 힘센 검투사가 가냘픈 미녀의 두 발을 잡고 빙글빙글 돌리는 장면과 닮아 있었다.

처음에는 조각상이 붉은 점토 자국을 남긴 초록빛 벽과 그 반대편에서 비추는 창밖의 흰빛을 알아보았다. 초록빛과

흰빛이 눈앞에서 교대로 지나갔지만 그러한 구분은 금세 사라졌고, 색들이 서로 겹쳐 보였다가 초록과 하양이 섞인 아주 연한 빛깔이 내 앞에서 빙빙 돌았고, 나는 그 앞에서 빙빙 돌았다. 색들이 미칠 듯한 속도로 겹쳐 지나갔다. 나는 무색에 가까운 어슴푸레한 빛 속에서 내 몸이 땅바닥과 평행하여 돌 때까지 아무 생각도 못하다가 도는 속도가 늦춰졌을 때에야 비로소 그 자리에 누워 있다는 것을 깨달았다. 머리만은 아직 도는 것 같았고, 때로는 머리가 몸에 붙어 있지 않고 그 옆에 놓여 있는 것 같았고, 그다음에는 내 발 옆에 놓여 있는 것 같았다. 정작 있어야 할 목 위에는 잠시만 붙어 있는 것 같았다.

머리가 몸 주위를 도는 것 같았지만, 그렇지 않은 것 같기도 했다. 두 손으로 턱을 만져 보니 뼈가 튀어나온 것이 느껴졌다. 머리가 발에 달려 있는 것 같은 순간에도 턱이 있는 것은 느낄 수 있었다. 어쩌면 눈만 돌고 있는 것일지도 몰랐지만 그런 사실까지는 알지 못했다. 사실은 쓰디쓴 신물이 올라오는 구역질이었을 것이다. 청우계처럼 목 위까지 차오른 신물은 번번이 다시 내려갔다가 천천히 올라오기를 반복했다. 눈을 감아도 아무 소용이 없었다. 눈을 감으면 머리만 도는 것이 아니고 가슴과 다리까지도 미칠 듯한 회전에 동참하는 것 같았다. 모든 것이 격렬하게 발레처럼 원을 그리며 돌았고 구역질은 더욱 심해졌다.

그러나 눈을 뜨면 벽 부분이 제자리에 있는 것을 알 수 있었다. 위쪽으로 가장자리가 초콜릿색인 초록빛 벽이 보였다.

짙은 갈색 바탕에 연한 녹색으로 쓰인 글자는 알아볼 수 없었다. 글자들은 가끔 안과 의사의 검안표 위쪽에 쓰인 아주 작은 글자처럼 조그맣게 줄어들었다가 다시 커지곤 했다. 보기 흉한 짙은 갈색 소시지처럼 순식간에 옆으로 늘어나기라도 하면 의미도 형체도 더 이상 알아볼 수 없었다. 글자들은 펑 터지면서 벽 위에서 흐릿한 갈색 자국이 되어 도무지 읽을 수 없게 되었다가, 다음 순간 파리똥처럼 아주 조그맣게 줄어들었는데, 아주 없어지지는 않았다.

빙빙 도는 느낌이 드는 것은 구역질 때문이었고, 그 구역질이 이 회전목마가 돌아가는 중심점이었다. 나는 단 1센티미터도 움직이지 않고 전과 똑같은 장소에 반듯이 누워 있는 것을 깨닫고는 깜짝 놀랐다. 잠시 구역질이 누그러지자 그렇다는 것을 알 수 있었다. 모든 것이 조용했고, 모든 것이 원래 자리로 돌아갔다. 내 가슴이며 구두의 더러운 갈색 가죽이 보였다. 벽의 글씨도 보였는데, 이제는 제대로 읽을 수 있었다. 〈신의 도움을 받아야 당신 의사도 당신을 돕는다.〉

눈을 감자 〈신〉이라는 단어가 맴돌았다. 처음에는 신이라는 짙은 갈색 글자가 감은 눈꺼풀 뒤에 남아 있는 것 같다가, 곧 글자는 더 이상 보이지 않고 단어로 남았다. 글자는 내 마음속으로 가라앉으며 점점 더 깊이 내려가는 것 같다가 머물러 있을 바닥을 찾지 못하고 갑자기 다시 위로 떠올랐다. 글자가 아니라 〈신〉이라는 단어로써.

신은 이런 구역질 속에서 내게 남아 있는 유일한 것인 듯했다. 내 심장에 넘쳐흐르고 내 혈관을 가득 채우는 이 구역질이란 것이 피처럼 내 몸속을 돌아다녔다. 나는 식은땀을 흘리며 극도의 불안감을 느꼈다. 순간 프레드와 아이들이 떠올랐고, 어머니 얼굴이 보였고, 거울 속에서처럼 아이들 얼굴이 보였다. 하지만 그들은 모두 구역질의 홍수 속에 떠밀려 가버렸다. 그들 모두는 아무래도 상관없고 신이라는 그 단어 말고는 내게 남아 있는 것이라곤 아무것도 없다는 생각이 들었다.

나는 울었다. 이런 단어 하나 말고는 아무것도 보이지도 생각나지도 않았다. 뜨거운 눈물이 두 눈에서 얼굴 위로 마구 흘러내렸다. 눈물이 흐르는 것으로, 눈물이 흐를 때 턱이나 목에 닿는 느낌이 없다는 것으로, 나는 내가 지금 옆으로 누워 있고, 또 한 번 미칠 듯한 속도로, 조금 전보다 더 빨리 돌고 있다는 걸 알 수 있었다. 그러다 갑자기 멈추었다. 나는 부서진 담벼락 가장자리로 몸을 숙이고 먼지투성이 푸른 잡초에 토해 버렸다.

프레드는 종종 그랬던 것처럼 내 이마를 받치며 〈좀 괜찮아?〉 하고 나지막이 물었다.

「그래요, 좀 나아졌어요.」 나는 말했고, 그는 손수건으로 조심스레 내 입을 닦아 주었다. 「그냥 너무 피곤해서 그런 것뿐이에요.」

「자고 나면 괜찮아질 거야. 몇 걸음만 더 가면 호텔이야.」 프레드가 말했다.

「네, 잘게요.」 내가 말했다.

11

그녀의 누런 얼굴색은 더욱 누래져서 피부가 거의 갈색으로 변했고, 흰 눈자위도 심하게 변색되었다. 탄산수를 따라 건네자 그녀는 잔을 다 비우고 내 손을 잡아 자기 이마 위에 얹었다. 「의사 부를까?」 나는 물었다. 「아니에요, 이제 좋아졌어요. 아기 때문이었어요. 우리가 저주한 것과 자기에게 닥칠 가난에 저항한 거예요.」 그녀가 말했다.

「그 애는 말이야.」 나는 조용히 말했다. 「앞으로 드로기스트의 고객이 되는 것과 주교 관할의 착실한 신자가 되는 것에 저항한 거야. 하지만 나는 그 애를 사랑할 생각이야.」

「어쩌면.」 그녀가 말했다. 「그 앤 주교 관할의 신자가 아니라 주교가 될지도 몰라요. 아니면 단테 연구가가 되거나요.」

「아, 캐테, 농담하지 마.」

「농담 아니에요. 당신 아이가 뭐가 될지 누가 알아요? 어쩌면 아이는 냉혹한 심장을 가질지도 모르고, 개에게 탑을 지어 주고 애들 냄새를 싫어하게 될지도 몰라요. 애들 냄새를 맡지 못하는 그 여자는 어쩌면 자기 개보다 더 작은 방에 사는 열다섯 명 중 하나일지 몰라요. 어쩌면 그 여자는……」
캐테는 거기서 말을 멈췄다. 밖에서 강력한 폭발음이 들려왔
기 때문이다. 꽝 하는 폭발음이 연이어 들려왔다. 나는 창가
로 가서 창문을 열어 젖혔다. 전쟁을 방불케 하는 소음이었
다. 시끄럽게 울리는 비행기 소리, 연이어 들리는 폭발음. 하
늘은 이미 짙은 회색으로 변했고, 이제는 눈처럼 흰 낙하산
으로 뒤덮였다. 그 낙하산들에 매달려 크고 붉은 기가 펄럭
이며 아래로 천천히 내려왔다. 거기에는 〈그리스 고무가 당
신의 미래를 지킵니다!〉라는 글귀가 쓰여 있었다. 기는 성당
의 탑을 지나, 역의 지붕 위로, 거리로 천천히 내려오고 있었
다. 아이들이 떨어진 기와 낙하산을 손에 쥐고 곳곳에서 환
호성을 질렀다.

　「무슨 일이에요?」 캐테가 침대에 누운 채 물었다.

　「아, 아무것도 아니야. 쓸데없는 광고야.」 내가 말했다.

　그러나 그때 한 떼의 비행기들이 편대를 이루어 날아왔다.
비행기들은 굉음을 내며 무척이나 우아하게 다가왔고 지붕
위를 스칠 듯 날며 회색 날개를 흔들었다. 비행기의 엔진 소
리는 우리의 심장을 겨냥했고 명중시켰다. 캐테는 몸을 부르
르 떨기 시작했다. 나는 침대로 달려가 그녀의 손을 잡았다.
「아니, 대체 무슨 일이야?」

　우리는 비행기들이 도시 상공을 선회하는 소리를 들었다.
그리고 나서 비행기들은 다시 우아하게 날아가 버렸고, 윙윙
거리는 비행기 소리는 눈에 보이지 않는 지평선 너머로 멀어
져 갔다. 도시의 하늘은 아주 천천히 아래로 내려오는 크고

붉은 새들로 온통 뒤덮였다. 새들은 갈기갈기 찢긴 저녁놀처럼 하늘을 가득 채웠다. 도시의 지붕 가까이 내려오기 전에는 우리는 그 새들이 목이 부러진 황새들이라 생각했다. 황새들은 다리를 흔들거리고 날개를 푸득거리며 날아왔는데, 마치 목 잘린 사람 한 무리가 하늘에서 내려오는 듯 머리가 섬뜩하게 축 늘어져 있었다. 결국 크고 붉은 고무 새로 판명된 새들의 무리가 잿빛 저녁 하늘에 고무로 된 역겨운 구름을 만들며 조용히, 보기 흉하게 날아왔다. 거리에서는 아이들이 환호성을 질러 댔다. 나는 내 손을 꼭 잡고 있는 캐테의 몸 위로 몸을 굽혔고, 그녀에게 키스했다.

「프레드, 난 빚을 졌어요.」 그녀가 조용히 말했다.

「그게 뭐 대수겠어. 빚이라면 나도 있어.」 내가 말했다.

「많이요?」

「그래, 많이. 이젠 내게 돈을 꾸어 주는 사람이 아무도 없어. 30만이 사는 도시에서 50마르크 구하는 것보다 어려운 일이 없으니. 그 생각만 해도 진땀이 흘러.」

「하지만 당신은 애들을 가르치잖아요.」

「그래, 근데 난 담배를 많이 피우잖아.」 내가 말했다.

「다시 술도 마셔요?」

「응, 근데 자주는 마시지 않아, 여보. 내가 당신과 애들을 떠나온 이후로 제대로 취한 적은 딱 두 번밖에 없었어. 그게 많은 거야?」

「많지 않죠. 당신이 술을 마셔도 난 충분히 이해할 수 있어요. 하지만 더 이상 술을 마시지 않도록 노력하는 게 좋을 거예요. 술을 마시는 건 아무 의미도 없는 일이에요. 전쟁에 나갔을 때는 거의 한 방울도 입에 안 댔잖아요.」

「전쟁 때는 달랐지. 그땐 권태에 취해 있었거든. 당신은 어떻게 권태에 취할 수 있는지 도무지 상상이 가지 않을 거야. 권태에 취한 후 잠자리에 누우면 모든 것이 눈앞에서 빙빙 돌아. 미지근한 물을 세 통 마시면 권태에 취하는 것처럼 물에 취하게 돼. 당신은 전쟁이 얼마나 지루했는지 모를 거야. 가끔 당신과 아이들 생각을 했고, 그저 당신의 목소리를 들으려고 할 수 있는 한 자주 당신한테 전화했지. 당신 목소리를 듣는 건 가슴 아픈 일이었지만, 권태에 취해 있는 것보다는 그편이 더 나았어.」

「당신은 나한테 전쟁 얘기를 많이 안 해줬어요.」

「해줄 필요가 없어, 여보. 허구한 날 전화기에서 고위 장교 목소리만 듣는다고 생각해 봐. 그들이 전화할 때 얼마나 바보 같은지 당신은 상상도 못 할 거야. 그들의 어휘 수는 아주 빈약해. 얼추 계산해 120개에서 140개 정도나 되려나. 6년간 전쟁을 하는 동안 사용한 것 치고는 너무 적지. 나는 매일 여덟 시간씩 전화통에 매달려 있었어. 〈보고-출동-출동-보고-출동-마지막 피 한 방울-명령-전황 보고-복명-출동-최후의 피 한 방울-견뎌라-총통-굴복하지 마라〉 그런 다음 약간의 수다, 아니면 여자 이야기. 그리고 병영이란 걸 한번 상상해 봐. 난 거의 3년 동안 병영 소속 전화 교환수로 복무했어. 그 몇 년 동안의 권태를 다 토해 내고 싶다고. 술집에 가면 보이는 거라곤 군복밖에 없었어. 그래서 난 군복은 딱 질색이야. 당신도 알 거야.」

「알아요.」그녀가 말했다.

「내가 알았던 한 소위는 자기 애인한테 전화로 릴케 시를 읊어 주더군. 좀 다른 경우이긴 해도 그는 곧 죽어 버렸어. 어떤 사람들은 노래를 불러 줬고, 전화로 서로 노래를 가르쳐 주기도 했지만, 대부분은 전화에 죽음을 실어 보냈어. 죽음이 전화선 속을 허우적거리며 돌아다녔고 사람들은 작은 목소리로 다른 사람의 귓바퀴 속에 죽음의 소리를 퍼부어 댔어. 이 다른 사람이란 충분히 많은 사람들이 죽도록 신경을 써야 하는 사람이야. 고위 장교란 사람들은 사람이 떼로 죽지 않으면 대체로 전투가 제대로 이루어지지 않았다고 생각했거든. 사망자 수에 따라 전투의 크기를 평가하는 건 헛짓이 아니었어. 여보, 묘지도 그렇지만 시체란 지루함을 몰라.」

나는 침대에 들어가 그녀 옆에 누운 다음 이불을 끌어당겼다. 아래층에서는 악사들이 악기를 조율하고 있었고, 술집에서는 어떤 남자가 부르는 음울하고 아름다운 노랫소리가 들려왔다. 남자들의 노랫소리에 걸걸하고 거친 여자 목소리가 끼어들었다. 가사는 알아들을 수 없었지만, 아름다운 리듬의 대창(對唱)이었다. 역에서 기차가 미끄러져 들어오는 소리가 들렸고, 안내 방송을 하는 사람의 목소리가 더욱 짙어지는 어둠 속을 지나 우리가 있는 곳까지 들려왔다. 그 소리가 부드럽게 중얼거리는 친구의 목소리 같았다.

「춤추러 안 갈래?」

「아, 아니에요. 이렇게 가만히 누워 있는 게 좋아요. 그보다 지금 발룬 부인한테 전화를 좀 걸어 주면 좋겠는데. 별일 없는지요. 그리고 뭘 좀 먹고 싶어요, 프레드.

그런데 그보다 그 얘기부터 해줘요. 왜 나랑 결혼했는지 말이에요.」

「아침 식사 때문이지. 난 평생 함께 아침을 먹을 수 있는 사람을 찾고 있었어. 그때 당신을 선택하게 됐다고 할 수 있지. 당신은 아침 식사 파트너로는 딱 그만이었거든. 당신하고 살면서 권태로운 적은 한 번도 없었어. 당신도 나랑 살면서 권태롭지 않았기를 바랄 뿐이야.」

「그래요, 한 번도 권태롭지 않았어요.」 그녀가 말했다.

「하지만 요즘은 밤에 혼자 운다면서. 내가 다시 돌아가면 나아지지 않을까? 그렇겠지?」

캐테는 말없이 나를 쳐다보았다. 나는 그녀의 손과 목에 키스했지만, 그녀는 몸을 돌리고 말없이 벽지를 바라보았다. 술집의 노랫소리는 그쳤지만 이제 악대가 연주를 시작했고, 아래층 홀에서는 춤추는 사람들의 시끄러운 소리가 들려왔다. 나는 담뱃불을 붙였다. 캐테는 여전히 벽을 바라보며 아무 말도 하지 않았다.

「이해해 줘야 해. 당신이 정말 임신했다면 난 당신을 혼자 내버려 둘 수 없어. 하지만 당신이 바라는 만큼 부드러워질 수 있을지 모르겠어. 물론 난 당신을 사랑해. 그 점은 의심하지 않았으면 해.」

「의심 안 해요. 정말이에요.」 그녀가 몸을 돌리지 않고 말했다.

나는 캐테를 껴안고 그녀가 내 쪽을 바라보도록 어깨를 돌리려 했지만, 퍼뜩 그래서는 안 된다는 생각이 스쳤다.

　「좀 전 같은 일이 다시 일어나면」 나는 말했다. 「당신 혼자 있을 수 없을 거야.」

　「내가 임신했다는 걸 알면 주위 사람들이 무슨 악담을 퍼부을지, 입에 담고 싶지도 않아요. 임신한다는 게 얼마나 끔찍한 일인지 당신은 모를 거예요. 내가 아기를 가졌을 때, 알다시피……」

　「알고 있어. 끔찍했지. 여름이었는데, 돈도 한 푼 없었고, 탄산수 한 병 살 돈도 없었어.」 내가 말했다.

　「그리고 난 아무래도 상관없다는 식이었죠. 칠칠치 못한 여자가 되는 게 재밌었어요. 사람들한테 침을 뱉고 싶은 생각이 굴뚝같았죠.」

　「진짜 뱉기도 했잖아.」

　「맞아요. 프랑케 부인이 임신 몇 개월이냐고 물었을 때 그 여자 발 앞에 침을 뱉었지요. 누가 몇 달이 되었는지 물으면 특히 자극을 받았거든요.」

　「그래서 우리는 집도 못 얻었지.」

　「아니에요, 우리가 집을 못 얻은 건 당신이 술을 퍼마셔서예요.」

　「정말 그렇게 생각해?」

　「정말 그래요, 프레드. 임신한 여자는 너그럽게 봐주거든요. 아, 난 심술궂고 불결했지만 그런 게 재밌었어요.」

　「당신이 다시 내 쪽으로 몸을 돌리면 좋겠어. 얼굴도 자주 못 보는데.」

「아, 그냥 내버려 둬요. 이렇게 누워 있는 게 좋아요. 그리고 난 무슨 대답을 해야 할지 계속 열심히 생각해야 하거든요.」

「그거야 천천히 생각하면 되지. 먹을 걸 조금 가져오고 전화를 걸게. 당신도 뭐 좀 마실래?」

「그래요, 맥주 좀 갖다 줘요, 프레드. 당신 담배도 줘요.」

그녀는 어깨 너머로 손을 내밀었고, 나는 그녀에게 내 담배를 건네고는 자리에서 일어났다. 그녀는 계속 벽 쪽을 바라보며 누워 있다가, 내가 문 밖으로 나서자 담배를 입에 물었다.

복도는 소음으로 가득 차 있었고, 아래층의 홀에서는 사람들이 춤을 추느라 삐걱거리는 소리가 들려왔다. 나는 나도 모르게 춤의 리듬에 맞춰 계단을 내려가고 있었다. 갓 없는 작은 등 하나만이 밝혀져 있었다. 바깥은 어두웠다. 술집에는 탁자 뒤에 몇 사람이 앉아 있을 뿐이었고, 카운터에는 다른 여자가 앉아 있었다. 주인 여자보다 나이가 더 들어 보이는 그 여자는 내가 가까이 다가가자 안경을 벗고, 맥주가 흘러 고인 곳에 신문을 내려놓았다. 신문지는 맥주를 빨아들여 검게 변했다. 여자가 내게 눈짓을 했다.

「먹을 것 좀 주시겠어요?」 나는 물었다. 「11호실인데요.」

「방으로요?」 여자가 되물었다.

나는 고개를 끄덕였다.

「그렇게는 안 해요. 우리는 방으로 음식을 갖다 주지 않아요. 방에서 식사하는 건 게으른 습관이에요.」

「아, 그런 줄 몰랐어요. 근데 아내가 아파서요.」

「아프다고요? 그런 줄 몰랐네. 설마 고약한 병이나 전염병 같은 건 아니겠죠?」

「네, 아니에요. 속이 좀 불편해서요. 제 아내가요.」

여자는 맥주가 고인 곳에 놓았던 신문을 집어 들고 물기를 털어 낸 다음 가만히 스팀 위에 올려놓았다. 그리고 어깨를 으쓱해 보이며 내 쪽으로 고개를 돌렸다.

「좋아요, 뭘 드시겠어요? 따뜻한 음식은 한 시간 정도 있어야 나와요.」 여자는 자기 뒤에 있는 음식 운반용 승강기에서 접시를 꺼내 찬 음식이 있는 유리 장으로 가져갔다. 나는 그 뒤를 따라가 커틀릿 두 개와 프리카델레[55] 두 개를 꺼낸 다음 빵이 있는지 물었다.

「빵요? 왜 빵을 드시려고요? 그러지 말고 샐러드, 감자 샐러드를 드세요.」

「우리는 빵을 더 좋아해서요. 아내한테는 아마 그게 더 나을 겁니다.」 나는 말했다.

「몸이 불편한 여자를 호텔에 데려오면 안 돼요.」 여자는 그렇게 말했지만, 승강기로 가서 통로에 대고 〈빵, 빵 몇 조각만 줘요!〉라고 소리쳤다. 승강기에서 〈빵!〉 하는 둔탁하고 험악한 소리가 울렸다. 여자가 고개를 돌리고 말했다. 「잠깐이면 올 거예요.」

「전화를 좀 하고 싶은데요.」 내가 말했다.

---

55 Frikadelle. 독일식 비프스테이크.

「의사한테요?」

「아니요.」 나는 말했다. 여자는 카운터 위로 전화기를 밀어 주었다. 나는 다이얼을 돌리기 전에 〈맥주 두 잔이랑 화주 한 잔 주세요〉라고 말했다. 여자는 카운터 위로 화주를 밀어 주고는 빈 맥주잔을 들고 맥주를 채우러 갔다.

「여보세요.」 수화기에서 발룬 부인의 목소리가 들렸다. 「여보세요, 누구신가요?」

「보그너입니다.」 내가 말했다.

「아, 당신이군요.」

「저, 죄송하지만, 한번……」 나는 더듬거리며 말했다.

「별일 없어요. 방금 위층에 갔다 왔거든요. 아이들은 아주 즐거워해요. 젊은이들이랑 헌당 기념일 축제[56]에 갔다 왔는데 풍선까지 들고 왔더라고요. 돌아온 지 얼마 안 됐어요. 붉은 황새 모양인데 멋있어요. 진짜 고무고 크기도 진짜 황새만 하더라고요.」

「프랑케 씨 부부는 벌써 돌아왔나요?」

「아니에요, 한참 있어야, 어쩌면 내일 아침이나 돼야 돌아올 거예요.」

「그럼, 정말 아무 일 없는 거지요?」

「정말이에요. 마음 푹 놓고 계세요. 부인한테도 안부 인사 전해 줘요. 새 립스틱 좋지 않아요?」

「아주 좋습니다. 그럼, 정말 감사합니다.」

56 Kirmes. 성당(교회) 헌당 기념일 축제. 〈키르히바이Kirchweih〉라고도 한다.

「천만에요. 그럼 안녕히 계세요.」

나는 〈안녕히 계세요〉라고 말하고 수화기를 내려놓았고, 화주를 다 마신 다음 두 번째 잔에 맥주가 천천히 채워지는 것을 지켜보았다. 승강기가 덜컹거리는 소리를 내며 돌아갔고, 네 조각의 흰 빵이 담긴 접시가 나왔다.

나는 우선 잔 두 개를 가지고 위층으로 올라가서 캐테의 침대 옆 의자에 올려놓았다. 캐테는 여전히 그곳에 누워 벽지를 바라보고 있었다.

「집에는 아무 일 없어. 애들은 고무 황새 풍선을 갖고 놀고 있대.」

하지만 캐테는 고개만 끄덕일 뿐 아무 말도 없었다.

음식이 담긴 접시를 위층으로 가져갔을 때 캐테는 여전히 벽을 바라보고 누워 있었지만, 맥주잔 하나가 반쯤 비어 있었다.

「목이 너무 말라요.」 캐테가 말했다.

「자, 마셔.」 나는 캐테 곁에 다가가 침대에 걸터앉았다. 캐테는 핸드백에서 깨끗한 수건을 두 장 꺼내 의자 위에 놓았다. 우리는 깨끗한 수건에 받쳐 고기와 빵을 먹었고, 맥주를 마셨다.

「좀 더 먹어야겠어요, 프레드.」 그녀는 나를 쳐다보며 미소 지었다. 「이렇게 많이 먹는 게 내가 임신 중이라는 걸 알아서인지, 아니면 정말 배가 고파서인지, 이제는 모르겠어요.」

「그냥 먹어. 뭐 또 먹고 싶은 거 있어?」 내가 물었다.

「프리카델레 하나랑 오이 피클 하나, 그리고 맥주 한 잔요.

잔 가져가세요.」 그녀는 잔을 비우고 빈 잔을 내게 주었다.
나는 다시 술집으로 내려갔다. 카운터 옆의 여자가 맥주잔을
가득 채우는 동안 나는 화주를 한 잔 더 마셨다. 여자는 좀
전보다 더 친절하게 나를 바라보며 프리카델레와 오이 피클
을 접시에 담아 젖은 카운터 위로 밀어 주었다. 바깥은 이제
완전히 캄캄해졌고, 술집은 거의 텅 비어 있었다. 댄스홀에
서는 시끄러운 소리가 났다. 계산을 하고 나니 2마르크밖에
남지 않았다.

「내일 아침 일찍 떠날 건가요?」 여자가 물었다.

「네.」 내가 말했다.

「그럼 지금 방값을 치르는 것이 좋겠는데.」

「벌써 냈어요.」

「아, 그래요.」 그녀가 말했다. 「하지만 가기 전에 잔이랑
접시를 꼭 갖다 주세요. 그런 걸 가져가는 사람이 있거든요.
갖다 주실 거죠?」

「물론이죠.」 내가 말했다.

캐테는 반듯이 누워 담배를 피우고 있었다.

「여기 참 좋은데요.」 내가 옆에 앉자 그녀가 말했다. 「다시
호텔에 오길 참 잘했어요. 호텔에 와보지 않은 지 한참 됐잖
아요. 값이 비싸던가요?」

「8마르크야!」

「그만한 돈이 있어요?」

「벌써 냈어. 이젠 2마르크밖에 안 남았어.」 그녀는 핸드백
을 집어 들고 안에 든 것을 침대 시트 위에 쏟아부었다. 우리

는 칫솔, 비눗갑, 립스틱, 메달 사이에서 내가 룸멜 광장에서 그녀에게 준 돈을 골라냈다. 아직 4마르크 정도는 남아 있었다.

「잘됐어. 그걸로 아침은 먹을 수 있겠네.」 내가 말했다.

「좋은 가게를 알고 있어요. 지하도 바로 뒤에 있어요. 여기서 가다가 왼쪽.」 나는 그녀를 쳐다보았다.

「좋은 곳이에요. 매력 있는 소녀랑 노인이 있어요. 커피 맛이 좋고요. 거기서 외상으로 먹었어요.」

「바보 아이도 있었고?」 내가 물었다.

캐테가 입에 물고 있던 담배를 떼고 나를 쳐다보았다. 「거기 자주 가세요?」

「아니, 오늘 아침에 처음 가봤어. 내일 아침에 거기 가는 게 어때?」

「그래요.」 캐테가 말했다. 그녀는 다시 창 쪽으로 돌아누우며 내게 등을 돌렸다. 접시와 맥주잔을 건네려는데 그녀가 말했다. 「그냥 놔두세요. 나중에 먹을게요.」

캐테가 등을 돌리고 누웠지만 나는 그녀 곁에 그대로 앉아 맥주를 홀짝거렸다. 역은 조용했다. 창문을 통해 역 뒤의 고층 건물 옆에 있는 커다란 코냑 병이 보였다. 가장자리가 빛을 받아 반짝이는 그 병은 늘 그곳 하늘에 걸려 있었다. 병이 불룩하게 튀어나온 곳에 술꾼의 실루엣이 어른거렸다. 고층 건물의 박공지붕 위에서 글자가 계속 나타났다 바뀌었다. 아무것도 없는 허공에서 번쩍이는 글자들이 굴러 나왔다. 〈머리를 쓰세요〉 글자가 사라졌다. 〈누워만 계시지 마세요〉 캄캄한 밤하늘에 글자들이 공중제비를 돌며 나타났다. 그런 다음 몇 초 동안은 아무런 글자도 나타나지 않았다. 나는 이상한 긴장감에 사로잡혔다. 〈숙취에는〉이란 글자가 다시 나타났고, 몇 초 동안은 아무것도 보이지 않다가 갑자기, 글자들이 일시에 번쩍거리며 나타났다. 〈돌로린을 복용하세요〉 글자들은 텅 빈 허공에서 서너 번 붉게 타올랐다. 〈돌로린을 복용하세요〉 그리고 강렬한 노란색 글자들이 나타났다. 〈여러분의 드로기스트를 믿으세요!〉

「프레드」 캐테가 갑자기 입을 열었다. 「당신이 알고 싶은 것에 대해 이야기하자면, 당신에겐 기회가 없을 것 같아요. 그 때문에 그 이야길 하고 싶지 않은 거예요. 당신은 당신이 해야 할 일이 뭔지 알아야 해요. 하지만 당신이 집에 돌아와서 애들이 아무 잘못 없는 걸 알면서도 마구 고함을 질러 대고 때리는 건 싫어요. 내가 임신했다고 해도요. 난 그게 싫어요. 오래지 않아 우린 서로에게 고함을 질러 대게 될 거예요. 난 그게 싫다는 거예요. 그리고 이젠 더 이상 당신을 만나러 올 수도 없어요.」

그녀는 나에게 등을 돌린 채 그대로 누워 있었다. 우리 둘은 고층 건물의 박공지붕에서 번쩍이는 글자를 바라보았다. 글자는 점점 더 빨리, 점점 더 급작스럽게 바뀌며 각종 색깔의 표어로 어둠 속을 장식했다. 〈여러분의 드로기스트를 믿으세요!〉

「내 말 들었어요?」

「그래, 들었어. 왜 더 이상 날 만나러 올 수 없다는 거야?」

「난 매춘부가 아니니까요. 난 매춘부들에게 아무런 반감도 없지만, 프레드, 난 매춘부가 아니에요. 난 당신을 만나러 와서 망가진 집의 현관이나 밭에서 당신과 함께 있다가 집에 가요. 끔찍해요. 전차에 오를 때마다 당신이 내 손에 5마르크나 10마르크를 쥐어 주는 걸 잊어버렸을지도 모른다는 생각이 들어 끔찍하다고요. 그런 여자들이 몸을 팔고 얼마나 받는지는 잘 모르지만요.」

「훨씬 적게 받을 거야.」 나는 맥주잔을 다 비우고, 벽으로 몸을 돌려 초록빛 벽지에 그려진 하트 모양의 무늬를 쳐다보았다. 「그러니까 헤어지자는 말 같은데!」

「네, 그게 더 나을 것 같아요.」 그녀가 말했다. 「당신에게 강요할 생각은 없어요, 프레드. 당신은 내가 어떤 사람인지 알 거예요. 하지만, 우린 헤어지는 게 더 나을 것 같아요. 아이들은 더 이상 이해를 못 해요. 어쩌면 애들은 당신이 아프다는 걸 믿을지도 몰라요. 하지만 그 말을 어떤 다른 뜻으로 생각하는 모양이에요. 그뿐이 아니에요. 집 안 사람들이 쑥덕거리는 소리 하나하나에 애들이 영향을 받아요. 프레드, 애들이 커가고 있어요. 많이들 오해하고 있어요. 당신이 딴 여자하고 산다고 생각하는 사람도 더러 있고요. 근데 그렇지는 않겠죠, 프레드?」 우리는 여전히 서로 등을 돌리고 누워 있었고, 그녀가 하는 말은 마치 제삼자에게 하는 말처럼 들렸다.

「그럼. 나한테 딴 여자가 없다는 건 당신도 알잖아.」 나는 말했다.

「확실히는 알 수 없죠. 당신이 어디 사는지 몰라서 가끔 의심한 적도 있어요.」 그녀가 말했다.

「딴 여자는 없어. 내가 당신을 속인 적이 한 번도 없다는 거, 당신도 알잖아.」

그녀는 깊이 생각하는 것 같았다. 「그래요, 날 속인 적은 한 번도 없는 것 같아요. 아무튼 그런 기억은 안 나요.」

「거봐.」 나는 내 옆 의자 위에 놓인 캐테의 맥주잔을 집어 들고 한 모금 들이켰다.

「사실 당신은 무척 편하게 사는 사람이에요. 내키는 대로 술을 퍼마시고, 묘지를 산책하고, 나를 보고 싶을 땐 내게 전화만 하면 되고요. 밤에는 단테 연구가의 집에 가서 자면 되고.」

「블록 씨 집에서 자주 자지는 않아. 보통은 어디 다른 데서 자지. 그 집은 견딜 수가 없으니까. 그 집은 정말 크고 휑하고 아름답고 정말 운치 있어. 난 그런 운치 있는 집이 싫어.」

나는 고개를 돌려 그녀의 등 너머로 고층 건물의 박공지붕에서 번쩍이는 글자를 바라보았지만, 여전히 같은 문장이 되풀이되고 있었다. 〈여러분의 드로기스트를 믿으세요!〉

온갖 색깔의 스펙트럼으로 계속 타오르는 문장은 밤새 같은 내용이었다. 우리는 오랫동안 그렇게 누워 담배를 피우며 아무 말도 하지 않았다. 한참 후에 일어나서 커튼을 쳤지만, 얇은 커튼 사이로도 글자가 보였다.

나는 캐테에게 무척 놀랐다. 지금까지 캐테는 내게 그런 얘길 한 적이 없었다. 나는 캐테의 어깨에 손을 얹었고, 아무 말도 하지 않았다. 캐테는 내게 등을 돌리고 누워서 핸드백을 열었다. 라이터 켜는 소리가 들리더니 그녀가 누운 자리에서 천장으로 연기가 피어올랐다.

「불 끌까?」 나는 캐테에게 물어보았다.

「그래요, 그게 낫겠어요.」

나는 자리에서 일어나 불을 끄고 다시 캐테 곁에 누웠다. 캐테는 등을 돌려 반듯하게 누웠다. 나는 손으로 그녀의 어깨를 더듬다 문득 얼굴을 만지고는 깜짝 놀랐다. 그녀의 얼굴이 눈물로 젖어 있었던 것이다. 나는 뭐라고 말을 할 수 없어 얼굴에서 손을 떼고 이불 속에서 그녀의 작고 단단한 손을 찾아 꽉 쥐었다. 그녀가 자기 손을 쥐도록 놔둬서 기뻤다.

「빌어먹을.」 그녀가 어둠 속에서 말했다. 「남자들은 결혼하면 뭘 해야 하는지 알아야 해요.」

「난 뭐든지 할 거야. 집을 구할 수 있다면 정말 무슨 일이든지 할 거야.」 나는 말했다.

「그런 소리 말아요.」 그렇게 말하는 그녀는 웃는 것 같았다. 「집은 문제가 아니에요. 당신은 정말 그게 문제라고 생각해요?」

나는 자리에서 몸을 일으켜 그녀의 얼굴을 보려고 했다. 잡고 있던 손을 놓고, 그녀의 창백한 얼굴과 정수리의 좁고 흰 가르마를 내려다보았다. 고층 건물의 박공지붕에서 글자가 번쩍거리기 시작하자 그녀의 얼굴이 초록색을 띠며 또렷이 드러났다. 그녀는 정말로 미소 짓고 있었다. 나는 다시 자리에 누웠고, 이제는 그녀가 내 손을 찾아 꽉 쥐었다.

「정말 집이 문제가 아니라는 거야?」

「네.」 그녀는 단호하게 말했다. 「정말 아니에요. 솔직히 말해 봐요, 프레드. 내가 당신한테 와서 집을 구했다고 말했다고 쳐요. 당신은 놀랄 것 같아요, 아니면 기뻐할 것 같아요?」

「기뻐할 거야.」 나는 즉시 대답했다.

「당신은 우리 때문에 기뻐할 거예요.」

「아니, 당신에게 돌아갈 수 있어서 기뻐할 거야. 아, 어떻게 그런 생각을……」

이제 밖은 완전히 캄캄해졌다. 우리는 다시 서로 등을 돌리고 누워 있었다. 나는 캐테가 몸을 돌렸는지 보려고 가끔 등을 돌리곤 했다. 하지만 그녀는 거의 반 시간 동안 창 쪽만 바라보며 아무 말도 하지 않았다. 고개를 돌리면 고층 건물의 박공지붕에서 글자가 번쩍이는 것이 보였다. 〈여러분의 드로기스트를 믿으세요!〉

역에서는 구내 아나운서가 줄곧 뭐라고 친절하게 웅얼거리는 소리가, 아래층 술집에서는 춤추는 사람들의 시끄러운 소리가 들려왔다. 캐테는 아무 말도 하지 않았다. 다시 이야기를 꺼내기가 쉽지 않았지만, 나는 불쑥 말문을 열었다. 「뭘 좀 먹어야 하지 않겠어?」

「그래요. 접시를 좀 줘요. 불 켜고요.」

나는 일어나서 불을 켜고 다시 그녀와 등을 맞대고 누워 그녀가 오이 피클과 프리카델레를 먹는 소리를 들었다. 내가 맥주잔을 건네자 그녀는 〈고마워요〉라고 말했다. 그녀가 맥주를 마시는 소리가 들렸다. 나는 등을 움직여 반듯하게 눕고는 그녀의 어깨에 손을 얹었다.

「나한테는 정말 참을 수 없는 일이에요, 프레드.」캐테가 조용히 말했다. 그녀가 다시 말문을 연 것이 기뻤다.「나는 당신을 잘 이해해요. 어쩌면 너무 잘 이해하는지도 몰라요. 당신 심정이 어떤지 잘 알고 있고, 가끔씩 진흙탕 속을 막 뒹구는 것이 얼마나 멋진 일인지도 알아요. 그 심정을 잘 알고 있다고요. 어쩌면 당신은 그런 걸 전혀 이해 못 하는 여자랑 사는 게 더 나을지도 몰라요. 하지만 당신은 애들을 잊고 있어요. 아이들은 확실히 있고, 살아 있어요. 사실 난 애들 때문에 이런 상황을 참을 수 없는 거예요. 우리 둘이 술을 마시기 시작했을 때 어땠는지 알잖아요. 나한테 술을 끊으라고 부탁한 사람은 바로 당신이었어요.」

「같이 집에 갔을 땐 정말 끔찍했어. 아이들이 술 냄새를 맡았지. 하지만 당신이 술을 마신 것도 내 책임이었어.」

「누가 어떤 일에 책임이 있는지는 중요하지 않아요.」그녀는 접시를 치우고 맥주를 한 모금 마셨다.「당신 책임인지 아닌지 모르겠고, 절대로 알 수 없을 거예요, 프레드. 당신 마음을 상하게 하고 싶지 않지만, 난 당신이 부러워요.」

「내가 부럽다고?」

「네, 당신이 부러워요. 당신은 임신하지 않았으니까요. 당신이 그냥 도망쳐 버려도 난 이해할 수 있어요. 당신은 몇 시간이고 묘지를 산책하고, 화주를 마실 돈이 없으면 울적한 기분에 취하겠지요. 당신은 슬픔에 취하기도 하는데, 그래서 우리랑 함께 있지 않으려는 거예요. 당신이 아이들과 나, 우리를 너무나 사랑한다는 건 알아요. 하지만 당신은 당신을 도망치지 않을 수 없게 만드는 그토록 참을 수 없는 상태가 우리를 서서히 죽이고 있다는 건 전혀 생각하지 못해요. 당신이 우리 곁에 없어서 그런 거예요. 우리를 도울 수 있는 것은 기도밖에 없다는 것도 당신은 전혀 생각 못 해요. 기도는 전혀 안 하죠?」

「거의 안 해. 할 수가 없어.」 내가 말했다.

「당신 얼굴을 보면 알 수 있어요, 프레드. 당신은 늙었어요. 가난한 늙은 홀아비처럼 정말 늙어 보여요. 가끔 자기 아내랑 잠을 잔다고 해서 그 여자랑 결혼했다는 뜻은 아니에요. 전쟁 때 당신이 그렇게 말한 적이 있어요. 군인으로 사느니 더러운 지하실에서 나랑 사는 게 더 낫겠다고요. 그런 편지를 썼을 때 당신은 청년이 아니라 이미 서른여섯이었어요. 가끔 전쟁이 당신을 이상하게 만들지 않았나 생각해요. 전에는 당신도 달랐어요.」

나는 정말 피곤했다. 그녀의 견해가 옳다는 것을 알았기 때문에, 그녀가 하는 모든 말이 나를 슬프게 했다. 나는 그녀에게 여전히 날 사랑하느냐고 물어보려 했지만, 너무 바보 같은 소리로 들릴까 봐 묻지 못했다. 전에는 그렇게 들릴까 봐 두려워한 적이 없었다. 나는 생각나는 말이면 죄다 그녀에게 이야기했다. 하지만 날 여전히 사랑하는지는 차마 물을 수가 없었다.

「그럴지도 몰라.」 나는 피곤한 목소리로 말했다. 「전쟁 때문에 상처를 받았는지도 모르지. 난 늘상 죽음에 대해 생각해. 캐테, 난 정말 미칠 것 같아. 전쟁 때 굉장히 많은 사람들이 죽었는데, 난 시신은 본 적이 없고 그것에 관한 이야기만 들었을 뿐이야. 무심한 목소리로 전화통에다 숫자를 불러 댔는데, 그게 사망자들의 수였어. 나는 그 숫자를 상상해 보려고 했어. 3백 명의 시체를 쌓으면 산이 하나 될 것 같더라고. 한번은 전선이라 불리는 곳에 석 달 동안 나가 있던 적이 있었어. 그곳에서 시체들을 봤어. 가끔 전화선을 고치러 밤중에 밖에 나가야 했는데, 그때 어둠 속에서 종종 시체에 발을 부딪히기도 했어. 너무 캄캄해서 아무것도, 정말 아무것도 보이지 않았지. 칠흑처럼 캄캄한 밤이었어. 난 전화선을 손에 잡고 찢어진 지점을 찾을 때까지 기어갔어. 전선을 보수하고 거기에 검사 장치를 연결한 다음 어둠 속에서 웅크리고 있었어. 그러다 조명탄이 솟아오르거나 총성이 울리면 몸을 납작 엎드렸지. 어둠 속에서 난 누군가와 얘기를 나눴어. 내가 있는 데서 30, 40미터 정도 떨어진 벙커에 앉아 있던 사람하고. 근데 말이야, 그와 나 사이의 거리는 하느님과 우리 사이보다도 더 멀었어.」

「하느님은 먼 곳에 계시지 않아요.」 그녀가 나지막하게 말했다.

「그땐 멀었어.」 나는 말했다. 「전화선이 복구되었는지 점검하려고 얘기를 나누는데 수백만 킬로미터나 떨어져 있는 것 같더라고. 그런 다음 전화선을 손에 쥐고 천천히 기어서 되돌아왔어. 어둠 속에서 다시 시체들을 넘어서, 때로는 시체 곁에 누워 있기도 하면서 말이야. 밤새도록 시체 곁에 누워 있던 적도 있었어. 사람들은 내가 죽었을 거라 생각하고 나를 찾아다니다 포기해 버렸지. 시체들은 밤새 눈에 보이지 않았고 더듬어 느낄 수만 있었어. 왜 그들 곁에 누워 있었는지는 나도 모르겠어. 그 시간이 지루하지도 않았어. 나를 발견한 사람들은 내가 술에 취해 있는 줄 알았다더군. 그러고 나서 살아 있는 사람들 곁으로 돌아와야 했을 때, 나는 지루해졌어. 당신은 모를 거야. 사람들 대부분이 얼마나 지루한지. 시체가 얼마나 멋진지.」

「당신, 끔찍해요, 프레드.」 그녀는 그렇게 말했지만, 내 손을 놓지는 않았다. 「담배 한 개비 줘요.」

나는 주머니를 뒤져 담배를 찾아 캐테에게 건네고는 성냥불을 켜며 그녀의 얼굴을 보기 위해 허리를 숙였다. 그녀는 더 젊어졌고, 혈색이 더 좋아 보였다. 얼굴빛은 더 이상 누렇지 않았다.

「이제 속은 좀 괜찮아?」 나는 물었다.

「네, 이제 좀 괜찮아요. 좋아요. 하지만 당신이 무서워요. 정말로요.」

「날 무서워할 필요 없어. 전쟁도 나를 망가뜨리지 못했어. 그렇게 보일지도 모르지만, 난 그냥 지루할 뿐이야. 종일 내 귀에 들리는 걸 당신도 한번 들어 봐야 해. 대부분 쓸데없는 수다에 불과하거든.」

「정말 기도해야겠어요. 그래야만 지루해지지 않을 수 있어요.」 그녀가 말했다.

「나를 위해 기도해 줘. 전에는 할 수 있었는데, 이제는 잘 못하겠어.」

「훈련을 많이 해야 해요. 마음을 굳게 먹고 자꾸 해봐야
해요. 술 마시는 건 좋지 않아요.」

「술에 취하면 가끔 기도가 잘 될 때가 있어.」

「그건 좋지 않아요, 프레드. 정신이 맑을 때 기도해야죠.
당신은 엘리베이터 앞에 서서 올라타는 것을 두려워하고 있
는 거나 마찬가지예요. 자꾸 해봐야 해요. 일단 엘리베이터
에 올라타면 엘리베이터가 당신을 위로 올려 줘요. 난 가끔
그걸 분명히 느낄 때가 있어요, 프레드. 밤에 잠을 못 이루며
울 때, 마침내 모든 게 조용해질 때, 가끔 난관을 헤치고 목적
을 이룰 거라는 느낌이 들 때가 있어요. 다른 모든 건 아무래
도 상관없어요. 집, 쓰레기 더미, 가난이라는 것까지도, 심지
어 당신이 곁에 없다는 것도 전혀 상관없어요. 그게 오랜 시
간은 아니니까요, 프레드. 아직 30, 40년이 남아 있는데 그 정
도는 견뎌야죠. 우린 함께 견디려고 노력해야 할 것 같아요.
프레드, 당신은 길을 잃어 꿈을 꾸고 있어요. 꿈꾸는 건 위험
해요. 당신이 어떤 여자 때문에 우리 곁을 떠났다고 해도 난
이해할 수 있을지 몰라요. 나한텐 지금보다 훨씬 더 끔찍한
일일지 모르지만, 이해할 수 있을 것 같아요. 가게에서 일하
는 그 소녀 때문이라면, 프레드, 이해할 수 있을 것 같아요.」

「제발 그런 얘기는 하지 마.」내가 말했다.

「하지만 당신이 나간 것은 꿈을 꾸기 위해서예요. 그건 좋
지 않아요. 가게에 있는 그 여자애를 보는 게 좋지 않아요?」

「그래, 그 애를 보는 게 좋아. 그 애를 보는 걸 정말 좋아해.

그 애를 자주 보러 갈지도 모르지만, 그 애 때문에 당신을 버리는 일은 결코 없을 거야. 신앙심이 아주 깊은 아이야.」

「신앙심이 깊다고요? 그걸 어떻게 아세요?」

「성당에서 봤으니까. 그 아이가 무릎을 꿇고 축복을 받는 걸 봤을 뿐이야. 성당에 3분 동안 있었는데, 그 여자애가 거기서 바보 아이랑 무릎을 꿇고 있었어. 그리고 신부는 두 사람에게 축복을 내렸지. 그뿐이었지만 그 애 몸동작에서 신앙심이 깊다는 것을 느낄 수 있었어. 그 애를 따라간 건 그 애가 내 마음을 감동시켰기 때문이야.」

「그 애가 어떻게 했다고요?」

「내 마음을 감동시켰어.」 내가 말했다.

「나도 당신 마음을 감동시킨 적이 있나요?」

「그런 적은 없지만 내 마음을 돌린 적은 있어. 내가 아주 심하게 아플 때였지. 그리 젊지 않을 때였고.」 나는 말했다. 「서른쯤 되었을 때였나, 아무튼 난 당신 때문에 마음을 돌렸어. 그렇게 말할 수 있을 것 같아. 난 당신을 무척 사랑해.」

「당신 마음을 감동시킨 여자들이 또 있어요?」

「그래, 제법 있지. 몇몇 여자가 내 마음을 감동시켰어. 이렇게 말하긴 그렇지만, 다른 말을 못 찾겠어. 살며시 감동시켰다고 말해야 할 것 같은데. 언젠가 베를린에서 어떤 여자를 봤는데, 그녀도 내 마음을 감동시켰어. 기차 창가에 서 있는데 갑자기 다른 쪽 플랫폼에서 기차가 들어왔어. 어느 창문 하나가 내 앞에 와서 멈춰 섰고, 창이 내려졌는데, ― 창에는 김이 잔뜩 서려 있었어 ― 그때 나타난 여자의 얼굴이 곧바로 내 마음을 감동시켰어. 그 여자는 얼굴이 까무잡잡하고 키가 컸어. 난 그녀에게 빙그레 미소를 지어 보였지. 그때 내가 탄 기차가 출발했고, 나는 허리를 숙이고 그녀가 보이지 않을 때까지 손을 흔들었어. 그 이후로는 그녀를 본 적이 없었고, 다시 보려고도 하지 않았지.」

「하지만 그 여자는 당신 마음을 감동시켰어요. 당신이 감동받았던 얘기를 전부 다 해줘요, 프레드. 당신을 감동시킨 그 여자도 당신한테 손을 흔들었나요?」

「그래, 그 여자도 나를 향해 손을 흔들었어. 잘 생각해 보면 틀림없이 다른 이야기도 생각날 거야. 나는 사람들 얼굴을 잘 기억하거든.」

「아, 어서, 어서 생각해 봐요, 프레드.」 캐테가 말했다.

「아이들을 보고, 때로는 노인이나 노파들을 보고 그렇게 느끼기도 했어.」

「근데 나는 당신 마음을 돌이킨 적밖에 없군요.」

「감동시킨 적도 있어. 아, 여보, 이 단어를 자주 사용하게 하지 마. 당신 생각을 하면 가끔 그런 마음이 들 때가 있어. 당신이 계단을 내려가거나 혼자 시내를 어슬렁거리는 것을 볼 때, 쇼핑을 하거나 아이들에게 먹을 것을 줄 때 당신한테 감동을 받아.」

「하지만 가게의 그 여자애는 정말 가까이에 있어요.」

「그 애를 다시 보면 아마 생각이 달라질지도 몰라.」

「그럴지도 모르죠.」 그녀가 말했다. 「맥주 더 마실래요?」

「그러지.」 내가 말했다. 그녀는 내게 맥주잔을 건넸고, 나는 그 잔을 다 비웠다. 그러고 나서 나는 자리에서 일어나 불을 켜고 빈 잔과 접시를 들고 아래로 내려갔다. 젊은 남자 둘이 카운터에 서 있다가 내가 빈 잔과 접시를 카운터에 올리자 나를 보고 히죽히죽 웃었다. 이제 얼굴에 땀구멍이 없고 피부가 하얀 주인 여자가 다시 와 있었다. 그녀는 나를 보고 고개를 끄덕였다. 나는 곧바로 위층으로 올라갔다. 내가 방에 들어서자 캐테는 나를 바라보며 미소 지었다.

나는 불을 끄고 어둠 속에서 옷을 벗은 후 침대에 누웠다.

「이제 겨우 10시야.」 나는 말했다.

「잘됐네요. 아홉 시간은 푹 잘 수 있겠어요.」 그녀가 말했다.

「그 청년은 몇 시까지 애들을 보지?」

「여덟 시 좀 전까지요.」

「그래도 아침은 여유 있게 먹자고.」 내가 말했다.

「아침에 깨워 달라고 했어요?」

「아니, 난 일찍 일어나.」

「피곤해요, 프레드, 하지만 또 이야기해 줘요. 감동받은 이야기, 또 없어요?」

「어쩌면 몇 개 생각날 듯도 한데.」 나는 말했다.

「어서 해봐요. 당신은 착한 사람이지만, 가끔 때려 주고 싶을 때가 있어요. 사랑해요.」

「그렇게 말해 줘서 기뻐. 물어보기가 겁났거든.」

「전에는 3분에 한 번씩 물어봤는데.」

「몇 년간 그랬지.」

「몇 년간 그랬죠.」 그녀가 말했다.

「어서 이야기해 봐요.」그녀는 그렇게 말하고 다시 내 손을 잡더니 꼭 쥐었다.

「여자들 이야기?」나는 물었다.

「아니, 남자들이나 아이들, 아니면 나이 든 여자들 얘기가 좋겠어요. 젊은 여자들 얘기는 어쩐지 기분이 별로예요.」

「걱정할 필요 없다니까.」나는 그녀 위로 몸을 숙이고 그녀의 입술에 키스했다. 그리고 다시 돌아누워 바깥을 쳐다보았다. 번쩍이는 글자가 눈에 들어왔다. 〈여러분의 드로기스트를 믿으세요!〉

「어서요.」그녀가 말했다.

「이탈리아에선 아주 많은 사람들이 내 마음을 감동시켰어. 남녀노소 할 것 없이 말이야. 돈 많은 여자들, 심지어 돈 많은 남자들까지.」

「근데 조금 전에는 사람들이 지겹다고 했잖아요.」

「당신이 나를 사랑한다는 걸 알게 된 후부터는 모든 게 달라졌고, 훨씬 나아졌어. 당신이 끔찍한 얘기를 했잖아.」

「내가 한 얘기는 아무것도 취소하지 않을 거예요. 지금 우리는 조금 장난치고 있는 거예요, 프레드. 우리가 장난치고 있다는 걸 잊지 말아요. 곧 다시 진지해질 테니까요. 아무튼 난 아무것도 취소하지 않을 거예요. 내가 당신을 사랑한다는 건 별다른 의미가 없어요. 당신은 애들을 사랑한다면서 그 애들이 어떻게 지내는지 조금도 신경 쓰지 않잖아요.」

「아, 맞아.」나는 말했다. 「당신이 아주 분명하게 말해 줬어. 근데 남자, 여자, 애들 중에서 하나 골라 봐. 그리고 나라는?」

「네덜란드. 네덜란드 남자요.」 캐테가 말했다.

「참, 정말 너무하네. 당신 마음을 감동시킬 네덜란드 남자는 흔치 않을걸. 너무해. 하지만 전쟁 때 내 마음을 감동시킨 네덜란드 남자가 정말 있긴 했어. 더구나 돈 많은 남자였지. 하지만 그때는 돈이 그리 많지 않았어. 로테르담을 지날 때였어. 내가 처음 본 파괴된 도시였지. 이제는 파괴되지 않은 도시가 내 마음을 짓누르게 되었으니 이상한 일이야. 그때는 완전히 정신이 나가서 보이는 거라곤 사람하고 폐허 더미뿐이었어……」

내 손을 쥐고 있던 힘이 사라지는 것이 느껴졌고, 허리를 굽혀 보니 그녀는 잠들어 있었다. 잠든 그녀의 얼굴은 오만하고 쌀쌀맞아 보였으며, 약간 벌어진 그녀의 입은 괴로운 표정을 짓고 있었다. 나는 돌아누워 담배를 한 대 피우며, 어둠 속에서 오랫동안 잠들지 못하고 온갖 것을 생각했다. 기도를 해보려고 해봤지만 뜻대로 되지 않았다. 또다시 아래층으로 내려가 초콜릿 공장의 아가씨와 춤을 한번 추거나, 화주를 한 잔 마신 후에 지금은 비어 있을 것이 확실한 오락기에서 게임을 해볼까 하는 생각도 잠시 해보았다. 하지만 나는 그대로 누워 있었다. 고층 건물의 박공지붕에서 글자가 타오르며 번쩍일 때마다 하트 모양의 무늬가 있는 초록빛 벽지가 불빛에 비쳐, 벽에 등 그림자와 털 이불의 무늬가 새겨졌다. 공놀이를 하는 곰은 이제 공놀이를 하는 사람으로 변해 서로에게 커다란 비눗방울을 던지는 목이 굵은 운동선수들처럼 보였다. 하지만 내가 잠들기 전에 마지막으로 본 것

은 높은 곳에서 반짝이는 광고 문구였다. 〈여러분의 드로기 스트를 믿으세요!〉

12

잠에서 깼을 때는 아직 어두컴컴했다. 잠을 푹 자서 깨어
나니 무척 개운했다. 프레드는 벽을 향해 돌아누운 채 아직
자고 있어서 그의 야윈 목덜미만 보였다. 나는 자리에서 일어
나 커튼을 젖히고 역 위, 연회색의 어스름한 새벽하늘을 바라
보았다. 불을 밝힌 기차들이 들어오고 있었고, 역 구내 아나
운서의 은은한 목소리가 폐허를 지나 호텔까지 들려왔다. 기
차가 둔탁하게 움직여 가는 소리도 들려왔다. 호텔 안은 조
용했다. 나는 배가 고팠다. 창문을 열어 놓고 침대에 다시 누
워 기다렸다. 하지만 마음이 불안해졌고, 계속 아이들 생각
이 나면서 그 애들이 보고 싶어졌다. 몇 시쯤 되었는지 알 수
없었다. 프레드가 여태 자고 있는 걸로 봐서 아직 6시 반은
안 된 것 같았다. 프레드는 6시 반이면 어김없이 잠에서 깨기
때문이다. 아직 시간이 있었다. 나는 다시 일어나 외투를 걸
치고 신발을 신은 다음 침대 주위를 조용히 돌아다녔다. 조
심스레 문을 열고, 어스름한 가운데 더러운 복도에서 화장실
을 찾았다. 그러다가 불도 켜져 있지 않고 고약한 냄새가 나

197

는 구석에서 마침내 화장실을 찾을 수 있었다. 화장실에서 돌아왔을 때도 프레드는 아직 자고 있었다. 역 시계에 불이 켜진 것이 보였다. 누르스름하게 빛나는 문자판이 보였지만 시간은 읽을 수 없었다. 고층 건물의 꼭대기, 희미한 어둠 속에서 글자들이 아주 선명하게 타오르고 있었다. 〈여러분의 드로기스트를 믿으세요!〉

시끄러운 소리를 내지 않고 조심스레 세수를 하고 옷을 입었다. 뒤를 돌아보니 프레드가 나를 지켜보고 있었다. 그는 눈을 껌벅거리며 침대에 누워 담뱃불을 붙이고는 아침 인사를 했다. 「잘 잤어?」

「잘 잤어요?」 내가 말했다.

「이제 속은 괜찮아졌어?」

「말짱해요. 아주 좋아졌어요.」 내가 말했다.

「잘됐군. 너무 서두를 필요 없어.」 그가 말했다.

「난 가봐야 해요, 프레드. 왠지 마음이 놓이지 않아요.」

「같이 아침 안 먹을 거야?」

「안 먹을래요.」

초콜릿 공장의 사이렌이 크게 울리며, 귀청을 찢는 경적이 아침 공기를 세 번이나 갈랐다. 나는 침대 모서리에 앉아 구두끈을 매면서 뒤에서 프레드가 내 머리칼에 손가락을 집어넣는 것을 느꼈다. 프레드가 손가락으로 내 머리를 부드럽게 쓰다듬으며 말했다. 「당신이 어제 말한 게 모두 사실이라면 말이야, 그럼 이제 당신을 다시 볼 수 없을 것 같은데, 같이 커피라도 마시지 않겠어?」

나는 아무 대답도 하지 않고 치마의 지퍼를 올렸고 블라우스의 단추를 채운 다음 거울 앞으로 가서 머리를 빗었다. 거울을 보지도 않고 머리를 빗으며 가슴이 두근거리는 것을 느꼈다. 내가 어제 무슨 말을 했는지 모두 알고 있었지만 취소하고 싶은 생각은 없었다. 그가 돌아오리라는 것을 굳게 믿었지만 이제는 모든 것이 불확실한 것만 같았다. 프레드가 일어나는 소리가 들렸고, 침대 옆에 똑바로 서자 거울 속에서 그의 얼굴이 보였다. 그가 초췌해 보인다고 생각했다. 그는 낮에 입고 있던 셔츠를 그대로 입고 잤고, 머리는 헝클어져 있었으며, 바지춤을 추킬 때는 무뚝뚝한 표정을 지었다. 나는 아무 생각 없이 기계적으로 머리를 빗었다. 지금까지는 그가 정말 우리 곁을 떠날지도 모른다는 것에 대해 진지하게 생각해 본 적이 없었다. 그런데 이젠 그럴지도 모른다는 생각이 들었다. 심장이 멎었다가 다시 심하게 뛰었다가 다시 멎는 것 같았다. 나는 그의 동작을 자세히 관찰했다. 그는 담배를 입에 문 채 심드렁한 표정으로 엉망으로 구겨진 바지의 단추를 채운 뒤 허리띠를 바짝 졸라매고 양말과 구두를 신었다. 그러고 나선 한숨을 쉬며 그대로 서서 두 손으로 이마와 눈썹 위의 머리칼을 쓸어 올렸다. 그와 15년간 결혼 생활을 해왔다는 것이 이해되지 않았다. 지금 침대 위에 웅크리고 앉아 손으로 머리를 감싸 쥐고 있는 따분하고 무심한 이 남자가 낯설게 느껴졌다. 나는 망연히 거울 속을 바라보면서, 결혼하지 않았으면 어떻게 살았을까 생각해 보았다. 결혼하지 않았으면 멋지게 살았을 것이고, 잠에서 깨자마자 잠이 덜 깬 눈으로 담뱃갑을 집어 드는 남편도 없을 것이다. 나는 거울에서 시선을 거두고 머리를 잘 빗은 다음 창가로 갔다. 날이 더 밝아져서 역 위쪽에는 이제 연한 회색빛이 감돌았다. 나는 알지 못하는 사이에 이런 생활을 받아들였다. 우리에게 약속된 이런 결혼 없는 생활을 계속해서 소망했다. 성가의 선율이 들려왔다. 그리고 나와 결혼하지 않은 남자들, 내가 생각하기에 내 품에 안기기를 갈망하지 않았던 남자들과 함께 있는 내 모습이 보였다.

「당신 칫솔 써도 돼?」 세면대 앞에서 프레드가 외쳤다. 나는 그가 있는 쪽을 바라보며 망설이듯 말했다. 「네.」 갑작스럽게 다시 정신이 번쩍 들었다.

「세상에. 세수를 하려면 적어도 셔츠는 벗어야죠.」 나는 큰 소리로 외쳤다.

「아니, 뭐 하러 그래.」 그가 말했다. 그는 셔츠의 옷깃을 안으로 접어 넣고 물에 적신 수건으로 얼굴과 목덜미와 목을 닦았고, 아무래도 상관없다는 식의 그 태도가 나를 화나게 했다.

「난 드로기스트 말을 믿게 될 거야.」 그가 말했다. 「그리고 믿을 만한 칫솔을 사게 될 거고. 우리 드로기스트의 말을 전적으로 믿어 보자고.」

「프레드.」 내 목소리가 높아졌다. 「당신도 농담을 다 하네요. 당신이 아침에 기분이 그렇게 좋다니, 정말 새로워요.」

「기분이 좋은 건 절대 아니야. 그렇다고 뭐 특별히 기분이 나쁜 것도 아니고. 아직 아침을 못 먹고 커피도 못 마신 게 신경 쓰이긴 하지만.」

「아, 그렇군요. 그냥 당신 마음을 감동시키려고 해봐요.」

그는 내 빗으로 머리를 빗다가 빗질을 멈추고 고개를 돌려 나를 바라보았다. 「여보, 난 당신을 아침 식사에 초대했는데 당신은 아직 답을 안 했어.」 그가 부드럽게 말했다.

프레드는 다시 몸을 돌리고 계속 머리를 빗더니 이제 거울 속을 들여다보았다. 「10마르크는 다음 주에나 줄 수 있겠어.」

「아, 그만둬요. 당신 돈을 몽땅 줄 필요는 없어요.」

「하지만 주고 싶어. 제발 받아 줘.」 그가 말했다.

「고마워요, 프레드.」 나는 말했다. 「정말 고마워요. 아침 먹으려면 지금 가야 해요.」

「그럼 같이 가겠다는 거야?」

「그래요.」

「아, 잘됐군.」

그는 옷깃에 넥타이를 넣어 잡아 매고는 상의를 가지러 침대로 갔다.

「돌아갈게. 당신과 아이들에게 꼭 돌아갈게.」 그가 갑자기 큰 소리로 말했다. 「내가 좋아서 스스로 할 일을 강요 때문에 억지로 하고 싶지는 않아.」

「프레드, 거기에 대해선 더 이상 말할 게 없을 것 같아요.」

「그래, 당신 말이 맞아. 다른 생에서 다시 당신을 만나게 되면 좋을 텐데. 그럼 당신이랑 결혼하지 않고 지금처럼 당신을 사랑할 수 있을 텐데.」 그가 말했다.

「나도 방금 그 생각을 했어요.」 나는 나지막한 소리로 말했다. 이제 더 이상 눈물을 주체할 수 없었다.

프레드가 재빨리 침대 곁을 돌아와 나를 부둥켜안았다. 그가 내 머리 위에 가만히 턱을 대고 있는 동안 그의 말소리가 들려왔다. 「거기서 당신을 다시 만나게 되면 좋을 텐데. 내가 거기서 나타난다고 화들짝 놀라지 않았으면 좋겠어.」

「아, 프레드. 애들 생각 좀 하세요.」 내가 말했다.

「생각하고 있어. 매일 생각한다니까. 키스나 좀 해줘.」

나는 고개를 들어 그에게 키스했다.

그는 나를 떼어 놓고 내가 외투 입는 것을 거들어 주었다. 그가 옷을 입는 동안 나는 우리 짐을 내 가방에 챙겨 넣었다.

「서로 사랑하지 않고 결혼하는 게 더 행복한 거야. 서로 사랑해서 결혼하는 건 끔찍한 일이야.」

「어쩌면 당신 말이 맞을지도 몰라요.」 나는 말했다.

밖은 여전히 어두웠고, 화장실이 있는 복도의 구석에서는 냄새가 났다. 아래층의 레스토랑은 닫혀 있었고, 아무도 보이지 않았고, 열려 있는 문은 하나도 없었다. 프레드는 레스토랑으로 통하는 입구의 커다란 못에 열쇠를 걸어 놓았다.

거리는 초콜릿 공장으로 가는 소녀들로 가득 차 있었다. 나는 그들의 명랑한 표정을 보고 놀랐다. 소녀들 대부분이 서로 팔짱을 끼고 깔깔대며 걸어가고 있었다. 우리가 간이식당에 들어섰을 때 성당의 종소리가 6시 45분이 되었음을 알렸다. 소녀는 우리에게 등을 돌리고 커피 머신을 작동시키고 있었다. 빈 탁자는 하나뿐이었다. 바보 아이는 난로 가까이에 웅크리고 앉아 막대 사탕을 빨고 있었다. 가게 안은 훈훈

했고 연기로 자욱했다. 소녀는 돌아서서 나를 보고는 내게 미소 지으며 〈아〉 하는 소리를 내뱉었다. 소녀는 프레드를 쳐다보고 다시 나를 쳐다본 다음 미소를 지었다. 그러고는 빈 탁자로 달려가 탁자 위를 깨끗이 닦아 냈다. 프레드가 커피와 빵과 버터를 주문했다.

우리는 자리에 앉았다. 소녀가 진심으로 반가워하는 것을 보니 기분이 좋았다. 우리 자리에 접시를 가지런히 놓느라 소녀의 귀가 약간 빨개졌다. 하지만 나는 마음이 놓이지 않았고, 계속 아이들 생각이 났고, 그래서 식사를 즐기지 못했다. 프레드도 마음이 불안한 모양이었다. 내가 그를 쳐다보지 않을 때도 그는 소녀를 거의 쳐다보지 않고 나만 바라보려고 했다. 그러다 내가 그를 바라보면 번번이 시선을 딴 데로 돌렸다. 많은 사람들이 가게로 들어왔다. 소녀는 빵, 소시지, 우유를 내주고는 돈을 탁자 위에 올려놓고 하나하나 세며 계산을 치렀다. 때때로 소녀는 내게 양해를 구하려는 것처럼 내 쪽을 쳐다보며 미소를 지었다. 그것은 그녀가 암묵적으로 전제하고 있는 듯한 무언가에 대한 양해였다. 소녀는 조금 조용해지면 바보 아이에게 가서 입을 닦아 주었고 그의 이름을 나지막이 불러 줬다. 나는 소녀가 아이에 대해 들려준 말을 전부 생각해 보았다. 그러다 깜짝 놀랐다. 어제 내가 고해했던 신부가 불쑥 가게로 들어왔던 것이다. 신부는 소녀에게 미소를 지으며 돈을 내고 소녀가 카운터 위로 건네준 붉은 담뱃갑을 받아 들었다. 프레드도 호기심에 차서 그를 지켜보았다. 신부는 담뱃갑을 뜯으며 무심히 술집을 둘러보

앉는데, 나를 보고는 깜짝 놀라는 표정을 지었다. 그는 미소를 거두고 검은 외투 주머니에 담배를 집어넣고는, 나에게 오려고 하다가 얼굴을 붉히며 다시 뒤로 물러났다.

나는 자리에서 일어나 그를 향해 걸어갔다.

「안녕하세요, 신부님.」 내가 말했다.

「안녕하세요.」 신부가 말했다. 그는 당황해하며 주위를 둘러보더니 속삭이듯 말했다. 「당신과 할 얘기가 있어요. 오늘 아침에 벌써 당신 집에 들렀다 왔어요.」

「아니, 무슨 일로요?」 나는 물었다.

그는 외투 주머니에서 담배를 꺼내 물고는 성냥불을 붙이며 작게 말했다. 「당신은 면죄받았어요. 그게 맞아요. 내가 너무 어리석었어요. 용서해 주세요.」

「정말 감사해요. 집은 어떻던가요?」 내가 말했다.

「중년 부인 한 분이랑만 이야기를 나누었어요. 당신 어머니신가요?」

「제 어머니요?」 나는 깜짝 놀라 반문했다.

「언제 한번 절 찾아오세요.」 신부는 그렇게 말하고 재빨리 밖으로 나갔다.

탁자로 돌아갔지만 프레드는 아무 말이 없었다. 그는 무척 괴로운 표정을 짓고 있었다. 나는 그의 팔에 손을 얹고 조용히 말했다. 「가봐야겠어요, 프레드.」

「아직은 안 돼, 당신과 할 얘기가 있어.」

「여기서는 안 돼요. 나중에 해요. 아니, 밤새도록 시간이 있었잖아요.」

「돌아갈게. 곧. 여기 이 돈을 애들한테 갖다 줘, 약속했거든. 애들한테 뭘 좀 사다 줘. 애들이 좋아할 아이스크림 같은 거 말이야.」

그는 1마르크를 올려놓았다. 나는 돈을 집어 외투 주머니에 넣었다.

「나중에.」 그가 속삭이듯 말했다. 「당신한테도 줄게. 내가 빚진 돈.」

「아, 프레드, 그 돈은 안 줘도 돼요.」

「아니야, 그 생각을 하면 마음이 너무 무거워. 혹시 내가 당신이랑……」

「전화해 줘요.」 나는 나지막한 목소리로 말했다.

「전화하면 올 거야?」 프레드가 물었다.

「커피 한 잔이랑 케이크 세 개 값, 잊지 말고 내요.」

「안 잊어. 당신 정말 갈 거야?」

「가야 해요.」

프레드는 자리에서 일어났고, 나는 그대로 앉아 그가 카운터 옆에 서서 기다리는 것을 지켜보았다. 그가 계산을 하자 소녀는 내게 미소를 지어 보였다. 나는 자리에서 일어나 프레드와 함께 문 쪽으로 갔다. 「또 오세요!」 소녀가 소리쳤다. 나는 〈네〉 하고 대답하면서 다 빨아 먹은 막대 사탕을 입에 문 채 웅크리고 앉아 있는 바보 아이를 힐끗 쳐다보았다.

프레드는 나를 버스 정류장까지 데려다 주었다. 우리는 한 마디도 더 주고받지 않았고, 버스가 오자 재빨리 키스했다. 전에도 자주 그랬듯이 그는 정거장에 그대로 서 있었다. 초라한 옷을 입고 우울한 표정으로. 뒤돌아보지도 않고 역 쪽으로 천천히 걸어가는 그의 모습을 나는 한동안 바라보았다.

집으로 통하는 지저분한 계단을 오르는 동안 무한히 오랫동안 집을 비웠다는 생각이 들었다. 지금까지 이렇게 오랫동안 아이들을 내버려 둔 적이 없었다는 생각이 문득 떠올랐다. 집 안은 어수선했다. 물주전자에서 쉭쉭거리는 소리가 났고, 라디오에서는 사무적이고도 명랑한 소리가 흘러나왔다. 2층에서는 메제비츠가 자기 아내한테 뭐라고 야단을 치고 있었다. 우리 집 문 너머에서는 아무 소리도 들리지 않았다. 초인종을 세 번 누르고 기다렸다. 벨러만이 문을 열었고, 마침내 아이들 소리가 들렸다. 세 아이들 모두의 소리가. 나는 벨러만에게 인사를 하는 둥 마는 둥 하고 그를 지나쳐 아이들을 보러 방으로 달려갔다. 내가 집에 있을 때는 한 번도 보지 못한 모습으로 아이들은 탁자 주위에 얌전히 앉아 있었다. 내가 방에 들어가자 아이들은 말도 웃음도 멈추었다. 일순간 정적이 흘렀고, 내 가슴은 조여드는 듯했다. 순간 더럭 겁이 났다. 비록 짧은 순간이었지만 나는 그 순간을 결코 잊을 수가 없다.

그러고 나서 큰 애 둘이 일어나더니 나를 껴안았다. 나는 아기를 팔에 안고 입맞춤을 하면서 내 뺨에 눈물이 흐르는 것을 느꼈다. 벨러만은 벌써 외투를 걸치고 손에 모자를 들고 있었다. 「애들이 말을 잘 듣던가요?」 내가 물었다.

「네.」 그가 대답했다. 「아주 얌전했어요.」 아이들은 그를 쳐다보며 미소를 지었다.

「잠깐만 기다려요.」 나는 아기를 의자에 앉히고 서랍에서 지갑을 꺼내 들고는 벨러만을 데리고 복도로 나갔다. 프랑케 부인의 모자와 프랑케 씨의 두건이 옷걸이에 걸려 있는 게 보였다. 나는 화장실에서 나오는 호프 부인에게 인사했다. 그녀는 머리에 고데 종이를 말고 겨드랑이 밑에는 화보 잡지를 끼고 있었다. 나는 부인이 방에 들어갈 때까지 기다리다가 벨러만을 쳐다보며 말했다.

「14마르크지요?」

「15마르크인데요.」 그는 그렇게 말하며 내게 미소 지었다.

내가 15마르크를 주며 〈정말 고마워요〉라고 말하자, 그는 〈아, 별말씀을요〉라고 말한 다음, 방 안으로 또 한 번 머리를 들이밀었다. 그리고 소리쳤다. 「잘 있어, 애들아!」 그러자 아이들이 소리쳤다. 「안녕히 가세요!」

나는 다시 한 번 아이들을 모두 껴안으며 아이들의 얼굴을 찬찬히 들여다보았다. 아이들 얼굴에서는 내 불안감을 뒷받침할 만한 아무런 낌새도 발견할 수 없었다. 나는 한숨을 쉬며 아이들이 학교에 가져갈 빵을 준비하기 시작했다. 클레멘스와 카를라는 자기들의 정리 상자를 뒤적이고 있었다. 카를라는 낮에는 접어서 천장에 걸어 두는 미군 야전 침대에서 자고, 클레멘스는 이미 오래전에 너무 작아져 그 애에게는 맞지 않는 낡은 플러시[57] 소파에서 잔다. 벨러만은 거기다 이부자리까지 펴주었다.

57 독일어로는 〈Plüsch〉. 길고 보드라운 털이 있는 비단 또는 무명 옷감으로 벨벳과 비슷하다.

「애들아.」 나는 입을 열었다. 「아빠가 안부 전해 달라셨어. 너희들한테 주라고 돈도 주셨어.」

아이들은 아무 말도 하지 않았다.

카를라는 내 옆으로 와서 버터 빵 봉지를 받아 갔다. 나는 카를라를 바라보았다. 그 아이는 프레드처럼 검은 머리칼과 갑자기 초점을 잃는 눈을 갖고 있었다.

아기는 조그만 의자에서 놀다가 내가 있는 것을 확인이라도 하려는 듯 가끔 내 쪽을 쳐다보았고, 그러고는 하던 놀이를 계속했다.

「너희들 기도는 했니?」

「네.」 카를라가 말했다.

「아빠는 곧 돌아오실 거야.」 나는 말했다. 아이들이 정말 사랑스럽게 느껴졌다. 나는 울지 않으려고 마음을 다잡아야 했다.

아이들은 다시 아무 말도 하지 않았다. 나는 내 옆의 의자에 앉아 교과서를 넘기며 내키지 않는 표정으로 우유를 마시고 있는 카를라를 바라보았다. 카를라가 갑자기 나를 쳐다보며 조용히 말했다. 「아빠는 아픈 게 아니에요. 아직 공부를 가르쳐 주거든요.」

나는 고개를 돌리고, 소파에 쭈그리고 앉아 지도책을 보고 있는 클레멘스를 바라보았다. 그 애가 나를 보며 조용히 말했다.

「내 짝 바이젬이 얘기해 줬어요.」

나는 그 일은 전혀 모르고 있었다.

「침대에 누워 있지 않아도 되는 병도 있어.」내가 말했다.

아이들은 아무 말도 하지 않았다. 아이들은 책가방을 메고 나갔고, 나는 복도로 나가 아이들의 모습을 지켜보았다. 애들은 책의 무게에 눌려 어깨를 약간 구부리고 회색빛 거리로 천천히 사라졌다. 설움이 나를 덮쳤다. 책가방을 등에 메고 책의 무게에 눌려 어깨를 약간 구부리고 거리로 사라져가는 나 자신의 모습을 보았기 때문이다. 이제 더 이상 아이들의 모습은 보이지 않았고 저 위에 있는 나 자신의 모습만 보였다. 뜨개질 본이나 카를 대제의 사망 연도를 생각하며 걸어가는, 금발 머리를 땋아 내린 어린 소녀의 모습이다.

내가 안으로 돌아올 때 프랑케 부인이 옷 거는 곳의 거울 앞에 서서 모자에 달린 보라색 베일을 매만지고 있었다. 8시 미사를 알리는 종소리가 울렸다. 그녀는 나에게 인사하며 다가와 어두운 복도에 서 있는 내 앞에서 미소 지으며 방으로 되돌아가려는 나를 붙들어 세웠다.

「누가 그러던데,」부인이 다정하게 물었다. 「이제 남편이 아주 당신 곁을 떠났다는데. 그게 정말인가요?」

「정말이에요.」나는 나지막이 말했다. 「그는 내 곁을 떠났어요.」어떤 증오도 느껴지지 않아 나는 놀랐다.

「남편이 술을 많이 마시죠?」부인이 귀여운 목에 베일을 묶으며 말했다.

주위는 쥐 죽은 듯 고요했다. 방 안에서는 아기가 블록 조각에 대고 알 수 없는 말을 조용히 웅얼거리는 소리가 들렸다. 라디오 아나운서의 목소리가 다섯 번, 여섯 번, 일곱 번 들려왔는데, 조용한 가운데 그 목소리는 이렇게 말하고 있었다. 「7시 39분입니다. 어쩌면 매력적인 아내 곁을 떠나야 할 시간일지도 모르겠네요. 하지만 여러분은 불워[58]의 명랑한 아침 행진곡을 들으실 수 있을 겁니다……」 나는 아침 음악을 들었고, 사무적이고도 명랑한 그 소리는 나를 채찍질하는 듯했다. 프랑케 부인은 내 앞을 가로막고 서서 꼼짝하지 않았고, 아무 말도 하지 않았다. 그러나 나는 광채를 발하는 부인의 끔찍한 눈초리를 보며 언젠가 들었던 허스키한 목소리의 흑인 영가가 그리워졌다. 딱 한 번 듣고 그 이후로 다시는 들을 수 없었던 허스키한 목소리로 부르는 노래.

〈그리고 아무 말도 하지 않았다.〉

나는 프랑케 부인에게 〈안녕히 가세요〉라고 인사하고 그녀를 옆으로 밀치며 방으로 들어갔다. 그녀는 아무 말도 하지 않았다. 나는 아기를 팔에 안고 꼭 부둥켜안았다. 미사를 보러 가는 프랑케 부인의 발소리가 들려왔다.

58 폴카 작곡가 월터 불워Walter Bulwer(1888~1968)로 짐작된다.

13

버스는 늘 같은 곳에 정차한다. 버스가 정차해야 하는 길의 움푹한 곳이 비좁아 버스는 멈출 때마다 덜컹거리고 그바람에 나는 졸다 깨곤 한다. 나는 일어나 버스에서 내린다. 거리를 건넌 다음 철물점 쇼윈도 앞에 서서 간판을 바라본다. 〈각종 크기의 사다리 있음. 층계당 3마르크 20페니히〉몇 시나 되었는지 확인하기 위해 굳이 건물 꼭대기의 시계를볼 필요는 없다. 버스는 언제나 정확히 8시 4분 전에 도착하기 때문이다. 시계가 8시를 가리키거나 벌써 8시를 지났다면나는 시계가 틀렸다고 생각한다. 버스가 시계보다 더 정확하니 말이다. 아침마다 나는 이 간판 앞에 잠시 서 있고는 한다. 〈각종 크기의 사다리 있음. 층계당 3마르크 20페니히〉간판 옆에는 3층짜리 사다리가 세워져 있고, 사다리 옆에는여름의 초입부터 마분지나 밀랍으로 만든 커다란 금발 여인이 누워 쉬고 있는 접이식 의자가 놓여 있다. 나는 그 쇼윈도인형을 무엇으로 만드는지 알지 못한다. 선글라스를 낀 여인은 〈나의 휴가〉라는 제목의 장편소설을 읽고 있다. 저자의 이름은 수족관 위에 비스듬하게 놓인 정원 장식용 난쟁이 인형의 수염에 가려 읽을 수가 없다. 커피 분쇄기, 탈수기와 사다리 사이에 놓인 커다란 금발 인형은 벌써 석 달 전부터 『나의 휴가』라는 소설을 읽고 있다.

하지만 오늘 버스에서 내린 나는 〈각종 크기의 사다리 있음. 층계당 3마르크 20페니히〉라는 간판이 치워진 것을 알아차렸다. 그리고 여름 내내 그곳의 접이식 의자에 누워 『나의 휴가』라는 소설을 읽고 있던 그 여인은 이제 스키화에 목도리를 나부끼며 푸른색 운동복을 입고 서 있었다. 그녀 옆에는 광고판이 놓여 있었다. 〈겨울 스포츠 미리 생각하세요!〉

나는 겨울 스포츠 따위는 생각하지 않았고, 멜히오르[59] 가로 가서, 사무실 왼쪽에 있는 가게에서 담배를 다섯 개비 산 다음 복도를 따라 수위실 쪽으로 갔다. 수위가 나에게 인사했다. 그는 이 건물에 있는 내 친구들 중 하나로, 가끔 내가 있는 위층의 사무실로 올라와 파이프 담배를 피우며 최신 소문을 들려주곤 한다.

나는 수위를 향해 고개를 끄덕였고, 서류 가방을 들고 재빨리 계단을 오르는 성직자 몇 사람에게 인사했다. 그리고 위층에 올라가 교환실 문을 열었고, 외투와 모자를 걸고 탁자 위에 담배를 집어 던진 다음, 그 옆에 흩어진 돈을 모아놓은 후 전화선을 연결시키고 자리에 앉았다.

사무실에 앉아 있으면 마음이 차분해진다. 부드러운 기계

59 Melchior. 가스파르Caspar, 발타자르Balthasar와 함께 동방 박사 중 한 명이다.

음이 귀에 들린다. 건물 안에서 누군가가 번호를 두 번 돌려서 붉은 불이 켜지면 나는 〈교환실입니다〉라고 말하고 전화를 연결시켜 준다. 탁자 위에 놓인 돈을 세어 보니 1마르크 20페니히였다. 나는 수위에게 전화를 걸었다. 수위가 전화를 받아 나는 그에게 인사했다. 「보그너입니다. 안녕하세요.」 「신문 왔나요?」 내가 묻자 그가 대답했다. 「아직 안 왔어요. 오면 가져다 드릴게요.」

「무슨 특별한 일 있나요?」

「없어요.」

「그럼 이따 봐요.」

「그러죠.」

여덟 시 반이면 사무소장 브레스겐 씨가 고위 성직자의 방에서 신부들의 동향에 관해 일일 보고를 한다. 모두가 그 방에 들어가는 걸 두려워하는데, 사제직에서 행정직으로 발령받아 이곳에 고용된 신부들도 예외는 아니다. 브레스겐 씨는 〈부탁합니다〉라거나 〈감사합니다〉라는 말을 하는 법이 없다. 그의 전화를 받을 때 나는 약간의 전율을 느낀다. 매일 아침 8시 정각에 그는 이렇게 말한다.

「주교실.」

브레스겐 씨가 보고하는 소리가 들렸다. 「벨트리히, 지크, 보좌 신부 후헬은 병가 중, 보좌 신부 조덴은 지금까지 무단결근입니다.」

「조덴은 어떻게 된 일인가요?」

「모르겠습니다, 주교님.」

조덴의 이름이 나오면 줄곧 듣게 되는 한숨 소리가 방에서 들려왔고, 첫 번째 통화가 끝났다.

9시가 되어서야 일상적인 전화가 폭주하기 시작한다. 외부에서 걸려 오는 전화, 외부로 거는 전화, 내가 연결해야 하는 장거리 전화. 가끔 스위치를 켜고 대화를 엿들어 보면 여기서도 어휘 수가 보통 150개를 넘지 못한다는 것을 확인하게 된다. 가장 많이 사용되는 단어는 〈조심하라〉는 말이다. 이 단어가 번번이 나타나 전반적인 대화를 지배한다.

「좌익 신문이 SE의 연설을 공격했습니다. 조심하십시오.」

「우익 신문이 SE의 연설을 박살 냈습니다. 조심하십시오.」

「기독교 언론이 SE의 연설을 칭찬했습니다. 조심하십시오.」

「조덴이 무단결근했습니다. 조심하십시오.」

「볼츠가 11시에 알현할 겁니다. 조심하십시오.」

〈SE〉란 〈자이네 에미넨츠Seine Eminenz〉, 즉 주교의 약자이다.

이혼 소송 조정관들은 서로 전문적인 대화를 나눌 때는 전화 통화에서도 라틴어로 말한다. 나는 한 마디도 알아듣지 못하지만 그들의 대화에 늘 귀를 기울인다. 그들의 목소리는 진지하지만, 그들이 라틴어로 농담을 하며 웃는 소리를 들으면 이상한 기분이 든다. 특이한 것은 그들 중에서 사제 두 명, 퓨츠 신부와 제르게 주교만이 내게 호감을 보인다는 것이다. 11시에는 침머 신부가 주교의 비서에게 전화했다. 「드로기스트들의 몰상식한 언동에 대한 항의가 있었습니다. 조심하십시오. 히에로니무스 축제 행렬을 조롱한 것이 아니라면 신성 모독에 해당됩니다. 조심하십시오.」

그로부터 5분 후, 주교의 총서기가 응답 전화를 걸었다. 「각하는 사적인 차원에서 항의를 하실 겁니다. 신부님의 사촌이 드로기스트 조합 회장입니다. 그러니 조심하십시오.」

「볼츠의 알현은 어떻게 됐습니까?」

「아직 정확한 것은 알지 못하지만 계속 알아보겠습니다. 조심하십시오.」

침머 신부는 그 직후 바이너 신부를 찾았다. 「이웃 교구에서 여섯 명이 이적할 겁니다.」

「어떤 사람들이지요?」

「두 사람은 4점, 세 사람은 3-, 한 사람은 괜찮은 것 같습니다. 명문가 출신의 후크만입니다.」

「나도 압니다. 훌륭한 가문이지요. 어제는 어땠나요?」

「끔찍했지요. 싸움이 계속되고 있습니다.」

「어떻게요?」

「계속될 겁니다, 싸움은. 샐러드에 다시 식초를 뿌렸으니까요.」

「그럼 당신은…….」

「몇 달 전부터 분명히 레몬을 주장해 왔지요. 식초는 좋아하질 않아요. 이건 명백한 선전 포고입니다.」

「배후에 누가 있는 것 같나요?」

「W.」 침머 신부가 말했다. 「W가 분명합니다. 고약하게 됐어요.」

「끔찍한 일이군요. 그 문제에 대해선 또 이야기합시다.」

「그래요, 나중에요.」

이렇게 해서 나는 분명 식초 방울로 벌어질 싸움에 곧 말려들지도 모른다.

11시 15분경 제르게 신부에게서 전화가 걸려 왔다. 「보그너 씨, 시내에 한번 다녀올 생각이 있나요?」

「자리를 비울 수 없는데요, 신부님.」

「30분간 교대해 드리지요. 은행에만 다녀오면 됩니다. 물론 가고 싶은 생각이 있다면 말이지요. 가끔 밖으로 나가고 싶은 때도 있으니까요.」

「누구하고 교대를 하게 되지요?」

「항케 양입니다. 내 비서는 자리에 없고, 항케 양은 허리가 아파 나갈 수가 없거든요. 그래 주시겠어요?」

「네.」 내가 말했다.

「자, 그럼 항케 양이 가면 바로 여기로 오세요.」

항케 양은 금방 왔다. 나는 그녀가 몸을 이상하게 흔들며 내 방에 들어올 때마다 약간 놀라곤 한다. 내가 밖에 나가야 할 때는 언제나 그녀와 교대한다. 치과에 가거나 물건을 구입해야 할 때면 제르게 신부는 기분 전환을 하도록 내게 일을 맡긴다. 항케 양은 키가 크고 말랐으며 피부가 검다. 그녀는 스무 살이 되던 3년 전에 허리를 다쳤다. 그녀의 얼굴을 쳐다보는 것은 기분 좋은 일이다. 그녀의 얼굴은 섬세하고 부드럽다. 그녀는 보라색 과꽃을 내 방으로 가져와 창가의 화병에 꽂은 뒤에야 비로소 내게 손을 내밀었다.

「가보세요.」 항케 양이 말했다. 「아이들은 어떻게 지내요?」

「좋아요.」 나는 대답했다. 「잘 지내고 있어요.」 나는 외투를 입었다.

「보그너 씨.」 그녀가 미소 지으며 말했다. 「당신이 술 취한 모습을 본 사람이 있어요. 침머 씨가 그 이야기를 꺼낼까 봐서요. 아셔야 할 것 같아서요.」

「고맙습니다.」 내가 말했다.

「술 마시면 안 되겠어요.」

「알고 있어요.」

「부인은, 부인은 어떻게 지내세요?」 그녀가 조심스럽게 물었다.

나는 외투의 단추를 채우고 그녀를 바라보며 말했다. 「다 이야기해 주세요. 사람들이 내 아내에 대해 뭐라고 하던가요?」

「사람들이, 다시 아기를 낳을 거라고 하던데요.」

「망할! 내 아내도 어제 겨우 안 일을.」 내가 말했다.

「비밀 정보기관에서 당신 부인에 대해 알게 됐대요.」

「항케 양, 무슨 소리죠?」 내가 물었다.

그녀는 통화를 받아 연결시키고는 미소를 지으며 나를 쳐다보았다. 「특별한 건 아니에요, 정말이에요. 당신이 술을 마신다는 이야기, 당신 부인이 임신했다는 이야기, 당신이 부인과 제법 오랫동안 헤어져 살고 있다는 이야기예요.」

「맞는 얘기들이네요.」

「자, 제 말 들어 보세요. 전 조심하시라고 말할 수 있을 뿐이에요. 침머 씨, 브레스겐 씨, 헤히트 양, 이런 사람들 말이에요. 그래도 당신은 회사에 친구들도 있고, 적보다 친구들이 더 많잖아요.」

「난 그렇게 생각 안 하는데.」

「제 말을 믿으세요. 특히 성직자들은 거의 모두 당신을 좋아해요.」 항케 양이 다시 미소를 지어 보였다. 「비슷한 타입이라서 그런가 봐요. 당신만 술꾼인 건 아니니까요.」

나는 소리 내어 웃었다. 「한 가지만 더 말해 주세요. 침머 씨를 식초 방울로 서서히 살해하려는 사람이 누굽니까?」

「그걸 모르세요?」 그녀는 놀란 표정으로 나를 바라보곤 웃었다.

「정말 모릅니다.」

「맙소사, 주교 관할 교구의 절반이 그 일 때문에 배꼽을 잡고 있어요. 근데 소문의 중심에 있는 당신이 모르고 있다니. 놀랍네요. 부프 씨, 수도원장인 부프 씨에게 〈성모의 푸른 외투〉[60] 수도원의 주방장으로 일하는 누이가 있어요. 더 이야기해야 할까요?」

「계속 이야기해 주세요. 나는 아무것도 몰라요.」 내가 말했다.

「침머 씨는 부프 씨가 주교가 되는 것을 방해했어요. 그 일 때문에 침머 씨가 나타나기만 하면 〈성모의 푸른 외투〉 수도원의 부엌에선 어느 구석에 숨겨져 있던 50페니히짜리 싸구려 식초를 사용한대요. 이젠 가보세요, 제르게 신부가 기다

---

60 Zum blauen Mantel Mariens.

리겠어요.」

나는 고개를 끄덕이고 방을 나섰다. 함께 양과 이야기를 나누고 나면 이상하게 늘 마음이 홀가분해진다. 그녀는 무거운 문제를 가볍게 만드는 재주가 있다. 극히 언짢은 소문조차 그녀에게는 함께 어울리기 좋은 재미난 사교 게임의 소재가 된다.

제르게 신부의 방으로 통하는 희게 회칠한 통로 벽에는 바로크 조각품들이 붙박여 있다. 신부는 책상에 앉아 손으로 머리를 받치고 있었다. 그는 아직 젊고 나보다 몇 살 아래인데, 혼인법의 권위자로 통한다.

「안녕하세요, 보그너 씨.」 신부가 말했다. 나도 〈안녕하세요〉라고 인사하면서 그에게로 갔다. 제르게 신부가 내게 손을 내밀었다. 신부는 돈을 꾼 다음 날에 다시 만나면 그 돈에 대한 것은 잊었다는 느낌이 들게 하는 특이한 재주를 갖고 있다. 어쩌면 그는 정말로 돈을 빌려 준 사실을 잊어버렸는지도 모른다. 그의 방은 파괴되지 않고 남은 몇 개의 방 중하나다. 방에서 가장 볼 만한 것은 구석에 있는 바로크식 파이앙스[61] 난로다. 미술 기념물 소책자에 언급된 내용에 의하면, 그 난로는 선제후가 겨울에 더 작은 성에 가서 머무는 바람에 특이하게도 거의 사용되지 않았다고 한다. 제르게 신부는 대체 수표 몇 장과 현금이 들어 있는 봉투를 나에게 건네주었다.

61 Fayence. 주석을 함유한 불투명 유약을 발라 장식을 그려 넣은 도기. 이탈리아의 파엔차Faenza에서 유래했다.

「62마르크, 그리고 80페니히입니다. 이 수표와 현금을 우리 계좌에 입금해 주세요. 계좌 번호는 알고 있지요?」

「알고 있습니다.」

「이 일에서 해방되면 좋겠습니다.」 신부가 말했다. 「다행스럽게도 비치 씨[62]가 모레 돌아오면 이런 자질구레한 일은 그에게 맡길 수가 있어요.」 신부는 아주 침착해 보이는 큰 눈으로 나를 쳐다보았다. 그는 내가 결혼 생활에 대한 이야기를 꺼내기를 기다리는 눈치였다. 그는 정말로 내게 충고를 해줄 수 있을지도 모른다. 아니면, 당연한 일이겠지만 내 배후에 흥미가 있을지도 모른다. 신부의 얼굴에서는 자비롭고 현명한 면모가 엿보인다. 그와 대화를 나누고 싶은 생각이 들기도 하지만 나는 그러질 않는다. 가끔 어떤 지저분한 신부와 대화를 나누고, 심지어는 그에게 고해를 하게 될지도 모른다는 생각이 들기도 한다. 어떤 사람이 청결하거나 청결함을 사랑한다고 해서 그것이 그 사람의 잘못은 아니라는 것은 알고 있다. 그래서 나는 자비롭다고 느껴지는 제르게 신부를 비난하지 않을 것이다. 하지만 흠잡을 데 없는 흰색의 옷깃, 보라색 테두리로 수단 위를 장식한 그 말쑥함이 그와 대화를 나누는 것을 가로막는다.

나는 현금과 수표를 외투 안주머니에 넣고, 다시 고개를 들어 계속 나를 바라보고 있는 것 같은 크고 침착한 눈을 들여다보았다. 나는 신부가 나를 돕고 싶어 한다는 것을, 그가

<hr>

62 하인리히 뵐이 『그리고 아무 말도 하지 않았다』의 출판 계약을 맺은 출판업자 요제프 카스파르 비치Joseph Caspar Witsch를 은연중에 암시한다.

모든 것을 알고 있고 자기 입으로는 결코 그 이야기를 꺼내지 않을 것이라는 것도 알고 있었다. 나는 그가 조용히 미소 짓기 시작할 때까지 그의 시선을 견뎠다. 그러다 오래전부터 신부에게 한번 묻고 싶었던 물음을 불쑥 내뱉었다.

「신부님, 신부님은 죽은 사람이 부활한다는 말을 믿으십니까?」

나는 신부의 멋지고 깨끗한 얼굴을 찬찬히 눈에 새기며 바라보았고, 신부는 변함없는 얼굴로 차분히 대답했다. 「네.」

「그리고 당신은……」 나는 계속 말하려 했지만, 그는 내 말을 중단시키고 손을 쳐들며 차분히 말했다. 「나는 모든 것을 믿습니다. 당신이 물어보려고 하는 모든 것을 믿어요. 만약 그렇지 않다면 당장 이 옷을 벗어던지고 이혼 변호사가 되어 여기 있는 모든 것을 내버릴 겁니다.」 그는 책상 위에 놓인 커다란 서류 더미를 가리켰다. 「나는 나뿐만 아니라 같은 것을 믿어 괴로워하는 사람들을 위해 이 서류 더미를 불태워 버릴 겁니다. 필요가 없으니까요.」

「죄송합니다.」 내가 말했다.

「아, 그렇지 않아요.」 신부가 나지막하게 말했다. 「내가 당신에게 물을 권리가 있다기보다는 오히려 당신이 내게 물을 권리가 있으니까요.」

「저한테 묻지 마세요.」 내가 말했다.

「묻지 않겠습니다. 하지만 어느 날 당신이 입을 열겠지요. 그렇지 않습니까?」

「네, 어느 날 제가 입을 열 겁니다.」 나는 말했다.

나는 수위한테서 신문을 받아온 후 건물 입구 앞에서 가진 돈을 또 한 번 세어 보고는 천천히 어슬렁거리며 시내로 향했다. 나는 많은 것을 생각했다. 아이들이며 캐테, 그리고 제르게 신부와 함께 양이 내게 들려준 이야기까지. 그들은 모두 옳고 나는 틀렸다. 하지만 그들 중에 내가 아이들과 캐테를 얼마나 그리워하는지 아는 사람은 아무도 없었고, 그런 점에서는 캐테도 마찬가지였다. 그러나 내가 옳고 다른 모두가 틀렸다고 생각되는 순간도 있었다. 이 모든 것이 그들 모두는 멋지게 말을 할 줄 알지만 나는 어눌하다는 사실에 기인한다.

나는 커피를 한 잔 마시며 신문을 읽어야 할지 깊이 생각해 보았다. 거리 한가운데를 지나고 있었지만 시끄러운 소리가 귀에 잘 들리지 않았다. 누군가 바나나를 사라고 외치고 있었다.

나는 본네베르크의 쇼윈도 앞에 멈춰 서서 봄가을용 외투와 언제나 내게 공포감을 불러일으키는 쇼윈도 인형의 얼굴을 바라보았다. 외투 안주머니에 든 수표를 꺼내 세어 보고 현금이 든 봉투를 확인했다. 그런데 갑자기 내 눈길이 본네베르크의 쇼윈도를 가르는 통로에서 멈추었다. 어떤 여자의 모습을 보고 내 마음이 감동받은 동시에 흥분한 것이다. 그 여자는 그리 젊지 않았지만 아름다웠다. 나는 그녀의 다리와 초록색 치마, 초라한 갈색 재킷, 초록색 모자를 보았고, 무엇보다도 그녀의 부드럽고 슬픈 옆모습을 보았다. 그러자 얼마 동안인지는 알 수 없었지만 일순간 심장이 멎는 듯했다. 두 개의 유리벽 사이로 보이는 그녀는 옷을 바라보면서도 무언가 다른 생각을 하는 것 같았다. 나는 다시 심장이 두근거리는 것을 느꼈고, 그 여자의 옆모습을 계속 바라보았고, 불현듯, 그녀가 캐테라는 걸 알아차렸다. 그녀는 내게 다시 낯설게 여겨졌고, 잠시 동안 의심스러운 생각이 엄습하면서 내 몸은 뜨거워졌다. 머리가 이상해질 것 같았다. 그런데 그녀가 막 발걸음을 옮기기 시작했고, 나는 천천히 그녀의 뒤를 따라갔다. 유리벽이 없는 곳에서 보니 그녀는 정말 캐테였다.

그녀는 캐테였지만, 내가 기억 속에 간직하고 있는 캐테와는 달라도 너무 달랐다. 그녀의 뒤를 따라 거리로 접어드는 동안 그녀, 어제 밤새도록 함께 있었고, 15년 동안 결혼 생활을 해온 내 아내는 여전히 내게 낯선 동시에 또 무척 낯익게 생각되었다.

〈정말 미쳐 버릴지도 모르겠군.〉 나는 생각했다.

캐테가 어떤 가게로 들어가자 깜짝 놀란 나는 어느 채소 수레 옆에 멈춰 서서 가게 입구를 지켜보았다. 저 멀리, 내 뒤쪽의 저승에서 나에게 소리치는 것처럼 바로 내 옆에 서 있던 남자가 소리쳤다. 「양배추 사세요, 양배추, 두 개에 1마르크입니다.」 부질없는 생각이긴 했지만 가게로 들어간 캐테가 다시 밖으로 나오지 않을지도 모른다는 두려운 생각이 들었다. 나는 가게 입구를 쳐다보았고, 마분지로 만든 자바인의 얼굴을 바라보았다. 그는 커피 잔을 이 앞에 갖다 댄 채 히죽 웃고 있었다. 「양배추 사세요, 양배추, 두 개에 1마르크입니다.」 채소 장수의 목소리는 깊은 동굴에서 울려 나오는 것 같

223

았다. 나는 아주 많은 생각을 했지만 무엇을 생각했는지는 알 수 없었다. 캐테가 다시 가게에서 나왔고, 나는 깜짝 놀랐다. 그녀는 그뤼네 가로 들어가 아주 빠른 걸음으로 걸었다. 잠시 그녀의 모습을 놓쳐 겁이 났지만, 다음 순간 그녀가 장난감 가게의 쇼윈도 앞에서 발길을 멈추는 것을 보게 되었다. 그녀의 슬픈 옆모습을 다시 볼 수 있었다. 오랜 세월 밤마다 내 옆에 누워 있었던 그녀의 모습도. 나는 네 시간 전에 그녀를 보았지만 조금 전에는 그녀를 알아보지 못했다.

캐테가 고개를 돌렸을 때 나는 재빨리 채소 장수의 가게 뒤로 몸을 숨기고 그녀를 지켜보았다. 그녀는 시장바구니를 들여다보고 쪽지 한 장을 꺼내 찬찬히 살펴보았다. 내 옆에서 남자가 크게 소리를 질렀다.

「신사 여러분, 여러분이 50년 동안 면도를 한다고 생각해 보십시오, 그러면 여러분의 피부는…….」

하지만 캐테는 계속 걸었고, 나는 남자가 하는 말을 끝까지 들을 수 없었다. 나는 아내의 뒤를 따라, 아내와 마흔 걸음쯤 간격을 두고 빌도너 광장에서 교차하는 전차 선로를 건넜다. 캐테는 어느 여자 꽃장수의 가게 앞에서 발걸음을 멈췄다. 나는 이 세상 어느 누구보다도 나와 긴밀히 연결되어 있는 그녀의 손을 자세히 보았다. 그 손을 잡고 10년 넘게 계속 잠을 자고 식사하며 이야기를 나눴었다. 뿐만 아니라 같이 잠자는 것 이상으로 사람들을 연결시켜 주는 그 무엇이 그 손과 나를 연결시켜 주었었다. 우리에게는 서로 손을 맞잡고 기도하던 시절이 있었던 것이다.

캐테는 커다랗고 노란 마거리트를 샀고, 흰 마거리트도 샀다. 조금 전만 해도 아주 빨리 걷던 그녀는 천천히, 아주 천천히 계속 걸었다. 나는 그녀가 무슨 생각을 하는지 알 수 있었다. 그녀는 늘 말하곤 했다. 「우리 애들이 한 번도 놀아 보지 못한 들판에서 피는 꽃을 살 거예요.」

그렇게 우리는 앞뒤로 걸으면서 둘 다 아이들 생각을 했다. 나에게는 그녀를 따라잡아 말을 걸 용기가 없었다. 주위의 소음은 거의 들리지 않았다. 마이크에 대고 외치는 아나운서의 목소리가 아주 멀리서, 몹시 은은하게 내 귀에 울려 왔다. 「자, 여러분, 주목해 주세요, 드로기스트 전시회로 가는 임시 열차 H선이 출발합니다. 주목해 주세요, 임시 열차 H선이…….」

나는 캐테 뒤에서 회색 물결 속을 통과하듯 헤엄쳐 갔지만 심장의 고동을 더 이상 느낄 수 없었다. 캐테가 수도원 성당 안으로 들어갔다. 가죽으로 싼 검은 문이 닫히자 나는 또다시 두려워졌다.

이때서야 비로소 나는 수위실을 지나 사무실에서 나왔을 때 불붙인 담배가 아직 타고 있다는 것을 깨달았다. 담배를 내던지고 성당 문을 열자 오르간 변조음이 울려 퍼지기 시작했다. 나는 광장을 지나 되돌아가 어느 벤치에 앉아 기다렸다.

나는 오랫동안 기다리면서 캐테가 버스에 오르던 아침이 어땠는지 상상해 보려 했다. 하지만 아무것도 상상할 수가 없었다. 끝없는 강물 속에서 길을 잃고 허우적거리며 헤엄쳐

가는 느낌이었고, 눈에 보이는 거라곤 오로지 캐테가 나와야 할 성당의 검은 문뿐이었다.

정말 그녀가 나왔을 때, 나는 그녀가 캐테인지 알아보지 못했다. 그녀는 더 빨리 걸었고, 가방 위에 줄기가 긴 커다란 꽃을 올려놓고 있었다. 그녀가 빌도너 광장을 지나 그뤼네 가로 급히 되돌아가는 동안 나는 그녀와 보조를 맞추기 위해 서둘러야 했다. 그녀가 발걸음을 옮길 때마다 꽃들이 흔들렸고, 나는 손에 땀이 나고 가슴이 불규칙하게 뛰는 것을 느끼며 약간 비틀거리며 걸었다. 그녀가 본네베르크의 쇼윈도 앞에서 발걸음을 멈추자, 나는 재빨리 통로로 몸을 피해 방금 내가 서 있던 곳에 서 있는 그녀를 지켜보았다. 그녀의 부드럽고 슬픈 옆모습을 보았고, 그녀가 봄가을용 남자 외투를 찬찬히 들여다보는 것을 지켜보았다. 안팎으로 여닫는 상점의 커다란 문이 열릴 때마다 안에서 확성기 소리가 들려왔다.

「외투? 본네베르크에서. 모자? 본네베르크에서. 화장품? 본네베르크에서. 외투든 재킷이든 모자든, 본네베르크에선 무엇이든 좋습니다!」 캐테는 몸을 돌려 거리를 가로지르더니 레모네이드 가게 앞에 멈춰 섰다. 그녀가 카운터 위로 돈을 내밀고 거스름돈을 받아 지갑에 넣을 때 그녀의 조그만 손이 다시 보였다. 내가 잘 알고 있는 그 작은 동작이 그 순간에는 내 마음을 무척이나 고통스럽게 했다. 그녀는 레모네이드를 유리잔에 따라 마셨고, 안에서는 커다란 목소리가 들려왔다.

「외투? 본네베르크에서. 모자? 본네베르크에서. 화장품? 본네베르크에서. 외투든 재킷이든 모자든, 본네베르크에선 무엇이든 좋습니다!」

그녀는 병과 유리잔을 천천히 밀어 주고는 오른손에 꽃을 들고 다시 그곳을 나섰다. 수도 없이 껴안은 아내였지만 내가 알아보지 못한 그녀는 빠른 걸음으로 걸었고, 불안해하는 것 같았으며, 자꾸만 뒤를 돌아보곤 했다. 그럴 때마다 나는 머리를 숙이고 허리를 굽혔으며, 그녀의 모자가 잠시라도 눈에 보이지 않으면 마음 아파했다. 그녀가 게르스텐 가의 12번 버스 정류장에 멈춰 서서 나는 정거장 맞은편의 조그만 술집으로 재빨리 뛰어들었다.

「화주요.」 나는 둥글고 불그레한 주인의 얼굴을 향해 말했다.

「큰 걸로요?」

「네.」 나는 그렇게 말하고 바깥에서 12번 버스가 도착하는 것을, 캐테가 차에 오르는 것을 지켜보았다.

「건배.」 주인이 말했다.

「감사합니다.」 나는 그렇게 말하고, 화주를 단번에 꿀꺽 들이마셨다.

「한 잔 더 드릴까요?」 주인이 나를 찬찬히 들여다보았다.

「아니, 됐습니다. 얼마지요?」 내가 말했다.

「80페니히입니다.」

나는 그의 손에 1마르크를 올려 주었고, 그는 여전히 나를 찬찬히 들여다보며 동전 두 개를 내 손에 천천히 쥐어 주었다. 나는 밖으로 나왔다.

게르스텐 가로 접어들어, 몰트케 광장을 지나, 나는 어디로 가는지 모르는 사이에 사무실로 향하는 길로 천천히 되돌아왔다. 수위실을 지나 희게 회칠한 복도로 들어가서는, 바로크식 조각상들을 지나, 제르게 신부의 방문을 노크했다. 방에서는 아무런 응답이 없었고, 나는 안으로 들어갔다.

나는 아주 오랫동안 제르게 신부의 책상에 앉아 서류 뭉치를 바라보았다. 전화벨이 울려도 그냥 무시해 버렸다. 복도에서 웃는 소리가 들렸고, 다시 전화벨 소리가 격렬하게 울렸으나, 뒤에서 신부의 목소리가 들렸을 때에야 나는 비로소 제정신이 들었다.

「아니, 보그너 씨, 벌써 돌아왔어요? 이렇게 빨리?」

「빨리요?」 나는 돌아보지 않고 말했다.

「네, 20분도 안 걸렸어요.」 신부는 웃으면서 말한 다음 내 앞에 서서 나를 바라보았다. 나는 그의 얼굴을 보고 무슨 일인지 알아차렸다. 그 순간 모든 것을 알게 되어 정신이 번쩍 들었다. 그의 얼굴을 보고 그가 먼저 돈 생각을 한다는 걸 알 수 있었다. 신부는 돈에 무슨 문제가 생겼을 거라 생각한 것이다. 그의 얼굴에 그런 표정이 드러나 있었다.

「보그너 씨,」 그가 나지막이 말했다. 「어디 아픈가요, 아니면 술에 취했나요?」

나는 주머니에서 수표와 현금이 든 봉투를 꺼내 전부 신부 앞에 내놓았다. 그는 그것을 받아 들고 확인도 하지 않고 자기 책상 위에 올려놓았다.

「보그너 씨, 무슨 일이 있었는지 말해 보세요.」

「아닙니다, 아무 일도 없었어요.」 내가 말했다.

「몸이 불편한가요?」

「아닙니다, 무슨 생각을 하고 있어서요. 어떤 생각이 떠올랐거든요.」 제르게 신부의 깨끗한 얼굴 뒤로 또다시 모든 것이 보였다. 내 아내 캐테의 모습이 보였으며, 누군가가 〈외투?〉 하고 외치는 소리가 들렸다. 다시 캐테의 모습, 그뤼네가 전체, 캐테의 초라한 갈색 재킷이 보였고, 누군가가 드로기스트 전시회로 향하는 임시 열차 H선이 있다고 외치는 소리가 들렸다. 성당의 검은 문과 내 아이들의 무덤에 쓰려고 산, 줄기가 긴 노란 마거리트가 보였다. 누군가가 〈양배추!〉 하고 외쳤다. 이 모든 것이 다시 보이고 들렸으며, 신부의 얼굴 속에서 캐테의 슬프고도 부드러운 옆모습이 보였다.

신부가 내 앞을 떠났을 때, 한 번도 사용한 적 없는 파이앙스 난로 위의 하얀 벽 위로 번쩍이는 이 앞에 커피 잔을 갖다 댄 마분지로 만든 자바인이 보였다. 「차 좀 불러 줘요!」 신부가 전화기에 대고 소리쳤다. 「지금 바로 차 한 대 불러 줘요!」 그제야 다시 그의 얼굴이 보였고, 손에 쥔 돈의 감촉이 느껴졌다. 내 손에는 번쩍거리는 5마르크 동전이 쥐어져 있었다. 신부가 나를 보며 말했다. 「집에 가봐야겠어요.」

「네.」 나는 말했다. 「집에 가봐야지요.」

사라진 세계의 거울, 하인리히 뵐의 삶과 작품

1. 삶과 작품이 완전히 일치한 작가

독일의 작가이자 노벨 문학상 수상자인 하인리히 뵐이 사망한 지 어느덧 25년이 지났다. 1985년 7월 16일에 뵐이 사망하자, 독일 작가 지크프리트 렌츠Siegfried Lenz는 〈작품에서 오직 자신의 시대를 묘사하려 했고, 이로써 모든 시대를 위해 글을 쓴 작가 하인리히 뵐은 결코 잊히지 않을 것이다〉[1]라고 했다. 뵐은 많은 작품들에서 나치스, 전쟁, 사회 정치적 테마를 다루면서 가톨릭교회와 독일 시민의 속물근성을 비판했고, 독일의 과거 반성을 촉구했다. 그리하여 전후 독일 문학의 가장 중요한 대변자가 되었을 뿐만 아니라 독일에서 작품이 가장 많이 읽히는 작가 중 한 명이 되었다. 그런데 사반세기가 지난 오늘날의 상황은 어떠한가? 〈지금 렌츠의 발언은 상당히 무색해지고 있다. 세상 사람들은 이제 존

---

1 『데어 슈피겔』, 1985년 7월 22일 자 기사에서 인용.

경하는 위대한 존재였던 뵐에 대해 더 이상 이야기하지 않고, 그는 이제 독일어 수업에만 가끔 등장할 뿐이다. 그의 작품은 그 뜻은 좋지만 낡은 것으로 치부되고 있〉[2]다.

뵐의 오랜 동료인 문학 평론가 마르셀 라이히-라니츠키 Marcel Reich-Ranicki는 〈뵐은 25년 동안 죽어 있다. 오늘날에는 다른 주제들이 현안으로 대두했고, 그리하여 뵐의 책, 그리고 뵐과의 괴리가 점점 커지고 있다〉[3]고 인정했다. 또한 「디 벨트」지와 같은 우익 신문에서는 〈하인리히 뵐은 얼마나 오래 죽어 있는가?〉라는 제목의 특집 기사로 뵐에 대한 부정적인 평가를 실었고, 프란츠오벨 Franzobel과 같은 작가는 〈하인리히 뵐만큼 대중의 의식에서 빨리 사라진 작가는 드물다〉[4]라고 하면서 그를 폄하했다. 그러나 「디 차이트」지에서는 〈옛 독일의 정치 문화에 끼친 뵐의 중요성을 과대평가했다고는 할 수 없다. (……) 뵐의 과격성, 통렬함, 날카로움은 훗날 자신이 무정부주의적이라고까지 선언한 민주적 사명의 일부였다〉[5]라며 여전히 뵐을 옹호하고 있다. 뵐의 오랜 친구이자 동지였던 귄터 발라프 Günter Wallraff는 뵐은 〈터키의 풍자 작가 아지즈 네신 Aziz Nesin과 아울러 거의 유일하게 삶과 작품이 완전히 일치한 작가〉라며 〈독립과 자유를 추구한 그의 정신은 오늘날에도 유효하다〉[6]고 말

2 「쥐트도이체 차이퉁」, 2010년 7월 16일 자 기사에서 인용.
3 「프랑크푸르터 알게마이네 차이퉁」, 2010년 7월 16일 자 기사에서 인용.
4 「디 벨트」, 2010년 7월 16일 자 기사에서 인용.
5 「디 차이트」, 2010년 7월 16일 자 기사에서 인용.
6 「쥐트도이체 차이퉁」, 2010년 7월 16일 자 기사에서 인용.

한다. 이처럼 하인리히 뵐을 보는 시각은 여전히 첨예하게 대립되고 있다.

진실한 가톨릭 가정에서 보낸 어린 시절

독일이 제1차 세계 대전에서 패망하기 한 해 전인 1917년 12월 21일 쾰른에서 태어나 1985년 7월 16일 랑엔브로히 Langenbroich에서 사망한 하인리히 뵐은 전후 독일에서 가장 성공적인 작가 중 하나로 평가된다. 그의 작품은 토마스 만이나 귄터 그라스 못지않게 많은 독자를 확보했고, 독일뿐 아니라 전 세계에 막강한 영향력을 행사했다. 뵐은 토마스 만이 1929년 『부덴브로크 가의 사람들Buddenbrooks』로 노벨 문학상을 받은 이래 제2차 세계 대전 후 독일 국적의 작가로는 최초로[7] 노벨 문학상을 받음으로써[8] 일약 국제적인 작가가 되었다.

하인리히 뵐은 가구 제작자이자 목공예가인 빅토르 뵐 Viktor Böll과 그의 두 번째 아내인 마리아Maria(결혼 전 성은 헤르만Hermann) 사이에서 태어났다. 뵐의 조상은 헨리 8세가 성공회를 국교로 정하자 영국을 떠나 네덜란드를 거쳐 독일의 라인 강변으로 이주한 가톨릭교도였는데, 딸 둘을

---

7 1946년 『유리알 유희Das Glasperlenspiel』(1943)로 노벨 문학상을 받은 헤르만 헤세Hermann Hesse는 스위스 국적이었고, 1966년 시극 『엘리: 이스라엘의 고통에 대한 신비극Eli. Mysterienspiel vom Leiden Israels』(1951)으로 노벨 문학상을 받은 유대계 독일인 넬리 작스Nelly Sachs는 나치스가 등장한 후 스웨덴으로 이주해 스웨덴 국적이 되었다.

8 1972년에 수상하였고 수상작은 『여인과 군상Gruppenbild mit Dame』이었다.

둔 홀아비인 빅토르 뷜은 농사와 맥주 양조업을 하던 집안의 마리아와 결혼했다. 하인리히 뷜은 아버지 빅토르의 여덟 번째 자식이자 세 번째 아들이었다. 소시민이었던 뷜의 부모는 로마 가톨릭을 믿었고 나치스에는 단호하게 반대했다.

하인리히 뷜이 네 살이 되었을 때 그의 가족은 쾰른 교외에 있는 라더베르크의 집으로 이사했다. 히틀러가 감옥에서 『나의 투쟁Mein Kampf』을 쓰던 해인 1924년에 뷜은 가톨릭계 학교인 라더탈 초등학교에 들어갔다. 그런데 그가 열 살이 되었을 때 남동생이 성홍열에 걸렸다. 뷜은 이미 병에 걸렸다가 나았지만 다른 아이들에게 전염시키지 않으려면 집밖에 나가서는 안 되었고 격리 기간이 지난 후에도 다시 학교로 돌아가지 못했다. 뷜의 부모는 뷜과 그의 남매들을 엄격한 가톨릭식으로 교육했다. 뷜이 태어났을 때 쾰른에 있는 라인 강의 어느 다리에서 보초를 섰던 아버지는 전쟁을 몹시 증오하는, 예술적 재능이 있고 이사하기를 좋아하는 약간 불안정한 남자였다. 반면에 도전적이고 정열적이며, 감수성이 예민하고, 대담하며 지적이었던 어머니는 뷜에게 이상적인 여인상이었다. 가난한 자와 약자에게 따뜻한 시선을 보낸 어머니는 뷜에게 유일하게 참되고 진실하며 위대한 가톨릭 신자였다. 『그리고 아무 말도 하지 않았다Und sagte kein einziges Wort』에서는 보그너의 어머니에게서 뷜의 어머니상이 구현되고 있다.[9] 또 뷜이 어린 시절과 청년 시절에 보고 겪은 전쟁은 그의 삶에 깊은 흔적을 남겼다. 뷜은 어린 시절에 어머니의 팔에 안겨 창문 밖을 지나는 군인들을 본 것을 기억했다. 남루한 옷차림의 군인들이 라인 강 다리 위로 말과 대포를 끌고 질서 정연하게 행진해 갔던 것이다.

뵐은 열한 살 때 카이저 빌헬름 김나지움에 들어갔다. 그가 김나지움에 다니던 1928~1929년에는 독일 경제가 비약적으로 발전해 국민들의 경제 사정이 잠깐 나아졌지만, 인플레이션으로 어려움을 겪던 뵐의 아버지는 세계 대공황으로 타격을 받아 1930년에 집을 팔아야 했다. 그래서 가족은 쾰른의 구(舊)시가지 외곽으로 이사를 해야 했다.

전쟁, 탈영…… 폐허가 된 쾰른으로의 귀향

1933년 히틀러가 집권했지만 빵, 포도주, 폭스바겐을 주겠다던 공약과는 달리 경제 위기와 실업은 해소되지 않았다. 히틀러는 고속도로와 병영을 건설하고 군대를 증강했다. 뵐은 거리에서 형제들이나 친구들과 다닐 때 나치스 돌격대(SA)나 히틀러 청소년단(HJ)이 옆으로 행진해 가는 것을 자주 목격했다고 한다. 뵐과 그의 친구들은 그들에게 오른손을 쳐들어 히틀러식으로 〈하일 히틀러〉 하고 경례를 해야 했다. 뵐은 행진하는 발소리가 들리면 옆집으로 피했다. 나치스에 의해 구타당하고 체포, 연행되는 사람들을 보며 뵐은 거리에 있는 것이 더 이상 안전하지 않다고 느꼈다.

9 『그리고 아무 말도 하지 않았다』의 다음 내용을 참조할 것. 〈어머니는 선량한 분이셨다. 누가 찾아오든 문전 박대하는 일이 없었고, 구걸하러 온 이들에게 빵이 있으면 빵을, 돈이 있으면 돈을 주었고, 최소한 커피 한 잔이라도 대접했다. 우리 집에 아무것도 줄 것이 없을 때는 깨끗한 유리잔에 시원한 냉수라도 따라 내놓으며 그들에게 위로의 눈길을 보냈다.〉

열일곱 살이 되던 해에 뵐은 글 쓰는 일을 직업으로 삼기로 마음먹었다. 그 시절 뵐은 벌써 굉장히 많은 분량의 시와 소설을 썼지만 히틀러가 집권한 시대라 세상 빛을 보지 못하고 묻히고 말았다. 히틀러를 극도로 싫어한 뵐의 부모는 자식들과 독일에서 일어난 사건에 대해 자주 토론을 벌였다. 1937년 고등학교 졸업 시험에 합격한 뵐은 본Bonn의 서적상 마티아스 렘페르츠Matthias Lempertz의 견습생으로 들어가 근무했다. 6개월 간 나치스 노동 봉사단(RAD) 근무를 해야 대학에 들어갈 수 있었기 때문에 대학에는 들어가지 못했다. 뵐은 모두가 가입하는 나치스 조직에 가입하기를 거부했고 조만간 전쟁이 일어날 것이라 생각하여 직업 교육을 받는 것이 무의미하다고 판단, 1년 후에 수습 일도 그만두었다.

뵐은 집 안에 틀어박혀 계속 책을 읽고 습작에 열을 올렸다. 1938년 가을, 그는 노동 봉사대에 소집되어 반 년 동안 힘든 육체노동을 한 끝에 대학에 들어갈 수 있는 자격을 얻었다. 뵐은 쾰른 대학에서 독문학과 고전 어문학, 즉 라틴어와 그리스어를 공부했지만 강의보다는 집필에 더 비중을 두었다. 그러다 전쟁이 발발했고, 1939년 여름에 군대에 소집되어 1945년 4월 미군에 포로로 잡혀 9월에 풀려날 때까지 군대에서 복무했다. 프랑스, 소련, 루마니아, 헝가리 등지에서 복무하면서 여러 번 부상을 당했고 티푸스에 걸려 야전 병원에 입원했으며 전쟁에서 도망치기 위해 휴가증을 위조하기도 했다.

뵐은 1942년에 휴가를 얻어 누나로부터 소개받아 오랫동안 사귀던 아네마리 체히Annemarie Čech와 결혼했다. 그녀는 체코의 플젠 태생으로 체코인 법률가였던 아버지와 독일 서부의 라인란트 출신인 어머니가 모두 세상을 떠나 쾰른의 친척 집에서 자랐다. 체히는 뵐의 작품을 영어로 번역했고, 그의 작품을 읽고 서슴없이 평하는 평론가 역할도 해주었다. 연합군의 대공습으로 쾰른이 파괴되었을 때 아내 아네마리 뵐은 산악 마을로 피난을 가 있었다. 뵐은 휴가증을 위조해 휴가를 나와 아내를 찾아갔다. 탈영을 하면 사형을 선고받고 잡힌 자는 즉석에서 사살됐기 때문에 그는 계속 생사의 갈림길에 서야 했지만, 삶에 전기를 마련하려면 위험을 무릅써야 했다. 1945년에 그는 또 한 차례 휴가증을 위조해 탈영했다가 다시 군으로 복귀했다. 뵐의 견해에 따르자면 탈영병이 살아남을 수 있는 가장 안전한 장소는 군대였다.

1945년 봄, 뵐은 미군에 체포되었고, 프랑스와 벨기에에 있는 미군과 영국군의 포로수용소에 수감되어 모욕적인 대우를 받고 돌멩이 세례를 당하기도 했다. 그는 〈독일인〉이라는 단어를 자신과 관련시킨 적이 없었지만 이 시기에는 자신이 독일인이라고 느꼈다. 1945년 9월, 포로수용소에서 풀려나 독일로 돌아간 뵐은 아내와 아내의 남매들과 함께 쾰른으로 되돌아갔다. 그러나 그들은 온통 파괴되어 폐허가 된 쾰른을 보았을 뿐이었다. 뵐의 맏아들 크리스토프Christoph는 태어난 지 석 달 만에 사망했고, 이어서 라이문트Raimund, 레네René, 빈센트Vincent가 1947년과 1948년, 1950년에 차례로 태어났다.

상흔을 되새기는 습작의 시기

1945년 포로수용소에서 돌아온 뵐은 시(市)의 조사부에서 인구 조사원으로 일하면서 전쟁으로 오랫동안 중단되었던 글쓰기를 다시 시작할 수 있었다. 전쟁 기간 동안 매일 엄청난 양의 편지를 쓰긴 했지만 이제 본격적으로 소설을 쓰기 시작했다. 뵐은 소년 시절에 클라이스트,[10] 톨스토이, 도스토옙스키, 레옹 블루아,[11] 알베르 카뮈, 찰스 디킨스, 오노레 드 발자크의 영향을 받았고, 어니스트 헤밍웨이의 간결한 문체와 윌리엄 포크너의 의식의 흐름 기법을 받아들였으며, 발자크, 디킨스 등 사회 비판적인 경향을 지닌 사실주의 작가들의 작품을 주로 읽었다. 완전히 파괴된 쾰른에서 먹고사는 것이 힘들었지만 일정 시점까지는 빈집에 들어가 살아도 되었다고 한다. 뵐은 가족의 집을 새로 정비했고, 임시변통으로 방을 수리하자마자 다시 글을 쓰기 시작했다. 대학에도 다시 등록했는데, 대학에서 생필품 카드를 발급해 주어서였다.

이 시기에는 뵐의 아내가 교사로 일하면서 가정의 생계를 꾸려 나갔다. 뵐은 1946년 7월부터 첫 번째 장편소설 『사랑이 없는 십자가Kreuz ohne Liebe』를 집필하기 시작했고, 전후 문학이나 전쟁 문학, 폐허 문학, 귀향자 문학으로 불릴 수

10 Bernd Heinrich Wilhelm von Kleist(1777~1811). 독일의 극작가이자 소설가. 사실주의의 선구자로 일컬어진다. 대표작으로 『깨어진 항아리』(1812)가 있다.

11 Léon Bloy(1846~1917). 프랑스의 소설가. 독실한 가톨릭 신자로 알려져 있으며, 대표작으로 『절망한 사람』(1886), 『가난한 여인』(1897)이 있다. 조르주 베르나노스의 작품에도 많은 영향을 끼쳤다.

있는 그의 최초의 단편들이 1947~1948년에 잡지에 실렸다. 이 시기의 작품들에서 뷜은 전쟁 경험과 전후 독일에서 잘못된 방향으로 나아가는 사회에 대해 주로 다루었다. 그렇지만 고료는 가계에 별로 도움이 되지 않았고, 장편소설을 썼지만 책이 발간되지 않아 돈도 받지 못했다. 단편 작가로서 뷜의 명성을 높인 몇 편의 수준 높은 단편소설이 단편집 『나그네여, 그대는 슈파······로 가는가*Wanderer, kommst du nach Spa...*』(1950)에 실렸다. 그러나 책을 사는 사람은 많지 않았고 뷜은 돈을 벌기 위해 다시 여러 직업을 전전해야 했다. 그 시기에 쓰인 다른 단편들은 부분적으로 약간 고쳐져 1983년 출간된 단편집 『상처 입은 사람들 그리고 그 밖의 초기 단편들*Die Verwundung und andere frühe Erzählungen*』에 실렸다. 뷜은 프랑스에서 전쟁 포로 생활을 하면서 문필가이자 시나리오 작가인 에른스트-아돌프 쿤츠Ernst-Adolf Kunz를 알게 되어 돈독한 우정을 쌓았는데, 그 시기에 주고받은 편지가 『희망은 맹수와도 같다*Die Hoffnung ist wie ein wildes Tier*』라는 제목으로 1994년에 출간되었다.

낙오자와 이탈자, 그들의 기억을 재생하다

뷜은 47년 그룹[12]에 초대받음으로써 삶에 커다란 전기를

12 Gruppe 47. 미국의 전쟁 포로로 잡혀 있던 독일 작가들이 무너진 독일 문학의 전통을 재확립하는 데 관심을 갖고 1947년에 시작한 문학 단체. 이들은 나치스의 선전 문구 등이 독일어를 부패시켰다고 생각하여 과장과 시적 만연체를 배제한, 냉정하다 싶을 정도로 무미건조한 서술적 사실주의를 옹호했다. 이들은 독일로 돌아와 주간지 『데어 루프*Der Ruf*』를 창간했는데,

마련하게 된다. 1951년 5월에 47년 그룹에 데뷔하여 큰 성공을 거두었지만, 이 시기에 발표한 몇몇 작품들은 일반 독자들에게 별다른 반향을 불러일으키지 못했다. 그는 작가 알프레드 안더슈Alfred Andersch의 제안으로 바트 뒤르크하임에서 열린 제7차 회합에 초대되었다. 뵐은 처음으로 이 그룹에 참가하여 풍자 소설 『검은 양들Die schwarzen Schafe』을 낭독했고, 헝가리 출신 작가 밀로 도르Milo Dor를 근소한 차이로 제치고 47년 그룹상을 수상, 상금 1천 마르크를 받았다. 상을 받고 유명해진 뵐은 쾰른 시의 보조 일자리를 그만두고 전업 작가가 되었으며, 그의 아내도 교사 일을 그만두고 영문 번역가로 활동하기 시작했다. 그리고 마침내 독자와 비평가들이 그의 책에 관심을 갖기 시작했다.

뵐은 과거의 고통스러운 기억을 떠올리며 겸손하게 재생하는 작업에 착수했다. 초기 장편 『열차는 정확했다Der Zug war pünktlich』(1949)와 『아담아, 너는 어디 있었느냐Wo warst du, Adam?』(1951)는 병사들의 어둡고 절망적인 삶과 전쟁의 무의미함을 간결한 문체로 그리고 있다. 뵐의 뮤즈는 기억의 여신 므네모지네Mnemosyne였고, 그의 모토는 〈과거의 죄악과 상실의 아픔을 기억하라〉였다. 그는 서독이 화

정치적으로 급진주의 경향을 띠고 있다 하여 미군 정부가 발행을 금지시켰다. 이 그룹의 주요 인물로는 소설가 한스 베르너 리히터Hans Werner Richter와 작가 알프레트 안더슈가 있다. 이 그룹의 정치적 의도가 점차 사라짐에 따라 문학적 명성은 높아졌으며, 매년 수여하는 47년 그룹상은 수상자에게 커다란 명성을 안겨 주었다. 이 상의 수상자로는 노벨상 수상자인 귄터 그라스와 하인리히 뵐이 있다.

폐 개혁과 군부 재무장으로 서구 사회에 편입되어 경제적 부흥을 이룩한 상황 속에서 번영의 그늘 속에서 곪아 가는 정신적 상처를 문학의 대상으로 삼았다.

불공정한 주택 배정 문제를 소재로 한『그리고 아무 말도 하지 않았다』(1953)와 한 기계공의 삶을 통해 불안정한 현실을 묘사한『지난 시절의 빵 *Das Brot der frühen Jahre*』(1955)은 사회에서 낙오한 자의 물질적 빈곤과 평등의 허위성을 보여 주었다. 전쟁으로 아버지와 아들, 남편을 잃고도 삶에 대한 힘찬 의욕을 보여 주는 여자의 이야기를 다룬『보호자 없는 집 *Haus ohne Hüter*』(1954), 삼대에 걸친 어느 건축가 집안을 통해 현실의 불안함을 탐구한『아홉시 반의 당구 *Billard um halbzehn*』(1959)는 내면의 상처와 과거에 대한 부담감을 그리고 있다.

『그리고 아무 말도 하지 않았다』가 성공을 거둠으로써 자신의 주거 문제를 해결한 뵐은 괴테의 이탈리아 여행에 비견될 아일랜드 여행을 한 뒤『아일랜드 일기 *Irisches Tagebuch*』(1957)를 펴낸다.『아일랜드 일기』는 정치와 전쟁을 다루지 않은 첫 작품으로, 출간되었을 때 많은 독자들과 비평가들이 뵐이 과거를 극복했다며 기뻐했다. 아일랜드의 원시 상태에 가까운 가톨릭 신앙, 반유물론적인 삶의 철학은 이후 뵐의 정신세계와 작품 활동에 깊은 영향을 주었다.

뵐이 1950년대에 사회에 적응하지 못해 탈락하고 낙오한 사람, 그래도 어떻게든 사회에 복귀해 보려는 사람들을 그렸다면, 1960년대에 접어들면서 발표한『어느 어릿광대의 견해*Ansichten eines Clowns*』(1963), 『부대 이탈*Entfernung von der Truppe*』(1964), 『운전 임무를 마치고*Ende einer Dienstfahrt*』(1966)와 같은 작품들은 보다 적극적으로 사회에서 이탈하거나 군대에서 탈영하는 주인공의 모습을 보여준다. 이 세 작품의 주인공인 어릿광대, 분뇨 처리장 노동자, 탈영병은 살 만한 나라에서 살 만한 언어를 발견하는 것이 어렵다고 느끼고, 절망과 체념 속에서 차라리 사회를 떠나는 것이 인간 회복의 유일한 가능성이라 생각해 탈출과 탈영을 감행하는 것이다. 『어느 어릿광대의 견해』에서 슈니어는 재벌 2세라는 자신의 신분을 내던지고 걸인 악사가 되어 사회로부터의 탈출을 감행하고, 『부대 이탈』에서 슈묄더는 독자와 비평계로부터 탈출을 시도하며, 『운전 임무를 마치고』에서 그룰은 연방군에서 실제로 탈영하여 시위하듯 군용 지프에 불을 지른다.

빌이 1964년 프랑크푸르트 대학에서 강의한 내용을 정리한 『프랑크푸르트 강의록*Frankfurter Vorlesungen*』(1966)의 요점은 〈살 만한 나라에서 살 만한 언어를 추구하는 것〉이었다. 빌이 말하는 〈인간적〉이라는 개념은 고향, 이웃 간의 정, 자기 신뢰와 상호 신뢰를 의미했다. 그렇지만 빌은 어떤 작가의 신조 때문에 그를 칭찬하고 형식이 지닌 가치는 무시하는 것도 일종의 기만이라고 했다. 신조라는 것은 그것이 종교적인 것이라 해도 지겹거나 권태로워서는 안 되고 작품 안에서 필요 이상으로 지나쳐서는 안 된다는 것이었다.

현실적인 정치 문제를 멀리했던 빌이었지만 1966년 독일에서 기민당(CDU)과 기사당(CSU)이 사민당(SPD)과 연합한 대연정이 이루어지면서 상황이 달라졌다. 많은 사람들이 이와 같은 대연정을 유권자에게 금치산 선고를 내린 것으로 보았다. 앞으로 어떤 정당을 선택하든 언제나 정부를 지지하는 셈이었기 때문이다. 대연정이 전쟁, 내란, 재앙 등이 일어날 때를 대비해 긴급 조치법을 준비하자 긴급 사태가 무엇인가에 대한 격렬한 토론이 벌어졌다. 뵐은 이러한 긴급 조치법에 에세이와 공적인 연설로 반대하면서 적극적으로 정치에 참여할 필요성을 느꼈다. 그러던 중 뵐은 1967년 다름슈타트 시의 어문학 아카데미에서 수여하는 게오르크 뷔히너상을 받았다. 그러나 당시 뵐은 간염과 당뇨병으로 위험한 상태에 처해 몇 달 동안 자리에 누워 있어야 했다.

살 만한 나라, 살 만한 언어를 추구하다

1970년대에 들어와서 뵐은 이상적인 사회의 싹을 찾으며 나름대로 어떤 사회주의적 공동체를 모색하게 된다. 뵐은 이윤이 없고 계급이 없으며 이념으로 경직되지 않은 사회를 희망했다. 희곡 『문둥병*Aussatz*』(1970)에서 사회로 복귀하려는 의지를 보여 준 뵐은 『여인과 군상*Gruppenbild mit Dame*』(1971)에서는 보다 나은 사회 모델을 위한 적극적인 희망을 품는다. 뵐은 귀부인 레니 파이퍼의 삶 속에 등장하는 많은 사람의 입을 빌려 제1, 2차 세계 대전부터 1970년대에 이르기까지 독일인의 삶의 모습을 그렸는데, 이 작품으로 노벨 문학상을 받았고 그것을 개인적 명예이자 독일 전후 문학에 대한 표창이라 생각했다.

　서독의 초대 수상인 아데나워Adenauer의 정책에 반대한 뵐은 이후에도 좌파 지식인의 면모를 유지하고자 했다. 1970년에 독일 펜클럽 회장에 임명되어 1972년까지 재임했고, 1971년에는 국제 펜클럽 회장이 되어 1974년까지 재임했다. 비관용, 검열, 인종 증오, 계급 증오 및 민족 증오에 반대하는 동맹인 펜클럽 회장이 된 뵐은 열악한 대우를 받는 작가들, 자신의 견해를 피력했다는 이유로 감옥이나 강제 노동 수용소, 정신 병원에 수감된 수백 명의 작가들과 지식인들을 위해 헌신적으로 일했다.

　같은 시기, 적군파 테러리스트들과 관계를 맺었던 뵐은 테러리스트 울리케 마인호프Ulrike Meinhof를 옹호한 일로 정치적 스캔들에 휩싸였다. 그와 관련하여 보수적인 언론 재벌 악셀 슈프링어Axel Springer로부터 격렬한 비난을 받았고, 보수 진영으로부터 테러리스트의 정신적 동조자로 치부되어 극심한 고초를 겪었다. 당시 기민당 국회의원이었던 프리드리히 포겔Friedrich Vogel은 뵐과 하노버 대학의 심리학 교수 페터 브뤼크너Peter Brückner를 테러 방조자라고 비난했다. 독일 당국에서는 경찰에 쫓기는 적군파 회원이 뵐의 집에 은신해 있을지도 모른다고 생각하여 1972년 6월 1일 랑엔브로히에 있는 그의 집을 수색했다. 뵐은 이에 대해 닷새 후 연방 내무부 장관 겐셔Genscher에게 문서로 항의했고, 당국의 이러한 행동, 특히 동원된 경찰 수에 대해 논란이 빚어졌다.

이런 경험을 토대로 뵐의 대표작인 『카타리나 블룸의 잃어버린 명예: 혹은 폭력은 어떻게 발생하고 어떤 결과를 가져올 수 있는가』[13](1974)가 발표되었다. 1970년대의 폭력에 관한 논쟁을 불러일으킨 이 작품에서 뵐은 악셀 슈프링어의 문제를 비판적으로 다루었다. 이 작품에서 개선의 희망이 없는 독일에 절망한 주인공이 결국 조국을 떠나 외국으로 가려는 모티프가 등장한다.

『민족적 성향에 대한 보고서*Berichte zur Gesinnungslage der Nation*』(1975)에서 1972년 1월 과격파 훈련을 승인한 정부가 국민의 정신 상태 및 견해의 수집에 광적인 관심을 두고 있음을 풍자했고, 『신변 보호*Fürsorgliche Belagerung*』(1979)에서는 보호라는 명목으로 시민을 감시하는 국가 체제를 고발했다. 뵐이 꿈꾸는 이상 사회는 따스한 인간적 유대가 맺어지는 인정 어린 사회이고, 또한 일자리와 소득이 제대로 분배되는 정의 사회였다. 그럼에도 그는 돌멩이, 화염병, 최루탄을 이용한 폭력 행위로는 그런 사회를 만들 수 없으며 그런 사고방식 자체는 위험한 것이라고 경고했다.

또한 뵐은 독일뿐만 아니라 폴란드나 소련 같은 다른 나라의 정치적 문제에 더욱 관심을 갖고 비판적인 태도를 취했다. 소련의 반체제 인사인 알렉산드르 솔제니친Aleksandr Solzhenitsyn과 레프 코펠레프Lew Kopelew를 자신의 집으로 초대해 만났고, 볼리비아의 여성 대표단과 대화를 나누면

---

13 원제는 ⟨Die verlorene Ehre der Katharina Blum oder: Wie Gewalt entstehen und wohin sie führen kann?⟩이다.

서 남미의 문제에도 관심을 기울였다. 1970년대 말에는 베트남의 보트 피플을 지원하는 일에도 관심을 가져 이후 독일에서 구급 의사회가 생기는 데 기여했다. 또한 뵐은 나토 재무장에 반대하는 평화 운동을 지지했고, 1983년에는 무트랑엔의 로켓 기지 봉쇄 시위에 참가했다. 1985년에는 자신의 마지막 작품이며 예술의 문제를 실존과 저항의 측면에서 다룬 『강 풍경을 마주한 여인들Frauen vor Flußlandschaften』이 출간되었다. 1949~1989년까지 연방 수도였던 본에 관한 문학적 기념비로 일컬어지는 이 작품에서 주인공은 독일을 떠나려고 시도했지만 탈출이나 파괴, 해체가 최선이 아님을 깨닫고 독일을 사람이 살 만한 사회로 만들어 보려는 꿈을 꾼다.

뵐의 초기 작품에서는 주인공들이 전쟁의 상처와 가난으로 인해 권태와 좌절을 겪으며 점차 깊은 나락으로 떨어진다. 60년대에 접어들면서는 우울과 비탄, 체념과 절망에 빠져 성취를 거부하며 사회에서 탈출하고 군에서 탈영하려는 상황까지 이른다. 70년대에 와서 그들은 물질 만능의 자본주의 체제를 경멸하며 폭파, 저격, 살인, 방화를 저지르며 급기야 생명을 거부하고 자살을 시도하기도 한다. 하지만 그의 마지막 작품에서 그들은 탈출이 아닌 살 만한 나라를 꿈꾸며 사회에 동참하기로 결심하는 것이다.

파수꾼의 죽음

뵐은 심한 흡연으로 오른쪽 다리 혈관 질환에 시달렸으며 혈액 순환 장애로 수술을 받고 인공 혈관을 삽입했다. 의사는 그에게 다리를 절단해야 될지도 모른다며 금연과 운동을 권했다. 노력 끝에 다리는 보존했지만 특수 신발을 신어야 했고 걸을 때는 목발을 짚어야 했다. 뵐은 수술을 받은 후 오랫동안 글을 쓸 수 없었지만 어느 문학 비평가가 나치스 치하의 그의 학창 시절에 대한 글을 써 달라고 부탁해 1933~1937년 사이에 일어난 일들을 회상하며 『소년은 도대체 무엇이 되어야 하는가? 혹은 책과 관련된 어떤 존재*Was soll aus dem Jungen bloß werden? Oder: Irgendwas mit Büchern*』(1981)를 썼다. 그는 거동이 불편해지자 부인과 함께 아들 부부가 사는 메르텐으로 이사했고 1982년, 새로운 장편을 쓰기 시작하면서 기쁨을 되찾았다.

1985년 7월 초, 뵐은 랑엔브로히의 별장에서 여름을 보내다가 복부에 통증을 느껴 쾰른의 한 병원에 입원한다. 수술을 받고 집으로 돌아왔으나, 다음 날인 7월 16일 급작스럽게 사망했다. 사흘 뒤 그는 지인이었던 신부가 집전하는 가톨릭 의식에 따라 쾰른 근교의 메르텐에 매장되었다. 1976년 가톨릭교회를 떠난 뵐이 죽기 전 다시 가톨릭을 받아들였다는 소문이 퍼지기도 했지만 그렇게 보기는 어려웠다. 뵐의 가족은 귄터 발라프, 귄터 그라스, 레프 코펠레프 등 가장 가까운 친지들만 장례 미사에 초대했으나 2백 명이 넘는 동료와 정치가들이 조문객으로 찾아왔다. 이 장례에는 당시 연방 대통

령 바이츠제커Weizsäcker도 참석했는데, 이는 당시 대중이
뵐에게 커다란 관심을 보였다는 징표가 되었다.

1985년 7월 16일 하인리히 뵐이 사망하고 얼마 지나지 않
아 「선데이 뉴스페이퍼Sunday Newspaper」지에 저명한 신
학자이자 작가이며 한때 뵐의 동료이기도 했던 도로테 죌레
Dorothée Sölle가 쓴 다음과 같은 추모시가 실렸다.

　　하인리히 뵐이 눈을 감았을 때

　　무장하지 않은 군중에게
　　경찰이 쏘아 대는 총탄으로부터
　　이제 누가 나를 지켜 줄까
　　최루 가스로부터
　　누가 내 눈을 지켜 줄까
　　입을 막는 몽둥이로부터
　　누가 내 목소리를 지켜 줄까
　　Boenisch & Co.의 생각으로부터
　　누가 우리의 오성을 지켜 줄까
　　또한 절망으로부터
　　누가 우리의 마음을 보호해 줄까
　　추위로부터
　　누가 우리의 절망을 보호해 줄까

　　지난 시절의 빵과

죄책감과
눅눅한 냄새를
지금 누가 우리에게 기억시켜 주는가
비좁은 집의 잡동사니와
나누어 피우는 담배의 성찬식
그대가 예의라 불렀던
이런 종류의 원수에 대한 사랑을
지금 누가 우리에게 기억시켜 주는가

우리 자신으로부터
이제 누가 우리를 보호해 줄까
절망에 빠진 나를
누가 위로해 줄까
점점 더 아름다운 모습으로
가물가물 빛나는 전투기가
날아다니는 하늘 아래
승리는 아니더라도
적어도 눈물이라도
누가 우리에게 약속해 줄까
무장하지 않은 우리를
누가 강하게 해줄까
우리를 위해 누가 기도해 줄까

쾰른에는 녹색당과 가까운 하인리히 뷜 재단, 하인리히 뷜

문서실, 뵐의 생애와 작품에 대한 기록 보관소 등 뵐의 이름을 딴 여러 기관들이 있고, 그의 이름을 붙인 수많은 학교들이 있다. 뵐이 휴가를 보내던 아일랜드 애칠 섬의 작은 집은 별장으로 이용되고, 랑엔브로히에 있는 그의 집은 하인리히 뵐 장학생이 잠시 머무르는 곳으로 이용되고 있다. 그리고 쾰른 시에서는 1985년부터 독일 문학에서 괄목할 만한 성과를 낸 작가에게 하인리히 뵐 상이 수여되고 있다.

2. 『그리고 아무 말도 하지 않았다』: 전후 독일에서 쓰인 최고의 작품

『그리고 아무 말도 하지 않았다』가 출간되기 전까지 뵐의 책은 자유 민주당(FDP)과 관계가 있는 미델하우베 출판사에서 출간되었다. 1951년 뵐이 『검은 양들』로 47년 그룹상을 수상하자 슈니클루트, 주어캄프, 인젤, 홀레, 로볼트, 데슈 출판사 등이 그의 작품에 관심을 보였는데, 결국 뵐은 1952년 4월 27일 키펜호이어 운트 비치 출판사와 『그리고 아무 말도 하지 않았다』의 출판 계약을 맺었다.

뵐은 1952년 5월에 풍자 소설 『크리스마스 때뿐만 아니라 *Nicht nur zur Weichnachtszeit*』를 거의 끝마쳤고 1952년 8월 중순부터 12월 초 사이에 『그리고 아무 말도 하지 않았다』의 대부분을 집필했다. 1952년 12월 6일에 뵐은 친구 쿤츠에게 이미 소설을 다 끝마쳤다고 전했다. 그 전에 뵐은 성서 이야기를 쓰려고 했다가 대신 단편 「크리펜파이어Krippenfeier」

를 써서 프랑크푸르터 헤프텐 출판사에 보냈다. 그 작품에는 주인공 벤츠가 어둑할 무렵 역에 내려 성당에 들어가고, 거기서 바보 아이와 함께 있는 소녀를 바라보다가 그녀를 따라 간이식당으로 들어간다는, 『그리고 아무 말도 하지 않았다』의 분위기가 벌써 담겨 있었다. 또한 사회에서 낙오한 귀향자, 농부의 얼굴을 한 성직자와 같은 인물, 여러 가지 동기와 줄거리 면에서 1949~1951년 사이에 쓰여 1992년에 출간된 『천사는 침묵했다Der Engel schwieg』와 연결되며, 〈여느 날과 다름없는 하루Ein Tag wie sonst〉라는 제목의 방송극이 『그리고 아무 말도 하지 않았다』의 마지막 장을 토대로 제작되기도 했다.

1948년의 화폐 개혁 후에 서독의 대도시인 쾰른에서 벌어진 일을 부부 각자의 관점에서 그린 이 소설은 1953년 말까지 1만 7천 부 이상이 팔리며 커다란 성공을 거두었다. 이야기는 1952년 9월 30일 토요일 오전에 시작되어 10월 2일 정오경에 끝나는데, 작품의 제목은 예수의 수난을 다룬 흑인 영가 「그는 아무 말도 하지 않았다」[14]에서 따온 것이다. 가장인 프레드 보그너는 좁은 단칸방에서 아내 캐테, 세 아이와 함께 사는 것을 견디지 못하고 집을 나와 다른 데서 산다. 그는 전쟁과 가난으로 인한 상처를 안고 포격으로 파괴된 도시 이곳저곳을 떠돌아다닌다. 그의 아내 캐테 보그너도 절망적인 일상생활과 위선적인 가톨릭 신자인 프랑케 부인으로

---

14 원제는 〈He Never Said a Mumblin' Word〉이다.

부터 달아나고 싶어 하지만 아이들 때문에 수모를 견디며 초라한 방에서 억지로 살아간다. 또다시 임신한 그녀는 싸구려 호텔에서 남편과 함께 밤을 보내며 자신이 여전히 남편을 사랑하는 것을 깨닫지만 그와 헤어지기로 마음먹는다.

그런데 부부가 단칸방에 사는 까닭은 그들이 게으르거나 일하지 않아서가 아니라 프랑케 부인이 응접실을 포함해 네 개의 방을 갖고 있기 때문이다. 보그너가 그 응접실을 쓸 수 있었더라면 그는 집을 나가지 않았을 것이다. 지역의 성직자와 밀접한 관계에 있는 프랑케 부인은 주택을 배정하는 문제에서 부부를 도와주기는커녕 오히려 방해한다. 그녀는 자신의 이익을 포기하는 척해서 가톨릭교회의 환심을 사고 뒤로는 가난하고 힘없는 사람을 짓밟는 나쁜 사람이다. 사회는 보그너 부부처럼 낙오하고 탈락한 자를 그나마 마음대로 부리기 힘들다고 벼랑으로 밀어뜨리는 것이다. 가톨릭 신부 중에도 가톨릭교회에서 낙오한, 농부의 얼굴을 한 신부만이 그나마 따뜻한 마음으로 이웃 사랑을 실천한다. 소녀의 간이식당도 이런 따뜻한 사랑이 실현되는 공간이다. 상이군인 아버지와 지적 장애를 가진 동생을 진심으로 사랑하고 보살피는 소녀는 환한 빛을 발하는 천사 같은 존재로 좌절하고 절망한 부부에게 큰 힘을 준다. 가톨릭교회와 프랑케 부인으로 대변되는 시민 계층의 가톨릭 신자에 대한 비판은 프레드 보그너의 시각으로 그려지는 성 히에로니무스 성체 행렬의 묘사에서 그 정점을 이룬다. 행렬에서 묘사되는 주교의 모습은 당시 쾰른의 프링스Frings 대주교를 암시한다. 행렬에서 보여지는 가톨릭교회의 위계 구조와 그 대표자인 대주교의 거동이 뵐이 겨냥하는 목표점인 것이다.

사회에서 낙오한 보그너는 진실이 결여된 불공평한 사회에서 권태와 좌절을 느끼며 그 사회에 동참하기를 거부함으로써 탈락자이자 국외자가 된다. 아이를 많이 갖지 말라는 사회적 권유를 묵살하고 네 번째 아이를 가진 캐테 역시 사회 부적응자라 할 수 있다. 주변 사람들이 부부를 곱지 않은 시선으로 보는 동안 그들은 위선적이고 제도화된 가톨릭교회에서 점점 이탈하게 된다. 뿐만 아니라 보그너의 자식들도 사회적 상승의 가능성이 없고 미래도 그리 밝아 보이지 않는다. 캐테는 남편과의 관계를 끝내려는 마음을 그에게 털어놓는데, 거리에서 다시 아내의 행적을 본 프레드가 집에 돌아갈 것 같은 가능성이 마지막에 암시된다. 뵐은 원래 프레드 보그너의 귀가를 묘사하는 14장을 구상했지만 실제로 쓰지는 않았다. 가난은 사회적 책임이란 사실이 작품에서 분명히 제시되었는데 아내에 대한 사랑을 재발견하고 집에 돌아온다고 해서 사회적 환경이 좋아질 것이라 생각하지는 않았던 것이다.

이 작품에서 보그너 부부나 사회적 약자들이 처한 상황은 희망 없는 막다른 골목에 처해 있는 카프카 작품의 주인공들의 상황과 비슷하다. 하인리히 하이네Heinrich Heine의 시집 『로만체로Romanzero』 중의 「세상만사」에서도 이 소설의 주인공이 처한 것 같은 암담한 현실을 풍자하고 있다. 〈가진 것이 많은 사람은, 곧 더 많은 것을 얻게 될 것이다. 가진 것이 적은 사람은, 그것마저 빼앗기게 될 것이고/그러나 아무 것도 없는 사람은, 제 무덤이나 파는 수밖에, 뭔가 가지고 있는 놈들만이, 이 세상에서 살 권리가 있는 것이다.〉독일의 희곡 작가 게오르크 뷔히너Georg Büchner의 「헤센 지방의 급사(急使)Der Hessische Landbote」에 나오는 〈귀족의 생활은 항상 휴일이고, 서민의 생활은 항상 일하는 날이다〉라는 표현도 작중 인물들이 처한 상황에 적용될 수 있다.

하인리히 뵐은 이 작품으로 독일 비평가 협회 문학상을 비롯해 여러 문학상을 휩쓸었고, 47년 그룹에서도 작가로서의 가치를 인정받았다. 그러나 가톨릭 성직자에 대한 비판적인 서술로 가톨릭 교계로부터는 격렬한 비난을 받기도 했다. 이 작품에 대해 동시대의 독자들은 주로 내용에 대한 토론을 했는데, 오늘날에는 형식적인 면에서 부족한 점, 그중 가난한 자와 부자를 보는 도식적인 시각, 모티프의 투명성 문제, 부분적으로 판에 박힌 서술 등이 중점적으로 논의되고 있다. 그렇지만 뵐이 이 소설로써 서독의 여론에 점차 더 큰 영향을 미치게 되었다는 점에 대해서는 논란의 여지가 없다.

47년 그룹을 주도한 한스 베르너 리히터는 1953년 『그리고 아무 말도 하지 않았다』가 출간되자 〈전후 독일에서 쓰인 최고의 책〉이라고 평가했으며, 독일의 언론인이자 작가 카를 코른Karl Korn은 〈오늘날 독일에서 정말 힘이 있고 진실한 작품을 쓴 사람을 꼽는다면 나는 하인리히 뵐이라고 말할 것이다〉[15]라며 뵐을 높이 평가했다. 이 작품은 1953년 키펜호이어 운트 비치 출판사에서 처음 출간되었는데 1957년에 나온 울슈타인의 포켓판에는 여러 군데에서 일부 내용이 빠져 있었다. 그 후 키펜호이어 운트 비치 출판사의 편집진이 개입하여 많은 오류를 지적한 신판이 1962년 출간되었고, 한국어판은 이 책을 바탕으로 펴낸 쾰른 전집의 제6권(2007년 출간)에 수록된 판본으로 번역했음을 밝힌다.

홍성광

---

15 「프랑크푸르터 알게마이네 차이퉁」, 1953년 4월 4일 자 기사에서 인용.

하인리히 뵐 연보

1917년 출생 12월 21일 독일 쾰른에서 가구 제작자 빅토르 뵐Viktor Böll과 그의 두 번째 아내 마리아 헤르만Maria Hermann의 여덟 번째 아이로 태어남.

1924~1928년 7~11세 가톨릭계의 라더탈Raderthal 초등학교를 다님.

1928~1929년 11~12세 쾰른의 카이저 빌헬름Kaiser Wilhelm 김나지움에 다님. 열두 살이 되던 1929년 세계 대공황으로 가족의 경제 사정이 나빠짐.

1933년 16세 히틀러가 정권을 잡자 뵐의 가족은 정권과 거리를 둠.

1934년 17세 작가가 되기로 결심하고 습작을 시작함.

1937년 20세 고등학교 졸업 시험을 치르고 본에서 서적상 마티아스 렘페르츠Matthias Lempertz의 견습생으로 근무함.

1938년 21세 서적상 일을 그만두고 아버지의 작업장에서 일을 도움. 나치스 노동 봉사단(RAD)에 소집됨. 습작에 열을 올림.

1939년 22세 여름 학기에 쾰른 대학에 등록해 독문학과 고전 어문학을 공부함.

1939~1945년 22~28세 군대에 징집되어 학업을 중단함. 폴란드, 프

랑스, 소련, 루마니아, 헝가리, 독일 등지를 돌아다니며 네 번 부상을 당하고, 티푸스에 걸려 야전 병원에 입원하기도 하고 여러 번 탈영하기도 함. 문필 활동은 하지 않았지만 여자 친구 아네마리 체히Annemarie Čech, 자신의 부모님과 엄청난 양의 편지를 주고받음.

1942년 25세   교사이자 영어 번역가인 아네마리 체히와 결혼.

1944년 27세   공습으로 어머니 마리아 뵐 사망.

1945년 28세   종전 직전에 미군과 영국군의 포로가 됨. 맏아들 크리스토프Christoph가 태어나지만 곧 세상을 떠남. 쾰른으로 돌아옴.

1946년 29세   생필품 카드를 얻기 위해 학업을 재개함. 글쓰기에 몰두함.

1947년 30세   이때부터 이듬해에 걸쳐 단편 「옛 시절Aus der Vorzeit」, 「전령Die Botschaft」, 「공격Der Angriff」, 「긴 머리 친구Kumpel mit dem langen Haar」 등을 주간지 『라이니셰 메르쿠어Rheinischer Merkur』와 아방가르드 잡지 『데어 루프Der Ruf』, 『카루셀Karussel』 등에 발표함. 둘째 아들 라이문트Raimund 태어남.

1948년 31세   셋째 아들 레네René 태어남.

1949년 32세   미델하우베Middelhauve 출판사에서 출간된 첫 소설 『열차는 정확했다Der Zug war pünktlich』로 문단에 데뷔함.

1950년 33세   넷째 아들 빈센트Vincent 태어남. 25개의 단편을 모아 단편집 『나그네여, 그대는 슈파……로 가는가Wanderer, kommst du nach Spa...』 출간.

1951년 34세   소설 『아담아, 너는 어디 있었느냐Wo warst du, Adam?』, 『검은 양들Die schwarzen Schafe』 출간. 『검은 양들』로 47년 그룹상을 받음. 여름부터 자유 문필가로 활동함.

1952년 35세   풍자 소설 『크리스마스 때뿐만 아니라Nicht nur zur Weichnachtszeit』 출간.

1953년 36세 키펜호이어 운트 비치Kiepenheuer & Witsch 출판사에서 소설 『그리고 아무 말도 하지 않았다*Und sagte kein einziges Wort*』 출간. 이 소설로 문학 비평가상, 남독일 방송국 소설가상, 독일 산업체 동맹 문화상을 받음. NWDR에서 방송극 「수도승과 도적Mönch und der Räuber」 발표. 〈언어와 문학을 위한 독일 아카데미〉의 회원이 됨.

1954년 37세 소설 『보호자 없는 집*Haus ohne Hüter*』 출간. 처음으로 아일랜드 방문.

1955년 38세 소설 『지난 시절의 빵*Das Brot der frühen Jahre*』 출간. 독일 펜클럽 회원이 됨.

1956년 39세 풍자 소설집 『예기치 않은 손님들*Unberechenbare Gäste*』 출간.

1957년 40세 여행기 『아일랜드 일기*Irisches Tagebuch*』, 소설 『말발굽 진동하는 계곡에서*Im Tal der donnernden Hufe*』 출간. 방송극 「혼적 없는 자들Die Spurlosen」 발표.

1958년 41세 풍자 소설집 『무르케 박사의 침묵 모음 그리고 그 밖의 풍자 소설들*Doktor Murkes gesammeltes Schweigen und andere Satiren*』 출간. 바이에른 예술 아카데미상 수상.

1959년 42세 소설 『아홉 시 반의 당구*Billard um halbzehn*』 출간. 부퍼탈 시의 에두아르트 폰 데어 하이트상, 노르트라인베스트팔렌 예술상 수상. 바이에른 예술 아카데미의 회원이 됨.

1960년 43세 『아홉 시 반의 당구』로 스위스 샤를 베이용상 수상. 기독교와 사회주의 사상을 토대로 한 잡지 『미로*Labyrinth*』를 창간하고 편집인으로 활동함. 아버지 빅토르 뵐 사망.

1961년 44세 희곡 「한 모금의 흙Ein Schluck Erde」이 뒤셀도르프에서 초연됨. 쾰른 시 문학상 수상. 작품 모음집 『이야기, 방송극, 에세이 *Erzählungen, Hörspiele, Aufsätze*』 출간.

1962년 45세　처음으로 소련을 여행함. 소설『전쟁이 일어났을 때*Als der Krieg ausbrach*』, 『전쟁이 끝났을 때*Als der Krieg zu Ende war*』출간. 아내 아네마리 뵐과 공동으로 J. D. 샐린저의『호밀밭의 파수꾼』을 독일어로 번역함.

1963년 46세　비교적 장기간 아일랜드에 체류함. 소설『어느 어릿광대의 견해*Ansichten eines Clowns*』출간.

1964년 47세　자전적 체험을 다룬 소설『부대 이탈*Entfernung von der Truppe*』출간. 프랑크푸르트 대학에서 강연함.

1965년 48세　프레미오 디졸라 델바 문학상 수상.

1966년 49세　아일랜드, 프랑스, 네덜란드, 벨기에, 소련, 동독 등지를 여행함. 소설『운전 임무를 마치고*Ende einer Dienstfahrt*』, 강의록『프랑크푸르트 강의록*Frankfurter Vorlesungen*』출간.

1967년 50세　유머러스한 단편에 수여하는 국제 경연상 수상. 독일 어문학 아카데미가 수여하는 게오르크 뷔히너상 수상. 작품 모음집『논문, 비평, 연설문*Aufsätze, Kritiken, Reden*』출간.

1968년 51세　긴급 조치법에 반대하는 연설을 함. 8월 소련 점령군이 무력 침공한 프라하에 체류함.

1969년 52세　독일 문필가 협회 창설일을 맞아 연설함. 방송극「주거 침입죄*Hausfriedensbruch*」발표. 쾰른의 횔히라더 가로 이사함.

1970년 53세　독일 펜클럽 회장으로 선출되어 1972년까지 재임함. 10월 7일 희곡「문둥병*Aussatz*」이 아헨 시립 극장에서 초연됨.

1971년 54세　강연 여행차 미국을 방문. 9월 더블린의 국제 펜클럽 회합에서 회장으로 선출됨. 소설『여인과 군상*Gruppenbild mit Dame*』출간.

1972년 55세　〈울리케 마인호프는 사면을 원하는가, 호위를 원하는가 Will Ulrike Meinhof Gnade oder freies Geleit?〉라는 제목의 글을『데어 슈피겔』지에 기고하여 공개적인 논쟁을 일으킴. 가을의 연방 의회

선거전에서 사민당 지원. 12월 10일 『여인과 군상』으로 노벨 문학상 수상. 스웨덴 학술원으로부터 〈동시대를 포괄하는 광범위한 시각, 캐릭터를 섬세하게 묘사하는 기술이 조화된 글쓰기로 독일 문학을 일신하는 데 기여했다〉는 평을 받음.

1973년 56세 평론집 『신(新)정치, 문학 평론집*Neue politische und literarische Schriften*』 출간. 5월 2일 스톡홀름에서 〈시문학의 이성에 대하여Über die Vernunft der Poesie〉라는 제목으로 노벨상 수상 연설을 함. 소련 반체제 문필가 협회에 가입함. 미국을 방문함. 애스턴Aston, 브루넬Brunel, 더블린Dublin 대학에서 명예박사 학위를 받음.

1974년 57세 소설 『카타리나 블룸의 잃어버린 명예: 혹은 폭력은 어떻게 발생하고 어떤 결과를 가져올 수 있는가*Die verlorene Ehre der Katharina Blum oder: Wie Gewalt entstehen und wohin sie führen kann?*』출간. 카를 폰 오시츠키 국제 인권상 수상. 미국 예술 문학 아카데미의 명예 회원이 됨.

1975년 58세 영화감독 폴커 슐뢴도르프Volker Schlöndorff가 『카타리나 블룸의 잃어버린 명예』를 영화화함. 풍자 소설 『민족적 성향에 대한 보고서*Berichte zur Gesinnungslage der Nation*』 출간.

1976년 59세 가톨릭교회를 떠남.

1977년 60세 뵐 문학 전집 첫 5권(1947~1977년에 발표된 작품들을 수록) 출간.

1978년 61세 전집 나머지 5권 출간. 작품 모음집 『방송극, 희곡, 시나리오, 시*Hörspiele, Theaterstück, Drehbücher, Gedichten*』 출간.

1979년 62세 독일 연방 공로상 거부. 쾰른 시립 도서관에 뵐 문서실 설립. 에콰도르를 여행함. 소설 『신변 보호*Fürsorgliche Belagerung*』, 단편집 『그대는 너무 자주 하이델베르크로 간다 그리고 그 밖의 단편들*Du fährst zu oft nach Heidelberg und andere Erzählungen*』 출간.

1981년 64세 평화 운동에 참여함. 나토 재무장에 반대하는 본Bonn의 평화 시위에서 연설함. 나치스 정권 아래서 보낸 유년 시절과 청년 시절에 대한 회고록『소년은 도대체 무엇이 되어야 하는가? 혹은 책과 관련된 어떤 존재*Was soll aus dem Jungen bloß werden? Oder: Irgendwas mit Büchern*』출간.

1982년 ⁶⁵세　아들 라이문트 사망. 쾰른 시에서 명예 시민 칭호를 선사함. 에세이집『지뢰 매설 지역*Vermintes Gelände*』, 초기 미발표 소설『유증*Vermächtnis*』출간.

1983년 ⁶⁶세　노르트라인베스트팔렌 주의 교수 칭호를 받음. 단편집『상처 입은 사람들 그리고 그 밖의 초기 단편들*Die Verwundung und andere frühe Erzählungen*』출간. 선거에서 녹색당을 지지함.

1985년 ⁶⁸세　다리 수술을 하고 퇴원한 후인 7월 16일 아이펠 지역의 랑엔브로히에서 급작스럽게 사망함. 대화와 독백으로 이루어진 소설『강 풍경을 마주한 여인들*Frauen vor Flußlandschaften*』이 유고로 출간됨. 본 근교의 보른하임 메르텐Bornheim-Merten에 매장됨. 하인리히 뵐 문학상이 제정됨.

1987년　하인리히 뵐 재단이 설립됨. 시집『우리는 먼 곳에서 왔다*Wir kommen weit her*』, 여행기『첫눈에 본 로마*Rom auf den ersten Blick*』출간.

1992년　소설『천사는 침묵했다*Der Engel schwieg*』출간.

1994년　서한집『희망은 맹수와도 같다*Die Hoffnung ist wie ein wildes Tier*』출간.

1995년　단편집『창백한 개*Der blasse Hund*』출간.

2003년　소설『사랑이 없는 십자가*Kreuz ohne Liebe*』출간.

2004년　아내 아네마리 뵐 사망.

열린책들 세계문학 158 그리고 아무 말도 하지 않았다

옮긴이 홍성광 1959년 삼척에서 태어나 서울대학교 독문과를 졸업하고 동 대학원에서 문학 박사 학위를 받았다. 논문으로는 「토마스 만의 소설 『마의 산』의 형이상학적 성격」, 「하이네 시의 이로니 연구」, 「토마스 만과 하이네 비교 연구」, 「토마스 만의 괴테 수용」, 「토마스 만과 김승옥 비교 연구」 등이 있고, 옮긴 책으로는 토마스 만의 『베네치아에서의 죽음』, 『마의 산』, 『부덴브로크 가의 사람들』, 프란츠 카프카의 『변신』, 『소송』, 『성』, 페터 한트케의 『어느 작가의 오후』, 괴테의 『이탈리아 기행』, 니체의 『차라투스트라는 이렇게 말했다』, 미하엘 엔데의 『마법의 술』, 에리히 레마르크의 『서부 전선 이상 없다』 등이 있다.

지은이 하인리히 뵐 **옮긴이** 홍성광 **발행인** 홍예빈 · 홍유진
발행처 주식회사 열린책들 **주소** 경기도 파주시 문발로 253 파주출판도시
전화 031-955-4000 **팩스** 031-955-4004 **홈페이지** www.openbooks.co.kr
Copyright (C) 주식회사 열린책들, 2011, *Printed in Korea.*
ISBN 978-89-329-1158-8 04850 **ISBN** 978-89-329-1499-2 (세트)
발행일 2011년 1월 10일 세계문학판 1쇄 2023년 6월 10일 세계문학판 11쇄

이 도서의 국립중앙도서관 출판예정도서목록(CIP)은 서지정보유통지원시스템 홈페이지(http://seoji.nl.go.kr)와 국가자료공동목록시스템(http://www.nl.go.kr/kolisnet)에서 이용하실 수 있습니다.(CIP제어번호: CIP2010004728)

열린책들 세계문학
Open Books World Literature